10
18

12, AVENUE D'ITALIE. PARIS XIIIe

Sur l'auteur

Grand amateur d'histoire et infatigable voyageur, Matthew Kneale est né à Londres en 1960. Son célèbre roman, *Les Passagers anglais*, a obtenu le Whitbread Prize du meilleur roman de l'année 2000 et le prix Relay du roman d'évasion en 2002. Viennent ensuite *Douce Tamise* (Pocket, 2003), *Cauchemar nippon* (Belfond, 2004) et *Petits Crimes dans un âge d'abondance*. Il vit aujourd'hui à Rome.

MATTHEW KNEALE

PETITS CRIMES DANS UN ÂGE D'ABONDANCE

Traduit de l'anglais
par Georges-Michel SAROTTE

10
18

« Domaine étranger »

dirigé par Jean-Claude Zylberstein

BELFOND

Titre original :
Small Crimes in an Age of Abundance
(Publié par Picador, an imprint of Pan Macmillan Ltd, Londres)

ISBN 978-2-264-04638-3

À Shannon

1. Pierres

RIEN DE TOUT CELA NE SERAIT ARRIVÉ si Sarah Spence n'était pas devenue la meilleure amie de Tania. Alors que jusque-là les parents de Tania n'avaient guère entendu parler de Sarah, d'un seul coup leur fille semblait n'avoir que ce nom-là à la bouche. Sarah Spence savait où acheter les plus chouettes fripes, Sarah Spence possédait le CD d'un nouveau groupe génial, Sarah Spence disait que les Amis de la Terre n'étaient qu'une bande de vieux hippies. Au début, cela ne les indisposa pas vraiment, car Sarah Spence – une gamine étonnamment laide, mais par ailleurs sûre d'elle – se montrait toujours polie envers eux. C'est lorsque Tania entama le chapitre des voyages que son père, Guy, commença à perdre patience. Les Spence, expliqua-t-elle d'un ton triomphal, étaient « de vrais aventuriers » : ils partaient tout seuls dans des pays lointains et exotiques. Le père de Sarah était un « linguiste superbrillant », pouvant apprendre l'espagnol latino-américain ou le *bahasa indonesia* « en un clin d'œil », ce qui permettait d'acheter les billets et de trouver les hôtels au cours du voyage, sans réserver à l'avance. « Sarah dit que c'est la seule façon de voyager, de connaître le pays et de se faire des copains. »

Ces éloges recelaient, à l'évidence, une critique implicite de la conception de voyager qu'avaient les parents de Tania ; et Guy trouvait cela d'autant plus agaçant qu'il était assez fier de la manière dont il organisait les vacances familiales. D'accord, ils passaient par une agence de voyages, mais pas n'importe laquelle : ces dernières années, les Winter avaient recouru aux services de l'agence Sélect Voyages pour découvrir, entre autres, le Rajasthan, la Tanzanie, l'Indonésie, et ils n'avaient jamais été déçus. L'agence méritait bien son nom, car elle leur faisait visiter des coins pittoresques, loin des sentiers battus, et choisissait des hôtels de caractère. Et surtout cette agence savait sélectionner sa clientèle : exclus, semblait-il, les beaufs grande gueule et les vieux râleurs que redoutait tant Guy. Au cours de ces circuits, sa femme Chloe et lui avaient rencontré des gens passionnants, exerçant toutes sortes de professions intéressantes, et qui étaient devenus des amis fidèles. D'ailleurs, Tania elle-même avait toujours adoré leurs vacances et c'était la première fois qu'elle les déclarait traîtreusement inférieures à celles des Spence. Les Spence ? Guy ne se jugeait pas snob, mais certaines personnes l'insupportaient vraiment. Geoff Spence n'était-il pas gérant d'une espèce de club de gym ? Guy l'avait aperçu à des réunions de parents d'élèves, et il lui trouvait un air idiot, avec ses cheveux en bataille et son sourire factice découvrant des dents écartées.

Mais l'élément déclencheur fut l'invitation de Michael Chen. Chen était acheteur pour l'une des plus importantes bijouteries de Hong Kong. Passant devant la boutique de Chloe pendant un séjour à Londres, il en avait franchi le seuil par simple curiosité professionnelle. Il n'en était ressorti que deux heures plus tard, après avoir examiné le moindre objet.

« Vous devriez venir à Hong Kong, avait-il lancé à Chloe. Bien sûr, je ne peux rien vous promettre, madame Winter, mais j'aime vos modèles et je suis certain qu'ils plairont également à notre directeur. À Hong Kong, croyez-moi, on raffole des bijoux. »

Il laissa sa carte, que Chloe, impressionnée, montra à Guy ce soir-là. C'était à coup sûr une occasion à saisir ; mais un aller-retour en avion représentait une forte dépense, pour un résultat incertain. Guy émit des réserves.

« Tu risques de faire tout ce trajet pour t'apercevoir que ton M. Chen s'est un peu emballé. Ça arrive souvent quand on voyage.

— Et si on combinait ce déplacement avec nos prochaines vacances ? » suggéra Chloe.

Depuis quelque temps, Guy et Chloe étaient tentés par le circuit « Doux Cathay » que proposait Sélect Voyages ; mais ils s'y étaient toujours refusés, vu la façon dont la Chine bafouait les droits de l'homme. Chloe, l'esprit moral de la famille, était fermement opposée à tout séjour dans les pays dont le régime politique était condamnable, parce que « dépenser de l'argent dans ce genre d'endroit, c'est comme faire des cadeaux à des criminels ». Guy était assez fier des principes de sa femme en ce domaine. Non qu'il fût lui-même indifférent aux questions éthiques, mais il était l'élément modérateur et pragmatique de leur couple, tandis que Chloe en constituait l'élément engagé et passionné. Il avait cependant découvert qu'avec sa bijouterie elle pouvait faire preuve d'un réel sens pratique. Il n'avait d'abord pas pris au sérieux cette boutique – la considérant comme un passe-temps plutôt que comme un véritable commerce, et espérant surtout qu'elle ne les ruinerait pas trop. Pourtant, après avoir végété deux ans, l'affaire avait bien marché, les bénéfices augmentant substantiellement ses propres revenus. Elle leur avait en outre permis de fréquenter des gens plus intéressants que ses collègues de la Cité. C'était d'ailleurs par une cliente de Chloe qu'ils avaient entendu parler de Sélect Voyages pour la première fois.

« La Chine a fait de grands progrès ces dernières années, déclara Chloe. J'ai lu quelque chose dans le journal à ce sujet. Bien sûr, ce pays a encore pas mal de chemin à parcourir, mais les choses se sont nettement améliorées. On devrait peut-être tenter le coup. »

Ils consultèrent le catalogue de l'agence, pour s'apercevoir que le circuit « Doux Cathay » ne passait pas par Hong Kong, mais commençait à Pékin pour finir à Shanghai. Cela ne découragea toutefois pas Chloe.

« On pourrait faire le voyage organisé et ensuite descendre jusqu'à Hong Kong par nos propres moyens. Cela nous permettrait même de visiter quelques endroits en cours de route. »

Voyager seuls, sans guide, comme souvent, Guy trouva la suggestion de sa femme un peu hardie, tout en étant sensible au côté aventure. Si les Spence prenaient ce genre de risques, pourquoi pas les Winter ? Mais une difficulté se présenta alors à son esprit.

« Et les bijoux ? On ne peut quand même pas les trimbaler à travers toute la Chine !

— Pourquoi pas, du moment qu'on les assure ? Puisque Chen a surtout aimé les bagues et les petites pièces, ça ne prendra pas beaucoup de place. »

Dès le lendemain, Chloe s'occupa de la question : elle choisit un assortiment qui lui paraissait adéquat, en calcula la valeur – moins élevée que ne l'aurait pensé Guy –, et n'eut pas trop de mal à s'entendre avec la compagnie d'assurances sur le montant de la prime.

« Peu leur importe ma manière de voyager. Ils veulent juste savoir combien de temps et où je séjourne en Chine. »

C'était parti : le lendemain, Chloe acheta une carte et un guide, et se mit à étudier divers itinéraires possibles pour en parler aux enfants durant le week-end. Guy s'attendait plus ou moins que Tania fasse la moue – depuis peu, rien ne parvenait à l'impressionner –, mais il fut surpris par sa réaction. « Ça alors, papa, c'est super ! » s'écria-t-elle avec un tel enthousiasme qu'il se demanda si elle aussi n'avait pas envie d'en remontrer un peu aux Spence. Ben, son jeune frère, parut également apprécier le projet – d'autant plus que Chloe proposa d'y inclure une visite du temple des arts martiaux de Baolin. Depuis un an, Ben pratiquait le kung-fu après la classe, et rien n'aurait pu lui plaire davantage qu'une telle excursion. Et comme Tania, qui traversait une crise de mysticisme, désirait voir les énormes bouddhas sculptés près de Guangfaochu, sa mère réussit à tracer un itinéraire ingénieux qui passait par les deux sites. Puisque le circuit de Sélect Voyages finissait par un long trajet en bateau sur le Yangzi Jiang, les Winter débarqueraient une demi-journée avant les autres passagers. Dans la ville portuaire, ils prendraient un train direct pour Guangfaochu ; ensuite, un deuxième train jusqu'à la ville au-dessous de Baolin ; enfin, un troisième pour rejoindre la ligne principale jusqu'à Canton et Hong Kong. Chen confirma la date qu'ils proposèrent pour le rendez-vous, et l'agence leur réserva un vol de retour à partir de Hong Kong au lieu de Shanghai. En une semaine, tout fut réglé. Guy éprouva un certain plaisir à en parler à Geoff Spence pendant la réunion des parents d'élèves suivante, et à noter son étonnement.

« La Chine ? répondit-il d'une voix où l'aigreur transparaissait. Ça, ça doit être intéressant. Non, on ne l'a pas encore faite. Il paraît qu'il est très difficile d'y voyager.

— Je suis sûr qu'on survivra à l'épreuve », répliqua Guy.

Il acheta une méthode pour apprendre le mandarin. Mais, le vocabulaire et la prononciation n'ayant rien à voir avec l'anglais, il eut énormément de mal à progresser. Il n'en était qu'à la page cinq quand arriva l'heure de préparer les bagages.

« Ne t'en fais pas, on se débrouillera très bien, le rassura Chloe d'un ton enjoué. On s'en tire toujours. »

Par rapport aux précédents voyages, le circuit chinois organisé par l'agence se révéla décevant. Si des attractions touristiques célèbres comme la Grande Muraille ou l'armée enterrée de Xi'an étaient plutôt impressionnantes, la Chine leur apparut, dans l'ensemble, moins attirante que l'Indonésie ou l'Inde. Certaines campagnes étaient sans doute pittoresques, mais la plupart des villes étaient industrialisées et déprimantes, et si polluées qu'un voile de gaze semblait masquer le soleil. En outre, les hôtels n'étaient pas au niveau de ceux que sélectionnait d'ordinaire l'agence : modernes et banals, ou rappelant la sinistre architecture de béton soviétique. Et, avec leurs couloirs poussiéreux, même les constructions récentes avaient déjà un air délabré. Dans un hôtel près de Xi'an, Chloe décida de ne pas déposer son coffret à bijoux long et plat dans le coffre, mais de le laisser dans la chambre, caché dans ses bagages. L'attitude des guides chinois l'agaçait de plus en plus. Elle les appelait les « robots », parce qu'ils ne s'écartaient jamais de la ligne officielle et se mettaient en colère quand elle les interrogeait sur les militants des droits de l'homme emprisonnés ou sur la censure de la presse.

Mais c'étaient leurs compagnons de voyage qui leur posaient en fait le plus de problèmes. Au début, ils leur avaient paru supportables. Guy et Chloe s'étaient même très bien entendus avec un couple de Chalk Farm qui avait sa propre entreprise de relations publiques. Mais peu à peu un fossé s'était creusé entre les Winter et tous les autres participants, et la raison de cette hostilité était assez claire : leur projet de voyage en solo après le circuit organisé. Guy se rendit compte que sa famille et lui en parlaient à tout bout de champ, et il se surprit à employer de temps en temps des formules empruntées à Sarah Spence pour souligner que c'était la seule façon de bien visiter un pays étranger et de se lier aux autochtones. Quel mal y avait-il à ça ? Ils ne se vantaient pas, mais laissaient seulement libre cours à leur enthousiasme. L'étroitesse d'esprit de leurs compagnons de voyage, leurs regards lassés et leurs répliques ironiques irritèrent de plus en plus Guy, convaincu autant que Chloe qu'ils crevaient en fait de jalousie. Leur réaction était tout à fait déplacée, car rien ne les empêchait d'entreprendre eux-mêmes un voyage de ce genre. Au fil des jours, comme Chloe et lui avaient du mal à dissimuler leur mépris, les autres se montrèrent de plus en plus froids et distants. La troisième semaine, même le couple qui était dans les relations publiques leur parlait à peine, et lorsque le bateau à bord duquel ils avaient fait la croisière sur le Yangzi Jiang mouilla enfin dans le petit port, par une aube d'été brumeuse, et que les Winter se regroupèrent avec leurs bagages près de la salle à manger, personne ne prit la peine de venir leur dire au revoir ni même de leur faire un signe d'adieu.

« Bon débarras ! s'écria Chloe alors qu'ils chargeaient leurs sacs à dos en toile brillante tout neufs, avant de descendre la passerelle. Quelle bande de vieux cons ! »

Le gros mot fit glousser Tania et Ben.

Le guide de l'agence tenta de leur procurer un taxi, mais il ne semblait pas y en avoir dans ce petit port. Les Winter parcoururent donc à pied la courte distance jusqu'à la gare. Guy ne le regretta pas du tout, d'ailleurs, car il trouvait curieusement revigorant de marcher à grands pas sur le quai de ce port étranger et de humer les senteurs matinales du fleuve, le parfum du thé au jasmin, les odeurs d'épices et de mets inconnus. Il s'étonna de n'avoir jamais pensé à voyager de la sorte, éprouvant même, à son corps défendant, un certain respect pour Geoff Spence. Qu'il était agréable d'être débarrassé des guides et des autres touristes ! Si Chloe et lui avaient établi leur itinéraire à l'avance, ils pouvaient quand même le modifier à leur guise. Il avait l'impression que l'ensemble de ce vaste pays se déroulait devant lui, telle une immense carte. Ils pouvaient aller où bon leur semblait, faire tout ce qu'ils voulaient. Étrangement, Guy n'avait jamais éprouvé pareille sensation de liberté.

On les regardait d'un drôle d'air, et un homme faillit tomber de son vélo.

« Je ne crois pas que beaucoup de touristes viennent ici, déclara Guy d'un ton satisfait.

— On est comme des explorateurs ! » s'exclama Ben avec grandiloquence.

Ils eurent un petit choc en découvrant la gare : lorsqu'ils pénétrèrent dans le hall, l'apparent chaos leur coupa le souffle. Guy ne pouvait déchiffrer les indications en caractères chinois qui figuraient au-dessus de chaque guichet ; la longueur des files d'attente était inquiétante, et les clients agglutinés les uns contre les autres poussaient ceux qui se tenaient devant eux. Tandis que la famille Winter contemplait la scène, quelqu'un se mit à vociférer à l'autre bout du hall. Ben et Tania semblaient apeurés, et même Chloe parut perdre son assurance.

« Restez là pour surveiller les bagages. Je vais m'occuper des billets, déclara vivement Guy, car tout avait trop bien commencé pour qu'il laisse l'ambiance se détériorer. Comment s'appelle l'endroit où on va, déjà ?

— Guangfaochu, dit Chloe.

— Guangfaochu », répéta Guy en modulant les sons pour donner à sa prononciation un accent le plus authentique possible.

Il choisit la file d'attente la plus courte, attendit son tour au milieu de la cohue – en fait, une fois qu'on était dedans, c'était moins pénible qu'il ne l'avait craint – et récita au guichetier l'une des rares formules qu'il avait réussi à retenir : « *Wo shiang chu* – Je veux aller à – *Guangfaochu* », en donnant au nom du lieu toute son intonation mandarine. Le guichetier eut l'air perplexe – Guy se demanda s'il avait jamais parlé à un étranger auparavant – et fit répéter deux fois le nom avant de lever huit doigts. Guichet numéro huit… Heureusement, les chiffres étaient inscrits à l'occidentale et Guy se joignit à une autre file d'attente particulièrement lente jusqu'à ce qu'arrive le moment de reformuler sa demande : « *Wo shiang chu Guangfaochu.* » Quelques instants plus tard, brandissant quatre tickets en carton, il rejoignait sa famille.

« Bravo ! le félicita Chloe, et même Tania parut impressionnée.

— C'était fastoche », répondit Guy en souriant.

Ensuite, il montra les tickets à chaque personne vêtue d'un uniforme jusqu'à ce qu'ils atteignent le bon quai. Moins agréable fut la découverte du train, avec sa peinture écaillée et ses sièges durs en plastique.

« Ça prend combien de temps ? demanda Ben d'un air indécis.

— Trois heures, répondit Guy. On est censés traverser des paysages superbes. »

En tout cas, le train n'était pas bondé et ils n'eurent aucun mal à trouver quatre places ensemble. Leur humeur s'améliora dès que le train s'ébranla. Il y avait tant à voir. Durant le circuit organisé, ils ne s'étaient déplacés qu'en avion ou en autocar, au milieu du groupe qui les protégeait comme un cocon. Dans ce train chinois, Guy était intrigué par la vie qui se déroulait autour de lui. Presque tous les voyageurs mangeaient : cacahuètes, fruits inconnus, morceaux de poulet dans des sacs en plastique, ou encore riz dans des boîtes en carton, les déchets étant simplement jetés par terre. Bientôt, le sol fut recouvert d'une épaisse couche de cosses, d'écorces et d'os. Juste au moment où l'amas d'ordures risquait de devenir écœurant apparut une femme corpulente en uniforme armée d'un balai. Au fur et à mesure qu'elle se déplaçait pour nettoyer le sol, elle enjoignait à chacun de lever les pieds. Peu après, elle revint, brandissant une énorme bouilloire. Dès qu'ils l'apercevaient, les voyageurs sortaient des sachets de thé et des gobelets en métal qu'elle remplissait avec précaution, et sur lesquels ils s'empressaient de rabattre le couvercle pour garder la chaleur.

« Je me sens extrêmement mal préparé, dit Guy, ce qui fit rire toute sa famille.

— Je trouve ça plutôt bien, répliqua Chloe. Ça change des chips et des sandwiches. »

Une seule chose inquiétait Guy : la lenteur du voyage. Il s'agissait théoriquement d'une grande ligne, et cependant le train semblait prendre tout son temps. Il se traînait entre des collines cultivées en terrasses et s'arrêtait souvent en rase campagne, faisant halte le long de rizières ou devant quelque gare en ruine pendant ce qui paraissait une éternité. Privé de brise, le wagon devenait alors une véritable fournaise. Deux heures et demie après le départ, Guy ressentit le besoin de se renseigner auprès d'un voyageur assis derrière lui : « Guangfaochu ? » On lui répondit en pointant un doigt vers l'avant. On lui fit le même geste trois heures, trois heures et demie et quatre heures après le départ.

« Je croyais qu'à cette heure on serait arrivés, grommela Ben.

— Ce doit être un train plus lent que celui indiqué dans le guide, répondit Guy.

— Ou bien le guide se trompe », fit remarquer Chloe d'un ton dubitatif.

Après quatre heures et demie de voyage, leurs voisins les prirent en pitié et leur donnèrent des quantités de cacahuètes et de fruits, ainsi que deux gobelets pour boire du thé – un geste qu'ils apprécièrent, leur propre provision d'eau et de biscuits étant épuisée depuis longtemps. Après cinq heures de voyage, le train traversa les faubourgs d'une grande ville, ce qui remonta brièvement le moral de Guy… Mais, non, ce n'était pas Guangfaochu ; de plus, le nom de cette ville ne ressemblait pas du tout à ceux figurant sur sa carte de Chine.

« Ça ne doit vraiment pas être par ici, dit Chloe.

— Si, puisque tout le monde le confirme. »

Après cinq heures et demie de route, Tania dut se rendre aux toilettes. Elle en revint livide. « C'est l'horreur là-dedans ! » Une demi-heure plus tard, la panique s'empara de Guy. Et s'ils avaient raté l'arrêt ? Il demanda à cinq personnes différentes, l'une après l'autre : « Guangfaochu ? » Chaque fois, on lui répondit par le même geste du doigt pointé vers l'avant. Guy tomba alors dans un état de résignation inquiète. Il faisait trop chaud pour se mettre martel en tête. Chloe et les enfants s'endormirent. Quand ils se réveillèrent, constatant qu'ils se trouvaient toujours dans le train, ils lui lancèrent des regards accusateurs. Au bout de huit heures, le wagon se rafraîchit un peu et l'ambiance changea, leurs compagnons de voyage jugeant extrêmement drôles les « *Guangfaochu ?* » angoissés de Guy. Mais dix heures après le départ, la plaisanterie avait perdu toute sa saveur. Guy cessa alors de poser la question, et presque de se tracasser. Qu'ils soient ici ou là, quelle importance ? Ils arriveraient bien quelque part, non ? Il était dans ce train depuis si longtemps qu'il répugnait presque à le quitter ; il faisait très noir dehors et, au moins, ils étaient en sécurité à bord du train. Il sursauta lorsque, douze heures après le départ, l'homme qui se trouvait derrière lui lui tapota l'épaule en disant : « *Guangfaochu.* » Devraient-ils rester tranquillement assis ? Non, ils avaient choisi cette destination. Quand il se leva, Guy se rendit compte qu'ils étaient devenus des célébrités à leur insu. Tous les voyageurs du wagon leur firent de grands signes d'adieu en criant : « *Guangfaochu ! Guangfaochu !* »

Seules quelques personnes descendirent du train en même temps qu'eux, et un calme inquiétant régnait dans la gare. Lorsqu'ils en sortirent, ils se retrouvèrent dans une longue rue mal éclairée.

« Ce type nous regarde », fit remarquer Ben.

C'était la seule personne en vue. Une mince silhouette penchée sous un porche – penchée de façon presque exagérée, comme si sa taille était équipée de charnières. L'homme n'avait sans doute guère plus de vingt ans, mais son air sérieux le faisait paraître plus âgé. Il les dévisageait ouvertement.

« Il n'a sans doute pas l'habitude de voir des étrangers », répondit Chloe.

Guy fixait le plan de son guide en plissant le front.

« Je n'y comprends rien. Il devrait y avoir deux hôtels, là, juste en face. »

Il n'y avait en fait qu'un long mur d'un seul tenant. Comme leur observateur s'approchait d'eux avec précaution, Guy lui montra le guide en désignant les caractères chinois près du nom de la ville. « *Guangfaochu ?*

— *Meio.* » L'homme fronça les sourcils d'un air sévère. « *Guangfaochu.*

— Mais c'est ce que je viens de dire ! » s'insurgea Guy. Il désigna à nouveau les caractères chinois. « *Guangfaochu ?*

— *Meio. Meio. Guangfaochu.* »

Après quatre tentatives supplémentaires, Guy finit par comprendre. Les deux mots étaient identiques, mais les intonations différaient. L'un montait au milieu et descendait à la fin, tandis que l'autre faisait le contraire.

« Nom de Dieu !

— Donc, on n'est pas dans la bonne ville, constata Chloe d'une voix lugubre. Eh bien, voilà sans doute pourquoi le train a mis quatre fois plus de temps que prévu !

— Ce n'est pas ma faute », répliqua sèchement Guy.

Si. Et il le savait, puisque c'était lui qui avait acheté les billets. Cela ne serait pas arrivé s'il avait seulement pensé à montrer à la gare le nom écrit en caractères chinois, au lieu de se risquer à le prononcer pour se faire mousser ! Il feuilleta les dernières pages du guide consacrées au lexique de base, à la recherche du mot « hôtel ». Cette fois-ci, le jeune homme comprit tout de suite et prit la tête du petit groupe. Dieu merci, cela sous-entendait qu'il y en avait un !

« Où nous emmène Bourriquet ? demanda Ben en gloussant.

— Ne sois pas impoli », le morigéna Chloe.

Mais Guy lui-même ne put s'empêcher de sourire, car le nom de l'âne de Disney allait comme un gant à leur guide au long visage sévère. Heureusement inconscient, semblait-il, d'être la cible du sarcasme, Bourriquet les conduisit le long de rues sombres jusqu'à un petit hôtel à la façade écaillée. Le réceptionniste, un homme squelettique au crâne rasé, vêtu d'un tricot de corps sans manches, regardait, affalé devant le poste de télévision, un film de kung-fu. Il sursauta en apercevant des étrangers, puis se rasséréna, prit leurs passeports et leur montra l'intérieur de l'établissement. De la poussière de charbon souillait le couloir de béton, les chambres étaient spartiates. Quel contraste saisissant avec les hôtels retenus par l'agence Sélect Voyages !

« C'est crado ! se plaignit Tania en s'asseyant sur le lit de ses parents.

— Je suis persuadé que Sarah Spence est descendue dans des hôtels encore pires, répliqua Guy, incapable de résister à la tentation.

— Il n'y a sûrement pas de coffre ici », soupira Chloe.

Puisque c'était lui qui les avait conduits là, Guy prit les choses en main. Il examina la porte, qui ne possédait pas de vrai verrou mais un épais moraillon et un pêne qu'ils devaient fixer à l'aide du cadenas fourni par l'hôtelier.

« En fait, ça semble très solide, affirma-t-il. Si nous avions notre propre cadenas, ce serait assez sûr.

— Je n'aime pas cet endroit, déclara Tania.

— Contrairement à Bourriquet », dit Ben.

L'homme les avait suivis et se montrait tour à tour morose et émerveillé tandis qu'il inspectait la chambre. Après avoir étudié le minibar vide et essayé la télécommande, qui ne fonctionnait pas, il avait manipulé les boutons de la télévision, jusqu'à monter le son au maximum, si bien que le vacarme avait envahi la chambre. Il eut l'air mécontent que Guy l'éteigne.

« Je meurs de faim », lança Tania.

Toute la famille avait faim. Guy feuilleta les pages du

lexique, à la recherche du mot « restaurant ». Bourriquet désigna par la fenêtre une porte éclairée, un peu plus bas dans la même rue. Chloe rangea le coffret à bijoux dans son sac, puis ils redescendirent et gagnèrent le restaurant, qu'ils examinèrent à travers la porte. La salle était peinte en blanc, violemment éclairée par des néons, ce qui lui donnait l'air d'une piscine. Au moins, ça semblait propre.

« Il faudra s'en contenter, constata Guy.

— Bourriquet semble venir avec nous », fit observer Chloe. Et, en effet, le jeune homme les suivit à l'intérieur du restaurant.

Guy fut un peu surpris. Mais quel mal y avait-il à ça ?

« Comme il nous a aidés, j'imagine qu'il veut maintenant sa récompense. »

Quand ils s'installèrent et que Guy désigna le menu indéchiffrable pour qu'il choisisse, Bourriquet eut l'air perplexe, il ne se décida à passer commande qu'après avoir reçu leurs encouragements. Mais quand la nourriture arriva, il s'agissait d'un simple bol de riz avec un œuf, et il refusa de prendre quoi que ce soit parmi leurs nombreux plats.

« À mon avis, c'est juste qu'on l'intrigue, dit Ben.

— Je commence à en avoir assez d'être aussi fascinante ! se plaignit Chloe. On serait bien moins passionnants si on était dans la bonne ville. »

Cette nuit-là, Guy dormit à poings fermés, et à son réveil tout lui parut moins dramatique. Dans son sommeil, il avait été confusément conscient d'une rumeur allant s'intensifiant. Lorsqu'il jeta un coup d'œil à travers les rideaux, il eut du mal à croire qu'ils se trouvaient dans le même lieu sombre et désert que la veille : la rue s'était épanouie comme une fleur, les couleurs éclatantes des boutiques l'illuminaient, et elle grouillait de piétons et de cyclistes. Chloe semblait revivre ; elle fredonnait tout en s'apprêtant à essayer les douches situées au bout du couloir. Elle ouvrit la porte et s'esclaffa.

« Sais-tu qui est là ? Bourriquet. On dirait qu'il nous attend. »

Guy, qui l'avait déjà complètement oublié, éprouva une légère lassitude à ce nom.

« Tu crois qu'il est resté là toute la nuit ?

— Non. Il porte une chemise différente. »

Malgré sa présence lugubre, l'homme leur était utile : il aida Guy à questionner l'hôtelier au sujet des deux Guangfaochu. Apparemment, les choses n'étaient pas trop graves : leur interminable voyage en train ne les avait pas menés à l'opposé de leur destination initiale ; ils avaient en fait suivi une voie parallèle, et l'hôtelier assura qu'un autocar direct pourrait les conduire là où ils avaient eu l'intention d'aller.

« On ne va pas être obligés de refaire le trajet en sens inverse, annonça Guy à sa famille, voilà au moins une bonne nouvelle. »

Il alla acheter un gros cadenas pour verrouiller la porte. Pour plus de sûreté, ils placèrent tous les bagages dans la chambre des parents. Après s'être arrêtés dans une baraque en plein air pour manger, en guise de petit déjeuner, des boulettes de pâte – étonnamment délicieuses –, ils se dirigèrent vers la gare routière, Bourriquet ouvrant la marche à travers les rues qui grouillaient de monde. L'optimisme de Guy faiblit un peu quand, après avoir franchi la grille de la gare routière, ils découvrirent la longue file de cars tout cabossés, dotés de vitres fêlées et de pneus lisses – au moins il n'y avait pas de file d'attente. Il entreprit d'interroger le guichetier, en prenant cette fois la peine de désigner du doigt, tandis qu'il prononçait chaque mot, les caractères chinois dans son guide.

« Il dit que le car qui va à notre Guangfaochu part à huit heures demain matin, expliqua-t-il enfin. Et qu'il met sept heures.

— Sept heures dans un de ces vieux tacots ! grogna Tania, qui ne paraissait plus partager l'enthousiasme de Sarah Spence pour les expéditions aventureuses.

— Je pense que c'est la meilleure solution, déclara Chloe. Ça manquera un peu de confort, mais ça nous mènera à bon port. Autrement, on serait obligés de refaire le voyage en train en sens inverse jusqu'à notre point de départ, puis de prendre un autre train. Ça nous ferait perdre toute une journée.

— Et alors, on n'aurait sûrement pas le temps de visiter le temple de Baolin », renchérit Guy.

Cette remarque suffit à convaincre Ben.

« Bon, d'accord pour l'autocar ! »

Trois contre un... Tania bouda mais Guy alla acheter les billets. Ayant encore à occuper presque une journée entière, ils retournèrent sans se presser à l'hôtel et, quoi qu'il n'y eût rien de particulier à voir, Guy s'aperçut qu'il était plus intéressé par cette petite ville que par bien des endroits touristiques visités durant le voyage organisé. Les activités de la rue étaient fascinantes : ils passèrent devant un guérisseur qui appliquait des ventouses sur le dos d'un patient, puis devant un marchand de poisons qui, afin de montrer l'efficacité de ses produits, avait disposé sur le sol une rangée de rats morts. Bourriquet ne les quittait pas d'une semelle.

« Est-ce que tu crois qu'il a un chez-lui ? » demanda Chloe.

Guy était lui aussi de plus en plus agacé par la façon dont Bourriquet les poussait dans la rue, en jetant des coups d'œil alentour d'un air important et en les empêchant de buter contre les éventaires comme s'il était leur garde du corps. Ou bien paradait-il, et voulait-il montrer avec fierté à toute la rue que ces étrangers étaient sous sa coupe ? Quand ils s'arrêtaient, il essayait le baladeur de Ben ou retirait le Caméscope de l'épaule de Guy pour scruter l'écran d'un air grave.

« Il me donne la chair de poule, affirma Tania.

— Arrête, tu charries ! » répliqua Ben.

Comme ils avaient faim, ils entrèrent dans un restaurant. Et, bien sûr, Bourriquet les suivit.

« Est-ce qu'il ne peut pas nous laisser tranquilles ? protesta Tania.

— Il nous a rendu service », lui rappela Guy.

Cette fois-ci, Bourriquet accepta l'invitation à déjeuner d'un vif hochement de tête. Il prit à nouveau un bol de riz et un œuf. Mais alors qu'il ne pouvait comprendre leur conversation, sa seule présence réduisait la famille au silence et l'on n'entendait que le lugubre cliquetis des baguettes pendant le repas. Aussi, Guy finit lui-même par perdre toute patience.

« Merci pour votre aide. *Shie shie* », lui dit-il au moment où ils sortirent du restaurant et émergèrent dans l'intense lumière du soleil. Puis il lui fit un signe de la main. « Eh bien, au revoir ! »

Bourriquet fixa sur lui un regard inexpressif, sans bouger. Quand ils s'éloignèrent, il leur emboîta le pas.

« Un coup pour rien ! » lança Chloe.

Guy fit une deuxième tentative devant la porte de l'hôtel, en pure perte : Bourriquet les accompagna jusqu'à leur chambre. Une fois à l'intérieur, il se mit en devoir d'examiner leurs effets. Il s'intéressa tout particulièrement au sèche-cheveux de Chloe, observant avec curiosité le ventilateur de l'appareil. Guy le lui enleva des mains.

« Désolé, mais on est fatigués et on a besoin de repos. Alors, au revoir ! »

Bourriquet ne parut pas avoir entendu et saisit délicatement la trousse de toilette de Chloe. Soudain, Guy en eut par-dessus la tête de ce sans-gêne. Il attrapa un bout de la trousse et s'écria : « Écoutez, soyez gentil, partez et laissez-nous tranquilles ! »

Si Bourriquet ne saisit pas le sens des paroles, il comprit le ton et le regard courroucés de Guy. Il le dévisagea quelques instants, l'air décontenancé, puis lâcha la trousse de toilette avant de quitter la pièce d'un pas lent, sans dire un mot. Guy se sentit un peu ingrat, mais surtout soulagé d'être libéré de cette étrange et étouffante présence. Un sentiment partagé par toute la famille. Après une brève sieste, Ben ayant annoncé qu'il voulait passer à une boutique de cerfs-volants qu'il avait repérée, Guy et Tania décidèrent de l'accompagner, tandis que Chloe, encore un peu fatiguée, resterait à l'hôtel. Au moment où Guy et les enfants sortirent dans la rue, ils aperçurent Bourriquet sur le trottoir d'en face.

« Il nous regarde, dit Tania.

— Ne fais pas attention à lui », lui conseilla Guy.

Ils passèrent presque une heure dans des boutiques de cerfs-volants et en achetèrent plusieurs. Mais quand ils revinrent à l'hôtel, Chloe les attendait, la mine perplexe.

« Devinez qui j'ai vu ? Bourriquet... Je sortais de la douche quand je l'ai découvert dans le couloir, en train de me fixer. Je me suis dit qu'il voulait se rincer l'œil. Dans ce cas il a dû être déçu, car j'étais enveloppée dans des serviettes des pieds à la tête.

— J'en ai un peu marre de tout ça, déclara Guy. On a l'impression d'être pris en filature.

— Bah, il n'est pas méchant », fit remarquer Chloe.

Guy était d'un tempérament plutôt placide, mais son instinct protecteur envers sa famille était désormais en alerte.

« Je vais lui dire deux mots.

— Ne sois pas ridicule ! » le morigéna Chloe. Faisant fi de son intervention, Guy sortit de la pièce d'un pas martial. Intrigués par le comportement belliqueux de leur père, Tania et Ben échangèrent des regards amusés et admiratifs. Guy traversa le couloir, dévala l'escalier quatre à quatre, puis arpenta les rues du quartier. Pas de Bourriquet en vue !

Ce soir-là, ils retournèrent au restaurant éclairé au néon. C'était leur premier repas sans Bourriquet depuis leur arrivée et ils passèrent une joyeuse soirée, devisant gaiement comme s'ils étaient débarrassés d'un fardeau, et commandant davantage de plats qu'ils n'en pourraient manger. Guy parvint presque à entretenir une conversation avec le restaurateur – un homme entreprenant au large sourire, trapu comme un lutteur. Il lui expliqua comment ils avaient eu la malchance de se tromper de train à cause de la confusion entre les deux Guangfaochu, et son récit fut salué par les éclats de rire de son interlocuteur. Pour une raison ou une autre, cette histoire les conduisit à parler des leçons de boxe française que prenait Ben à l'école, ce qui incita Ben et le restaurateur à boxer dans le vide devant la porte de la cuisine.

« Tu sais, je commence à penser que ce genre de voyage a son charme, déclara Guy à sa femme tandis qu'ils rejoignaient l'hôtel. C'est vrai, ça permet d'approcher un pays de plus près, alors que quand on fait un circuit organisé on a l'impression de voir tout par la fenêtre. »

Même Tania sembla de nouveau apprécier cette façon de voyager.

« Oui, ça peut être marrant – enfin, quand ça roule tout seul. »

Comme ils étaient tous trop fatigués pour faire les bagages avant de se coucher, Guy mit le réveil très tôt. Lorsqu'il se leva en titubant pour aller frapper à la porte de la chambre des enfants, il faisait encore à moitié nuit, mais on entendait déjà les premiers bruits de la rue. Au moment où il revint de la douche, il fut surpris de trouver Chloe et les enfants en train de fouiller dans des affaires jetées pêle-mêle sur les lits.

« Les bijoux, lâcha laconiquement Chloe. Ils ne sont plus là.

— Tu en es certaine ?

— Bien sûr que j'en suis certaine ! »

Depuis leur départ d'Angleterre, ç'avait été la grande crainte de Guy, mais maintenant que c'était arrivé, il en était surtout déconcerté.

« Je ne comprends pas. On a toujours cadenassé la porte. » Il jeta un coup d'œil au moraillon. « Personne ne l'a forcée. Ça se verrait. »

Chloe le regarda d'un air gêné.

« Sauf si ça s'est passé la fois où je me suis douchée pendant que vous étiez sortis. »

Guy la fixa droit dans les yeux.

« Tu n'avais pas mis le cadenas ?

— Je n'ai quitté la chambre que quelques minutes ! s'écria-t-elle rageusement.

— Chloe, tu ne peux pas te comporter ainsi dans ce genre de pays ! »

Un éclair passa dans le regard de Tania.

« Alors, c'est Bourriquet qui a fait le coup ! lança-t-elle. J'avais bien dit qu'il fallait s'en méfier...

— On n'en a pas la preuve, répliqua Chloe, mais d'un ton hésitant.

— Ça expliquerait pourquoi il ne nous a pas lâchés d'une semelle, pendant tout ce temps, fit remarquer Guy. Et il t'a vue sortir les bijoux avant qu'on aille au restaurant, le premier soir. Je l'ai vu te regarder.

— N'empêche, je ne pense pas qu'il aurait fait ça », affirma Ben.

Il était le seul de cet avis. Chloe secoua la tête.

« Adieu, le rendez-vous à Hong Kong ! »

Guy, lui, pensait plutôt à l'assurance.

« Il va falloir qu'on fasse établir un procès-verbal par la police. »

L'hôtelier eut l'air effrayé lorsque Guy désigna l'un après l'autre les mots « vol » et « police ». Il éteignit la télévision et appela sa femme, qui se trouvait dans une pièce de derrière, pour qu'elle tienne la réception pendant qu'il accompagnait les Winter au poste de police. Guy avait imaginé que le commissariat serait un bâtiment moderne, alors qu'à son grand étonnement il occupait une maison ancienne avec une cour plantée d'arbres. Assis sur un banc, trois policiers étaient en train de boire du thé dans de petites tasses blanches. Ils sourirent en apercevant ces étrangers. L'un d'eux leva le Thermos comme pour leur en proposer. Le sourire disparut quand l'hôtelier expliqua la raison de leur venue. D'un geste rapide, on leur enjoignit de s'asseoir sur un autre banc.

« Je parie qu'on va encore rater le car, marmonna Ben sur un ton lugubre.

— Il est un peu plus important de régler ce problème », lui rappela Guy d'un air sévère, bien qu'il fût tout aussi ennuyé de voir leurs projets contrariés une fois de plus.

Ils restèrent assis sur le banc sans trop savoir ce qu'ils attendaient. Tania et Ben jouaient aux cartes, et Guy allait demander ce qui se passait quand apparut un jeune homme à l'air anxieux, portant des lunettes.

« Je suis votre traducteur », leur annonça-t-il.

Cela ressemblait à un progrès. La famille Winter et l'hôtelier le suivirent dans un bureau où attendait l'un des trois policiers en se tapotant le menton. Il se renfrogna lorsque Guy expliqua qu'on avait dérobé les bijoux de sa femme.

« Le policier Fan dit que vous vous trompez, traduisit l'interprète. Guangfaochu est une ville honnête et personne ne vole ici.

— Pourtant, c'est arrivé, répliqua Guy.

— Ce que vous dites est très grave. Le policier Fan demande : qu'est-ce qu'on vous a volé ?

— Je crois qu'on doit y aller doucement, murmura Chloe. Tout ça ne me plaît guère.

— Nous devons faire une déposition », rétorqua Guy. Tout était plus compliqué que prévu. Comment expliquer ce qu'il voulait ? « Nous avons seulement besoin d'un procès-verbal indiquant que les bijoux ont été volés, dit-il à l'interprète, afin de pouvoir être remboursés en Angleterre par l'assurance. »

L'interprète et le policier le regardèrent d'un air

incertain. Guy se demandait s'il devait leur parler des polices d'assurance – cela existait-il dans ce pays ? – quand l'hôtelier se mit à déverser un torrent de paroles.

« Il dit que vous avez installé votre propre cadenas sur la porte, de sorte qu'à part vous personne n'a pu entrer dans la chambre », expliqua l'interprète.

Le policier les dévisageait en se tapotant le menton. Guy commençait à se sentir soupçonné et à en vouloir à l'hôtelier, ce qui était injuste puisque tout ce qu'il disait était vrai. Cela devenait frustrant. Il fallait qu'on les croie, sans quoi ils n'obtiendraient jamais leur procès-verbal. Ils risquaient même d'être accusés de fausse déclaration.

« Une fois, on a oublié de mettre le cadenas, avoua-t-il à l'interprète, et il n'y avait que ma femme, en train de prendre une douche.

— Guy ! souffla Chloe en lui donnant un coup de coude.

— Qu'est-ce que je peux leur raconter d'autre ? » protesta-t-il.

L'air angoissé, l'hôtelier débita à toute vitesse une nouvelle tirade.

« Il dit que vous n'avez pas parlé de quelque chose d'important, traduisit l'interprète. Vous avez un ami ici, qui était toujours avec vous et même dans votre chambre. Il connaît cet ami : il s'appelle Jiao Zhe-yu. »

Guy réalisa avec étonnement qu'il n'avait encore jamais entendu le nom de Bourriquet. Donc, le policier le connaissait... Il ferma les yeux un bref instant, comme s'il avait avalé quelque chose au goût déplaisant. Bourriquet était-il un voleur connu ? Peut-être sa présence devant la gare n'était-elle pas fortuite ? Peut-être avait-il seulement feint d'être balourd ?

« Le policier Fan demande si Jiao Zhe-yu était dans l'hôtel quand la chambre n'était pas verrouillée ? »

Guy hésita, car sa femme venait de lui donner un nouveau coup de coude dans le bras. L'hôtelier dardait sur lui un regard perçant.

« J'ai juste besoin d'un certificat indiquant que les bijoux ont été volés…

— Le policier Fan vous demande de répondre à cette simple question. »

Guy se sentait pris au piège.

« Oui, en effet. Ma femme l'a vu dans le couloir lorsqu'elle est sortie de la douche. Mais ça ne signifie pas qu'il ait volé quoi que ce soit. » Guy vit le policier inscrire quelque chose sur une feuille de papier.

« Comment as-tu pu dire ça ? siffla Chloe.

— Et que pouvais-je dire d'autre ? répondit-il sur le même ton. Après tout, c'est la pure vérité. » Une idée lui traversa l'esprit. « D'ailleurs, ils trouveront peut-être les bijoux sur lui. Dans ce cas, nous insisterons pour retirer notre plainte. »

Chloe le foudroya du regard.

« Je me fiche des bijoux comme de l'an quarante ! »

L'interprète lui adressa la parole :

« Le policier Fan vous prie de confirmer que vous avez vu Jiao Zhe-yu quand vous êtes revenue de la douche, la fois où la chambre n'était pas fermée à clé. »

Elle prit une profonde inspiration.

« D'accord, d'accord. Je l'ai vu dans le couloir. Mais ça ne prouve pas qu'il nous a volés.

— Le policier Fan dit qu'il n'y a pas de raison de vous mettre en colère, madame Winter. »

La suite sembla prendre une éternité. Ils durent d'abord attendre que l'hôtelier aille chercher leurs passeports. Le policier Fan recopia soigneusement les diverses indications y figurant, puis les plaça l'un après l'autre dans une boîte en fer qui se trouvait sur son bureau. Après, on passa à la rédaction de leur déposition, ce qui s'avéra particulièrement laborieux, l'interprète devant écrire chaque phrase en anglais puis en chinois.

« On la signe ? demanda Guy quand ce fut enfin terminé.

— Pas maintenant, répondit l'interprète. Il faut que ce soit vérifié par des officiers plus gradés, pour que tout soit comme il faut. Le policier Fan dit que vous devez revenir demain matin à neuf heures.

— Demain ? » Le car partant très tôt, cela signifiait qu'ils seraient coincés dans la ville encore un jour de plus. « Mais on ne peut pas rester ici. On doit aller à Hong Kong ! »

L'interprète le fixa bizarrement.

« C'est une affaire très grave.

— Est-ce qu'on ne peut pas au moins nous rendre nos passeports ? demanda Chloe.

— Demain. »

Démoralisés, ils ressortirent dans la rue.

« Ça ne me plaît pas du tout, lança Chloe. Qu'est-ce que tu crois qu'on va lui faire ? »

Guy haussa les épaules, l'air gêné.

« Qu'aurions-nous pu faire d'autre ? On leur a dit la vérité, tout en précisant clairement qu'il n'était peut-être pas coupable – même si je ne vois pas qui ça pourrait être d'autre. »

Ils entrèrent dans un restaurant et mangèrent goulûment, n'ayant rien pris depuis le lever. Il n'était que midi lorsqu'ils en ressortirent, et si la veille la perspective d'un après-midi de promenade dans cette ville du bout du monde avait été attrayante, elle paraissait à présent déprimante.

« Il faudrait peut-être s'assurer qu'il y a bien un car après-demain », dit Guy.

Personne n'ayant une meilleure suggestion, ils se dirigèrent vers la gare routière, où le guichetier leur confirma ce dont ils se doutaient : pour cette destination, il y avait un car chaque matin à huit heures.

« On ne va plus pouvoir visiter le temple de Baolin, hein ? lança Ben avec morosité, tandis qu'ils regagnaient l'hôtel.

— Je n'en sais rien, répondit Chloe d'une voix morne.

On n'est plus pressés d'arriver à Hong Kong, puisque je n'ai plus d'échantillons à montrer.

— Il n'est pas impossible que tu les récupères », lui rappela Guy.

Ayant recouvré sa bonne humeur, Ben se mit à compter les jours.

« Si on reste dans le vrai Guangfaochu deux nuits de plus et que... »

Mais alors quelque chose de bizarre se passa. Une petite femme corpulente, aux cheveux gris coupés très court, se dressa devant eux en les regardant d'un drôle d'air et en les empêchant d'avancer. Guy s'apprêtait à la contourner quand elle agita un doigt devant son visage et se mit à déverser sur lui un flot de paroles furieuses.

« On ne vous comprend pas ! » lança Chloe en tendant ses mains ouvertes comme si elle refusait l'aumône à un mendiant. Au lieu de se calmer, la femme la prit pour cible de ses récriminations.

« Elle est folle », affirma Guy d'un ton gêné. Il la dépassa en descendant du trottoir, imité par sa famille ; mais la femme leur emboîta le pas tout en les apostrophant.

« Rentrons à l'hôtel ! cria Guy pour se faire entendre.

— Tout le monde nous regarde », constata Tania.

En effet : tous les passants s'étaient arrêtés pour les observer, tandis qu'ils s'éloignaient avec la femme, toujours vociférante. Certains d'entre eux les fixaient d'un air perplexe, d'autres les foudroyaient du regard.

« Qu'est-ce que tu crois qu'elle dit ? demanda Ben à son père.

— Comment veux-tu que je le sache ? Elle délire. »

Ils étaient presque arrivés à destination et, espérait Guy, seraient bientôt hors d'atteinte. Mais lorsqu'ils pénétrèrent dans l'hôtel, loin de les laisser en paix, la femme les poursuivit dans l'escalier qu'ils grimpèrent quatre à quatre, puis dans le couloir. Enfin ils furent dans la chambre des parents, et Guy en claqua la porte, mais la femme continua de hurler. Ses cris leur donnaient la chair de poule et pendant quelques instants ils restèrent debout, immobiles, frappés de mutisme. Finalement, Guy secoua la tête. « J'en ai plus que marre ! » s'écria-t-il avant d'ouvrir la porte et de hurler à la femme : « Allez-vous-en et foutez-nous la paix ! »

À son grand étonnement, cela marcha : sur un dernier regard noir, la femme retraversa à grands pas le couloir. Peu après, elle recommença à les apostropher de la rue, plantée sous leur fenêtre.

« Tu ne crois pas que c'est la mère de Bourriquet ? demanda Ben à Guy.

— À mon avis, c'est juste une folle.

— Elle lui ressemble un peu. »

Les vociférations finirent cependant par faiblir, avant de s'arrêter enfin. Quand Guy jeta un œil par la fenêtre, la femme était partie.

« Peut-être qu'on devrait retourner à la police et dire qu'on s'est trompés... », hasarda Chloe.

Personne ne répondit, et on passa à autre chose. Ils occupèrent tant bien que mal l'après-midi : Tania et Ben jouèrent aux cartes en silence, Chloe feuilleta distraitement le guide, tandis que Guy nettoyait son couteau suisse. Ce n'est qu'à la nuit tombée et une fois le bruit de la rue presque totalement apaisé qu'ils osèrent ressortir de l'hôtel. Mais Guy venait à peine de pénétrer dans le restaurant éclairé au néon que le patron fit un geste de la main en lui lançant : « *Meio !* »

Guy s'y était plus ou moins attendu. Il fixa l'homme, voulut argumenter, mais se ravisa.

« Venez, allons-nous-en !

— Mais où est-ce qu'on va manger ? grommela Ben. Je crève de faim !

— On trouvera bien quelque chose.

— Tout ça, c'est à cause de Bourriquet, j'en suis sûre, dit Chloe en secouant la tête. Toute la ville nous déteste.

— Eh bien, si c'est vrai, ils ont tort, répliqua Guy d'un ton amer. C'est sans doute seulement parce que nous sommes étrangers. »

Ils furent sauvés par l'hôtelier, qui demanda à sa femme de leur préparer un grand plat de riz avec de la viande et des poivrons. Ils mangèrent pour compenser leurs émotions de la journée. Ce soir-là, Guy transporta les lits des enfants dans la chambre de Chloe et lui, puis coinça par précaution la poignée de la porte avec une chaise. Mais personne ne vint.

Le lendemain matin, ils traversèrent les rues très animées pour se rendre au poste de police. L'interprète les y attendait déjà.

« Il y a une bonne nouvelle, leur annonça-t-il avec un semblant de sourire. Jiao Zhe-yu a avoué. »

Guy fut pris de court. Était-ce vraiment une bonne nouvelle ? En tout cas, cela clarifiait les choses.

« Est-ce qu'on a retrouvé les bijoux ?

— Les policiers disent qu'ils sont très désolés, ils ne les ont pas encore récupérés, mais les recherches continueront avec ardeur. La confession de Jiao montre que cette affaire est maintenant résolue. » Ils suivirent l'interprète dans le bureau du policier Fan, où les attendaient sur la table deux procès-verbaux soigneusement tapés à la machine, avec les noms de Chloe et de Guy au bas du texte.

« Le policier Fan demande si vous accepterez un peu de thé ? »

Ils en prirent tous les quatre dans de petites tasses blanches. Mais quand Guy jeta un coup d'œil à leur déposition, il découvrit qu'elle avait été modifiée. Elle commençait ainsi :

Nous sommes très reconnaissants à la police de Guangfaochu qui a travaillé si dur et si vite pour résoudre ce grave forfait. Nous soulignons avec force que ce crime commis contre des visiteurs étrangers est tout à fait inhabituel dans l'honnête ville de Guangfaochu…

Chloe avait lu plus loin.

« Je ne peux pas signer ce texte, déclara-t-elle. Il affirme que je l'ai vu sortir de la chambre avec les bijoux. C'est faux. Je l'ai juste aperçu une seconde au bout du couloir. »

Le policier Fan haussa les épaules, comme si ce détail n'avait guère d'importance.

« Jiao Zhe-yu avoue tout ça dans sa confession, expliqua l'interprète.

— Je suis désolée, mais ce passage devra être changé. »

L'interprète regarda Chloe d'un air las.

« Alors, vous devrez revenir demain. Si on apporte des modifications, il faut tout refaire et des policiers plus gradés devront vérifier que tout est correct.

— Ça m'est égal. »

Un silence s'abattit sur la pièce et Guy ferma les yeux à demi.

« Est-ce que tu y tiens vraiment, Chloe, puisqu'il a tout avoué, de toute façon ? Je veux dire que... » Il sentit monter une immense exaspération. « Finissons-en ! » s'écria-t-il. Il saisit le stylo et griffonna sa signature.

Chloe le dévisagea. Tout le monde attendait. En colère mais résignée, elle esquissa un mouvement d'épaules et signa à son tour.

Le policier prit les quatre passeports dans la boîte en fer.

« Le policier Fan dit que, vu votre besoin urgent de voyager, il n'est pas nécessaire que vous témoigniez au procès.

— Que va-t-il lui arriver ? » demanda Chloe.

L'interprète détourna le regard.

« Je n'en sais rien. »

Tout était terminé. Guy mit dans sa poche sa copie du procès-verbal et ils ressortirent dans la rue. Mais soudain Chloe s'immobilisa.

« J'y retourne. Ça ne va pas du tout ! »

Les enfants contemplaient la scène d'un air gêné. Guy regarda sa femme droit dans les yeux.

« Ça ne me plaît pas non plus, Chloe. Mais que pouvons-nous y faire ?

— Il y a sûrement quelque chose à faire. Je vais dire que je me suis trompée et que je ne l'ai pas vu dans le couloir.

— Alors, ils accuseront l'hôtelier à la place... Chloe, on n'est pour rien dans ce qui arrive. Ce n'est pas notre faute.

— Je ne veux pas être mêlée en quoi que ce soit à... »

Juste au moment où elle se taisait, Guy aperçut du coin de l'œil quelque chose qui traversa brusquement son champ de vision tel un oiseau en piqué, mais en plus lourd. Il y eut un bruit mat, comme si des légumes heurtaient un mur ; puis Tania tituba en se tenant l'épaule d'une main, tandis qu'un objet se fracassait contre le trottoir. C'était une brique. Pivotant sur ses talons, Guy se tourna dans la direction d'où était venu le projectile. Plusieurs passants les fixaient du regard, alors que d'autres continuaient de vaquer à leurs occupations en examinant les étals des marchands. Impossible de dire qui avait lancé la brique. Tania gémissait. Chloe et Guy la ramenèrent au poste de police, son tee-shirt déchiré et maculé de sang.

« Ça va aller, lui disait Chloe – qui avait jadis suivi des cours de secourisme – pour la calmer, même si le choc lui faisait cligner les paupières. Ça n'a pas l'air bien grave. Il faudra sans doute juste quelques points de suture. »

Aussi horrifiés que les Winter, les policiers s'activèrent immédiatement. L'un d'eux courut chercher des pansements, un autre le fourgon. Quelques instants plus tard, les Winter et l'interprète étaient emmenés à l'arrière du véhicule, Guy s'agrippant à la solide grille métallique pour garder l'équilibre. L'hôpital était situé à deux pas du centre, et ils ne tardèrent pas à filer le long d'un couloir, passant devant des chambres à l'aspect fort spartiate, pareilles à des dortoirs de collège. On permit à Chloe de rester avec Tania, tandis que Guy et Ben attendaient dehors en compagnie de l'interprète.

« Je regrette ce grave accident, déclara-t-il, l'air malheureux. Voulez-vous faire une déposition à la police ?

— Non. Aucune déposition », répondit Guy en frissonnant.

Chloe finit par réapparaître, le teint pâle.

« Elle est très choquée. Ce médecin ne me plaît pas du tout. On aurait dit qu'il cherchait à lui faire encore plus mal. »

Guy se sentit défaillir.

« Je suis sûr que non. »

L'interprète les regardait, mal à l'aise. Chloe baissa la voix, chuchotant presque :

« Je me moque de tout ça, maintenant. Tout ce que je veux, c'est qu'on s'en aille d'ici. »

Mais ce n'était pas aussi simple. Il y eut un problème avec les points de suture. Il fallut en refaire certains, et le médecin craignait que la plaie ne s'infecte.

« Il veut seulement que ceux qui visitent notre ville reçoivent le meilleur traitement possible, leur assura l'interprète. Nous regrettons tous beaucoup ces terribles événements. »

La seule bonne nouvelle fut qu'ils eurent le droit de demeurer à l'hôpital, car aucun d'entre eux n'avait la moindre envie de retourner à l'hôtel. L'interprète fit en sorte que Guy, Chloe et Ben puissent passer la nuit dans une chambre vide qui donnait sur le même couloir que celle de Tania. Guy s'étant enquis de la façon la plus simple et la plus directe de quitter la ville – les bouddhas et les temples dédiés au kung-fu étaient désormais tout à fait oubliés –, l'interprète indiqua une grande ville, à trois heures de là en train, qui possédait un aéroport d'où décollaient des avions à destination de Hong Kong. L'après-midi, il se rendit lui-même à la gare et revint avec quatre billets. Lorsque Guy sortit son portefeuille, il refusa d'un geste de la main.

« C'est offert par la police de Guangfaochu qui est désolée de ces graves ennuis. »

Leur séjour à l'hôpital passa assez vite. Dès le lendemain, Tania s'était presque entièrement remise du choc, et fit plusieurs parties de cartes avec son frère. L'énorme bandage à son épaule donnait l'impression que la blessure était grave, mais elle affirma que ça ne faisait pas mal. Le médecin l'autorisa à voyager le matin, suivant et l'interprète se débrouilla pour que l'un des minivans qui sillonnaient la ville en tous sens, bourrés de passagers, leur serve de taxi privé. La voiture arriva pile à l'heure.

« On ne sera pas longs, dit Guy à Tania et à Ben comme ils s'arrêtaient devant l'hôtel. Vous pouvez nous attendre ici si vous voulez. »

Mais les enfants ne voulaient pas rester seuls, aussi descendirent-ils tous les quatre de la voiture. Quand ils passèrent devant la réception, l'hôtelier se redressa d'un bond et leur cria quelque chose – salutations ? formules de sympathie ? Cependant, Guy n'en avait cure, et il se contenta de lui adresser un bref signe de tête en lui tendant l'argent pour régler la note. La chambre, demeurée dans l'état où ils l'avaient laissée l'avant-veille, leur sembla étrange avec les quatre lits qui encombraient l'espace. Ils se mirent en devoir de ranger leurs affaires dans leurs sacs. Guy regarda sous les lits, récupéra le cadenas sur la porte pour le fourrer dans sa poche ; puis chacun mit son sac sur son dos. Guy était sur le point de franchir le seuil quand il s'arrêta net.

« Qu'est-ce qui se passe ? » lança-t-il à sa femme, qui venait de se figer au beau milieu de la pièce, comme confrontée à un dilemme. Elle retira lentement le sac de son dos, l'ouvrit et y plongea la main. Elle en sortit le mince coffret à bijoux. Guy poussa un faible cri pendant que Tania et Ben demeuraient bouche bée.

« Il était dans la poche entre les sangles et l'armature, expliqua avec peine Chloe. J'ai dû le ranger là par... précaution. Je l'ai senti quand j'ai chargé le sac sur mon dos.

— Chloe..., gémit Guy en s'affalant sur l'un des lits tout en secouant tristement la tête, je n'arrive pas à le croire. Ça va de plus en plus mal ! » Il ferma les yeux. « On n'a pas le choix : il va falloir retourner au... »

Chloe l'interrompit. Les mâchoires serrées, elle le fixait d'un air étrange.

« On ne retourne nulle part ! Je refuse de mettre en danger la vie de mes enfants une minute de plus. »

Tania et Ben regardaient la scène en silence. Guy ouvrit la bouche pour répliquer, mais la referma, sensible aux paroles de sa femme. Qu'il serait bon d'être ailleurs ! Tout d'un coup, il revit leur maison, le grand salon, les fauteuils blancs et la vue sur le jardin. Pour une raison mystérieuse il s'imagina en voiture avec sa famille, roulant le long de la mer. De tout son être, il désirait se retrouver chez lui. S'ils pouvaient seulement partir loin de là, rien de tout cela n'aurait plus la moindre importance, ni la moindre réalité.

« Très bien, dit-il, allons-nous-en ! »

Les enfants ne se le firent pas dire deux fois et bondirent hors de la chambre. Ils dévalèrent tous les quatre l'escalier, souriant presque, portés par la joie de fuir, et grimpèrent dans le minibus. Après s'être un moment traînés au milieu des rues encombrées, ils débouchèrent dans une large avenue et la voiture prit un peu de vitesse.

Bizarrement, Guy crut sentir la présence du camion avant même qu'il apparaisse, comme s'il avait eu une prémonition. Ce n'était pas la première fois qu'il pressentait avec justesse que ce qui pouvait arriver de pire – ce qu'il redoutait par-dessus tout – devait arriver et arrivait toujours. Comme la fois où on l'avait défié de tracer un graffiti sur le mur et que le professeur visé avait déboulé à cet instant précis.

« C'est Bourriquet, constata Ben, incrédule. Mais qu'est-ce qu'il fait là-dedans ? »

Il se tenait debout, en compagnie d'un autre homme, à l'arrière d'un camion roulant juste devant eux, et tous deux portaient un panneau de bois, attaché autour du cou, sur lequel étaient inscrites en noir des lignes de caractères chinois. Il avait aperçu les Winter et fixait sur eux un regard difficile à déchiffrer. Colère, perplexité, ou même espoir ? Puis la vision disparut : ayant aperçu un trou dans la circulation, leur chauffeur s'y glissa et dépassa le camion. Peu après, ils attendaient avec leurs bagages sur le quai de la gare. Si le train n'avait pas été aussi en retard, ils seraient partis sans que Guy ait jamais perçu le bruit : un claquement sec, comme lorsque quelque chose casse net, mais au loin, et donc si faible qu'il n'aurait pas été certain de l'avoir entendu si Chloe n'avait pas légèrement tressailli à son côté.

« Il est mort, n'est-ce pas ? » lança Tania, tandis que le train s'ébranlait.

Chloe s'était toujours vantée de pouvoir discuter de tout avec ses enfants, même s'il s'agissait d'un sujet très difficile, voire tabou. Pourtant, cette fois-là, les mots lui manquèrent.

« Je n'ai pas envie d'en parler ! » répliqua-t-elle sèchement.

Le voyage vers le sud s'avéra étonnamment aisé, et ils atteignirent Hong Kong le lendemain matin. Cela leur permit de rester cinq jours entiers dans la ville, bien plus longtemps qu'ils ne l'avaient prévu, mais le séjour fut atroce. Ce qui était arrivé pesait sur chacun d'eux ; et, comme il se traînait, en nage, le long des rues chaudes et humides, Guy se rendait compte qu'ils étaient tous les quatre en proie à une sorte d'hébétude mêlée de tristesse. Parfois, alors qu'il était en train de changer de l'argent dans une banque ou qu'il se douchait à l'hôtel, le visage de Bourriquet lui apparaissait, le regard accusateur. Sa famille demeurait malgré tout son plus grand souci.

Contrairement à son habitude, Chloe était renfermée et irascible. Guy n'avait jamais réalisé à quel point elle était la cheville ouvrière de la famille, son pivot. À présent, c'était comme si elle avait déserté son poste.

« Tu ne peux pas faire ça, lui dit-il soudain un matin où ils se tenaient, l'air malheureux, sur le pont d'un ferry se dirigeant vers l'éblouissante ligne des toits de Hong Kong. Ce n'est pas juste pour nous. »

Elle ne répondit pas. Cet après-midi-là, elle annula le rendez-vous avec le patron de Chen, et pendant un moment Guy craignit qu'elle jette les bijoux. Trois jours plus tard, en pleine nuit, l'orage éclata.

« Je viens de rêver de lui, dit-elle en donnant un coup de coude à Guy pour le réveiller. Comment as-tu pu nous conduire dans cet horrible endroit ?

— C'est toi qui as affirmé que tu avais perdu ces foutus trucs », rétorqua-t-il. En laissant éclater sa colère, il espérait plus ou moins que cela allégerait l'atmosphère. Mais le lendemain, dans l'avion, comme Chloe restait muette et morose, il comprit qu'il n'en était rien. L'air n'avait pas été purifié, mais simplement brassé. D'ailleurs, la situation sembla même empirer une fois rentrés chez eux. Si, jusque-là, Guy avait espéré que les enfants n'avaient pas été trop choqués par l'épreuve et que seule la mauvaise humeur de Chloe les affectait, il s'aperçut que leur désarroi n'avait pas encore eu le temps de se manifester. Ben se mettait soudain en colère à propos de broutilles et ses parents reçurent des plaintes de son école. Mais c'était Tania qui donnait à Guy le plus de soucis, car en leur présence elle s'enfermait dans un mutisme presque total. Elle ne parlait plus de Sarah Spence ; il y avait d'autres amis, de nouveaux amis, et elle passait de plus en plus de nuits chez eux, comme si elle redoutait de rester chez elle. Les rares fois où elle prenait un repas à la maison, elle évitait de regarder ses parents. Guy sentait qu'il aurait dû avoir une conversation avec elle, mais il ne savait par où débuter. Il commença à craindre qu'ils aient perdu leur fille.

Noël passa et leur affliction parut devoir durer toujours. Guy ne comprit jamais très bien pourquoi les choses finirent par s'améliorer. Était-ce dû au changement de saison ou au simple écoulement du temps ? Toujours est-il qu'il s'aperçut de l'embellie un week-end de mai. Pendant qu'il examinait la tondeuse dans le jardin, il entendit rire Chloe et les enfants dans la cuisine. Ce son inhabituel le surprit comme s'il lui était inconnu. Alors, d'un seul coup, il sut que tout irait bien. Et c'est ce qui arriva. Il leur resta des cicatrices et, longtemps après, il arrivait encore à Guy de tressaillir au souvenir de cette petite ville chinoise. Mais avec le temps il y pensa de moins en moins. La vie continua, et ils réussirent même assez bien, tous les quatre : Guy reçut une promotion dans son travail, les affaires de Chloe marchèrent à merveille, les enfants eurent leur bac et allèrent à l'université. Ils achetèrent une maison de campagne dans les Cotswolds. Peu à peu, Guy sentit que revenait l'intimité entre les enfants, Chloe et lui. Parfois, il se surprenait même à penser que Bourriquet – à qui personne ne faisait jamais allusion – les avait en quelque sorte rapprochés, comme une expérience certes désastreuse mais vécue ensemble. Si bien que toute cette affaire devint presque, comme il l'avait espéré il y avait si longtemps, dans la chambre d'hôtel à Guangfaochu, un souvenir lointain, pas tout à fait réel et qui ne pouvait les atteindre.

2. Poudre

PAR UNE RADIEUSE SOIRÉE DE PRINTEMPS, alors que Peter Pelham promenait Romulus sur le terrain communal, il se rendit soudain compte que quelque chose d'étrange se passait. Il y eut d'abord cet inconnu qui, pas du tout vêtu pour faire du jogging, heurta son bras en courant. Ensuite, comme pour répondre à la question qui se formait dans l'esprit de Peter, la sirène d'une voiture de police retentit. Peter Pelham n'étant pas du genre à être membre d'un groupe d'autodéfense – loin s'en fallait – il ne lui vint pas à l'idée de prendre l'inconnu en chasse, ni même de se plaindre d'avoir été bousculé. Il se contenta de froncer les sourcils en silence et de tirer sur la laisse de Romulus pour qu'il cesse d'aboyer. Puis il attendit que le fuyard – si c'en était un – se soit mis hors d'atteinte en disparaissant derrière un mûrier pour grommeler d'un ton venimeux : « Espèce de con ! »

Mais cette scène de quelques secondes à peine n'était qu'un petit incident parmi d'autres dans la vie londonienne, et mieux valait l'oublier. Elle s'estompait déjà dans l'esprit de Peter lorsqu'il s'assit sur un banc pour laisser à Romulus le temps de déféquer. Or tandis qu'il fixait la gueule grisonnante du chien en songeant vaguement à des notes de vétérinaire, un bip de téléphone portable lui parvint de sous les lattes du banc, suivi d'une sonnerie sur l'air de *Maman, les p'tits bateaux*. Peter laissa l'appareil sonner une fois, deux fois, trois fois. Un autre jour, il aurait pu ne pas réagir, mais ce soir-là, pour une mystérieuse raison, il eut envie d'en savoir plus. Jetant un coup d'œil sous le banc, il aperçut un sac noir. Il y plongea la main et trouva le mobile, posé au-dessus de ce qui semblait être des provisions.

« Allô ?

— C'est toi, Larry ?

— Non, à vrai dire... » Comment expliquer ce genre de situation ? Son esprit de juriste expérimenté cherchait déjà à déterminer s'il était en infraction avec la loi, mais, à sa connaissance, il n'était pas illégal de répondre à un téléphone abandonné. « En fait... »

La communication fut coupée.

En tirant le sac de dessous le banc, Peter découvrit qu'il était bourré de sachets en plastique transparent, tous remplis d'une fine poudre blanche semblable à de la farine. Médusé, il lâcha le mobile. Puis il fit le lien avec l'homme qui l'avait heurté : il portait un sac identique. Un instant, Peter fut tenté de tout remettre en place et de s'en aller. Mais c'était impossible. Un juriste n'est pas censé se conduire en chien de garde, mais il peut essayer de faire respecter la loi. Peter se releva, ramassa le sac, tira sur la laisse de Romulus et prit le chemin du commissariat. Le sac était étonnamment lourd ; il le passa d'une épaule à l'autre, d'une main à l'autre. Tout en marchant, il avait peur – même s'il savait que c'était absurde – d'être arrêté par la police et accusé à tort. Les gros titres défilaient dans son esprit – « Un avocat arrêté dans une opération antidrogue » – quand il fut surpris de se retrouver devant la porte d'entrée peinte en bleu. À défaut de se rendre au commissariat, il avait machinalement regagné son logis.

Ignorant les geignements d'un Romulus perplexe, Peter pivota sur ses talons et ressortit dans la rue. Il n'avait encore rien fait de répréhensible ; c'est seulement à partir de ce moment-là qu'il se comporta de manière étrange. Il commença par s'arrêter sur le trottoir, aussi immobile qu'une statue, pour fixer d'un air très concentré une pancarte. INTERDICTION DE DÉPOSER DES ORDURES. Un avion passa au-dessus de sa tête, et son ombre l'effleura brièvement. Puis, presque comme un criminel à l'affût, il jeta un coup d'œil à droite et à gauche pour voir si quelqu'un le regardait. Mais non. Alors, Peter Pelham, avocat londonien sérieux, qui n'avait jamais enfreint la loi, excepté en ne payant pas un ticket de stationnement à l'occasion, fit le tour de la maison, déverrouilla la porte du garage et, le souffle court, l'ouvrit d'un geste brusque afin d'y pénétrer, le sac bourré de drogue à la main.

Par la suite, il considérerait que cet acte n'était pas dans son caractère, pour plaider – en son for intérieur – l'irresponsabilité temporaire. Mais était-ce la vérité ? Depuis pas mal de temps, Peter Pelham éprouvait un certain malaise, la frustration de celui qui se sent maltraité par la vie. C'était d'autant plus étonnant que la majorité des gens l'aurait jugé plutôt bien loti : il appartenait à une société ayant pignon sur rue ; Harriet, sa femme, travaillait à mi-temps pour une association à but non lucratif dirigée par la sœur d'un baronet ; et ils habitaient dans l'une des banlieues les plus huppées de Londres – un ancien village doté d'arbres, d'un lac, d'une vieille église, et peuplé d'un nombre croissant de gens célèbres. Peter ne se sentait pourtant pas du tout privilégié. Les soucis d'argent ne lui laissaient aucun répit, affectant son organisme comme des mets trop épicés, et pas un jour ne se passait sans qu'une nouvelle dépense ne vienne rogner le compte en banque du ménage. Il fallait payer l'hypothèque et les charges de la maison, la retraite, l'école et l'université des enfants, les assurances maladie privées, les factures des cartes de crédit. Sans parler de la vignette auto, des taxes locales et, bien sûr, de l'impôt sur le revenu. Le compte courant des Pelham était donc presque toujours à découvert et ils avaient sans cesse des agios à régler.

Ses ennuis, Peter s'en rendait compte, étaient principalement dus au déroulement de sa carrière. Si celle-ci ne s'était pas, à proprement parler, enlisée, elle avait cessé de progresser. Jadis – il y avait si longtemps que cela semblait difficile à croire –, Peter avait été une nouvelle recrue au brillant avenir chez McLeans, un important cabinet d'avocats, et chaque matin il s'était rendu au travail plein d'ardeur à l'ouvrage et de confiance en soi. Puis il se produit quelque chose d'inconcevable : rien n'arriva. Il attendit patiemment le moment où on lui apprendrait la bonne nouvelle qu'il avait été choisi comme associé principal, mais pour une raison ou une autre cette attente fut vaine. Plusieurs années s'écoulèrent, et il demeurait toujours un associé adjoint salarié, position précaire qui n'avait rien à voir avec celle d'associé à part entière. Il fut pris de panique en constatant que d'autres employés de la firme – plus jeunes et arrivés plus récemment que lui – lui étaient passés devant, tels des resquilleurs. Il ne comprenait pas pourquoi et restait éveillé des nuits entières à en chercher la raison. Avait-il commis quelque faute ? Il avait, certes, fait des erreurs, mais rien qui justifiât une semblable injustice. Avait-il offensé quelqu'un ? Avait-il un ennemi ? Il était trop douloureux d'envisager une autre hypothèse, à savoir qu'on le considérait comme un employé médiocre, incapable de contribuer à la prospérité de l'entreprise.

« Tu n'as guère eu de chance dans le recrutement de nouveaux clients, hein ? fit observer l'un de ses collègues au cours d'un déjeuner – lequel, comme Peter le devina après coup, avait été organisé par d'autres. Ça complique beaucoup les choses. »

Peter saisit l'allusion et, à contrecœur, décida de se rabattre sur un cabinet d'avocats moins prestigieux. Blakeys semblait tout à fait convenir. Ce n'était pas une si mauvaise firme, et on lui assura qu'il ne tarderait pas à devenir associé à part entière. Pourtant, contre toute attente, le même phénomène se reproduisit : les années passaient et Peter ne voyait toujours rien venir. Tour à tour, il en cherchait la raison – le marasme économique, les problèmes de la firme – ou réagissait avec colère. Comment osait-on ? On lui avait fait des promesses. Ce n'était qu'une bande de menteurs et de tricheurs ! La nuit, il rêvait parfois de vengeance – un massacre sanglant des associés principaux –, mais le lendemain matin il retournait docilement au bureau. Devait-il se résoudre à rabattre encore ses ambitions, et à chercher quelque chose à l'extérieur de Londres, ou même à changer de domaine dans le droit ? La pensée lui en vint souvent, mais ne s'enracina jamais. Il n'avait pas envie de ça. En regardant son visage le matin en se rasant, il voyait bien que quelque chose avait changé, comme si l'étincelle avait quitté ses yeux et qu'il avait appris à affronter son propre échec. Personne ne pouvait plus le considérer comme un jeune et brillant espoir. Par conséquent, courbant le dos sous l'opprobre, il resta chez Blakeys un associé salarié qui, on ne savait trop pourquoi, s'était fourvoyé en chemin, telle une chenille exclue du cocon.

Comme si ces contrariétés ne suffisaient pas, il fallait également subir cette épouvantable situation avec les voisins. À l'époque où Peter et sa famille s'étaient installés à Wilmshurst Avenue, loin d'être à la mode, l'endroit, avec ses voitures recouvertes de housses en plastique, possédait une certaine dignité décatie. Parmi leurs voisins se trouvaient, entre autres, un chauffeur de taxi, une folle, sous la voiture de laquelle poussait de la mousse, et quelqu'un qui travaillait pour la BBC. Peter et Harriet avaient alors plaisir à se considérer comme les châtelains du coin. Depuis, le quartier avait changé du tout au tout. Ils assistaient à un va-et-vient de bennes, car de jeunes résidants restauraient, de fond en comble et à grands frais, leur nouvelle acquisition. Désormais des *croissanteries*[1] brillaient de tous leurs feux dans la grand-rue, les

1. En français dans le texte (*N.d.T.*).

housses des voitures et la mousse de la folle avaient depuis longtemps cédé la place à des Range Rover, et c'étaient eux qui avaient l'impression d'être décatis. Non qu'on les traitât de haut – les voisins leur souriaient et les saluaient toujours –, mais, d'une certaine manière, eux se sentaient snobés. Ils étaient rarement conviés aux soirées chics qu'ils apercevaient du dehors et à l'occasion desquelles les invités s'entassaient sous des tentes dressées dans les jardins de derrière. Harriet laissait parfois éclater sa colère.

« Pas étonnant que les gens nous trouvent bizarres ! s'écria-t-elle un soir, alors que Peter chargeait le lave-vaisselle. On doit être les seuls de la rue à ne pas avoir fait ajouter une aile à la maison ! »

Peter considérait qu'ils avaient d'autres priorités. Il avait rayé et cabossé la carrosserie de la voiture en serrant de trop près un mur, et, par crainte de faire un chèque en bois, ne l'avait pas encore fait réparer. Deux mois s'étaient écoulés depuis, mais la bosse et les éraflures grimaçaient toujours d'un air de reproche. Il finit par en plaisanter avec les voisins.

« C'est affreux, n'est-ce pas ? Je m'étonne qu'on ne nous ait pas déjà chassés de la rue au motif qu'on déclasse le quartier. Il y a pas mal de temps qu'on veut la porter à réparer, en fait, mais on a été si occupés tous les deux… »

Le fric, le fric, il n'y avait vraiment que ça qui comptait ! se disait Peter durant ses accès récurrents de rébellion contre l'écœurant monde matérialiste où il vivait. Mais il était aussi parfois pris de panique. Depuis son enfance, il avait toujours considéré qu'il se distinguerait un jour d'une façon ou d'une autre. À présent, la cinquantaine passée, alors qu'il avançait cahin-caha vers le point de non-retour, ce destin exceptionnel ne se profilait toujours pas à l'horizon. Il n'était qu'un numéro de série. Que s'était-il donc passé ? C'était tout simplement injuste !

Et puis, par cette lumineuse soirée d'été, il trouva le sac noir sous les lattes du banc. Son seul contact avec la drogue avait été la fois où il avait fumé un joint à une soirée à l'université, et ça l'avait rendu malade. Là, il ne savait même pas très bien de quelle substance il s'agissait. En revanche, debout sur le trottoir devant sa maison, alors qu'il écoutait le ronflement des moteurs d'avion dans le ciel, il sut exactement ce qu'il tenait à la main : un concentré de danger qui, d'une minute à l'autre, pouvait pulvériser ses cinquante-trois années de bon citoyen respectueux des lois... Il tenait aussi un trésor d'une valeur inconnue, inestimable. Il tenait surtout un cadeau tombé du ciel. Peter ne s'était jamais considéré comme chanceux : il ne gagnait jamais à la loterie, ne trouvait jamais un billet de banque par terre. Si, ce soir-là, quelque chose l'avait poussé à dominer sa peur et à gagner la porte du garage, c'était le sentiment que cette manne miraculeuse lui était due. Il ne savait qu'en faire. Pas encore... Il avait surtout été mû par le furieux désir de thésauriser.

Déjà, alors que sa vie de délinquant n'avait que quelques secondes et qu'il était encore facile de revenir en arrière, les soucis commençaient. Harriet serait bientôt de retour, et il savait qu'il ne pourrait pas lui expliquer un tel comportement. Sa femme avait un côté puritain vieux jeu qui ressortait clairement lorsqu'elle lisait les journaux du dimanche, approuvant par exemple d'un ton sec les peines de prison infligées à des professionnels ayant manqué à leurs devoirs – des prêtres pédophiles aux intendants d'université prévaricateurs. N'était-il pas gratifiant de voir que d'autres étaient bien plus mal lotis qu'eux ? Peter savait que Harriet ne comprendrait jamais l'histoire du grand sac bourré de petits sachets. Histoire qu'il ne comprenait pas lui-même, d'ailleurs. Pourtant, il répugnait à lui cacher la vérité. Il y avait longtemps que leur union ne possédait plus la passion des films sentimentaux qu'elle adorait regarder. Mais le ménage qu'ils formaient n'était pas si mauvais, dans son genre, puisqu'il était fondé sur la gestion du foyer dans un esprit de camaraderie, et que jusqu'alors les cachotteries entre eux avaient été minimes. Peter hésita l'espace d'un instant. Devait-il ressortir du garage et se rendre au commissariat, finalement ? Mais son ressentiment le retint. Ce sac était une sorte de compensation. De quel droit oserait-on le lui ôter ?

Étrangement, étant donné la profession de Peter, la perspective d'enfreindre la loi ne suscita pas le moindre scrupule en lui. Il craignait d'être pris et puni, certes, mais sans éprouver le moindre sentiment de culpabilité. À moins que ce ne soit justement *à cause* de sa profession. Si jadis la loi avait figuré dans son esprit comme une entité que l'on respecte, tel un professeur vénéré ou un dieu de colère, cette époque était bel et bien révolue. Parce qu'il avait vu triompher trop de clients louches, il considérait désormais la loi davantage comme une sorte de champ de bataille dont il fallait utiliser taillis et vallons afin de surprendre l'adversaire. Déterminer qui avait raison ou tort ne représentait qu'un aspect de la question. Seule la victoire comptait.

Sentant la sueur perler sur sa nuque, Peter éteignit le mobile et le jeta dans le sac, qu'il cacha derrière un vieux radiateur électrique. La fin de la soirée se passa dans le plus grand calme. Les enfants étaient absents – Ginny à l'université, Theo à son école – ; Peter et son épouse mangèrent des restes de poulet tout en regardant un documentaire sur la Première Guerre mondiale. Tandis qu'il contemplait les images floues des tranchées, tour à tour, Peter oubliait et se rappelait brusquement le sac ; et même si, bien sûr, sa présence dans le garage le terrorisait, elle l'emplissait d'une étrange excitation. Le matin au réveil, il était impatient de revoir sa découverte. Prétextant qu'il avait besoin de vérifier la vignette de la Mini, il retourna au garage, où il demeura accroupi un moment à presser les sachets entre ses doigts en se demandant de quoi il s'agissait précisément. Certaines substances avaient plus de valeur que d'autres, et il était curieux de connaître celle de son trésor. D'un seul coup, il plongea dans le sac une main tremblante, puis glissa le portable dans la poche de sa veste.

Au bureau, la journée fut calme. Il n'y eut que deux réunions, et Peter passa la majeure partie de son temps à étudier un dossier concernant l'autorisation contestée de construire un parking. Tout en analysant les arguments, il était sensible à la présence du portable en train de transmettre divers messages. Au bout de une heure, il se surprit à le tirer de sa poche et à l'allumer. Rien ne se produisit. Il se remit au travail et avait complètement oublié l'appareil quand la mélodie légère de *Maman, les p'tits bateaux* le fit sursauter.

« Larry ? » C'était une autre voix, qui évoquait une personne de bonne éducation. Peter coupa la communication.

Il passa la journée à jouer avec l'idée de rallumer le portable, et le sortit plusieurs fois pour le fixer quelques instants. Le matin suivant, il finit par appuyer sur la touche de mise en route. À sa grande surprise, l'appareil sonna presque tout de suite.

« Salut, Larry ! »

Une voix différente, à nouveau.

« Ce n'est pas Larry, en fait… », commença Peter.

La communication fut coupée.

Bien qu'il n'ait guère su ce qu'il allait ajouter, Peter fut agacé que le correspondant ait raccroché. Cette fois-ci, il n'éteignit pas l'appareil. Une demi-heure plus tard, la sonnerie retentit derechef.

« Larry ? »

Pourquoi ne pas au moins voir ce qu'on voulait ?

« Larry n'est pas là.

— Qui êtes-vous ? » Le ton semblait prudent.

Bien sûr, Peter ne pouvait pas donner son véritable nom.

« Jeremy », répondit-il après une seconde de réflexion. C'était le prénom d'un jeune et brillant collègue plein d'avenir.

Le correspondant observa un silence.

« Eh bien, d'accord, Jeremy, reprit-il. Pouvez-vous passer ? C'est assez urgent, voyez-vous... »

Peter griffonna l'adresse sur une feuille à en-tête de sa firme.

« Alors, vous passez quand ? »

Jusqu'à présent, Peter s'était rassuré en songeant qu'il n'avait pris aucun risque. Il hésita à franchir le pas. Ce fut sans doute l'adresse qui le décida. La maison se trouvait à Chelsea, le genre de quartier où il aurait aimé habiter. Pourquoi pas, se dit-il en haletant un peu, juste une fois ? Il avait toujours mené une vie rangée, et où cela l'avait-il mené ? Il se rendait compte qu'il en avait assez de ce genre d'existence, assez de lui-même, en fait, et l'occasion qui s'offrait à lui le ragaillardissait, en lui donnant l'impression de jouer dans un film. En outre, il n'imaginait pas que ce serait dangereux. Il n'avait jamais été arrêté par la police. Elle n'arrêtait pas les gens comme lui.

« D'accord, répondit-il. Je passerai ce soir. Vers sept heures.

— Il m'en faut pas mal, expliqua la voix. Quarante g. »

La formule le déconcerta un instant.

« Quarante grammes ? » Peter ne s'était jamais vraiment habitué au système métrique.

La voix se fit à nouveau soupçonneuse.

« Y a intérêt à ce que ça soit de bonne qualité.

— Évidemment. Ne vous en faites pas ! »

Il quitta le bureau tôt cet après-midi-là, rentra en métro et en autobus, et se rendit immédiatement au garage. À quoi correspondaient quarante grammes ? Les sachets semblaient si petits. Après un moment d'hésitation, il en glissa dix dans sa veste, par mesure de précaution. C'est alors qu'il entendit le claquement de la porte d'entrée, suivi d'un léger bruit de pas dans la maison… Harriet était rentrée tôt de son travail à l'association. Quelle malchance ! Il s'apprêtait à utiliser la balance de cuisine pour peser la quantité requise. Refermant tout doucement, comme un voleur, la porte du garage, Peter prit donc plutôt le chemin de la grand-rue. Mais il ne trouva une balance que dans une boutique chic : un appareil italien en plastique orange, doté d'yeux idiots et de pieds tournés en dehors, qui semblait davantage destiné à peser du parmesan. Assis sur un banc surplombant le fleuve, il pesa l'un des sachets, et découvrit qu'il contenait juste dix grammes.

Peter appréhendait la transaction, mais tout marcha comme sur des roulettes. Il prit le métro et, parvenu à l'adresse indiquée, sonna à la porte d'une pimpante ancienne écurie rénovée. Le propriétaire – un jeune homme en jeans et tee-shirt de marque – le fit entrer tout en fixant sur lui un regard soupçonneux.

« Alors, qu'est-ce qui est arrivé à Harry ? »

Bonne question… Un bref instant, Peter revit le fuyard qui lui avait heurté le bras. Il ne se rappelait que les baskets, le petit ventre et les cheveux noirs crasseux. Peter espérait qu'il se trouvait derrière les barreaux.

« Il est parti aux États-Unis.

— Il ne m'en avait pas parlé », dit le client en se renfrognant.

Peter coupa court à la discussion en tendant les quatre sachets. Il s'était fait du souci à propos du prix, mais heureusement la question ne se posa pas.

« Le tarif habituel ? »

Peter opina du chef et reçut une enveloppe. Sur le chemin de la station de métro, la curiosité l'emporta et il entra dans une cabine téléphonique. Dissimulé par un écran de cartes proposant les services de prostituées, il ouvrit l'enveloppe et, à son immense stupéfaction, compta quarante billets de cinquante livres. Tout le long du trajet du retour, il ne cessa de sourire. Deux mille livres, complètement exonérées d'impôts. Dès son réveil, il prendrait rendez-vous pour faire réparer la Volvo.

Le lendemain soir, ayant changé d'avis à propos de sa décision de n'effectuer qu'une seule livraison, Peter vendit vingt grammes à une femme habitant Battersea. Remarquant l'irritation du nez entre ses narines, il en conclut que les sachets contenaient de la cocaïne. Tant mieux, vu qu'il n'avait jamais aimé l'idée de vendre de l'héroïne, cette drogue de camé ; la cocaïne faisait bien plus classe. Le jour suivant, un vendredi, la batterie du portable étant faible, il acheta un chargeur et effectua ce soir-là deux livraisons de plus. Le premier client fut un homme grisonnant, jeune d'allure, dont le visage lui était vaguement familier, et Peter devina qu'il l'avait vu à la télévision. Puis il se rendit chez un jeune couple de Roehampton qui lui offrit une tasse de thé.

« Je suis ravie que vous ayez pris la suite de Larry, lui déclara la jeune femme. Nous ne l'avons jamais vraiment aimé. Et parfois, on attendait des jours avant qu'il prenne la peine de se déplacer. »

Assis dans l'autobus qui le ramenait chez lui, Peter était sur son petit nuage. En trois soirs, il avait gagné plus de quatre mille cinq cents livres. Il avait toujours imaginé que ce milieu était plein de marginaux, des gens à l'esprit dérangé à cause des drogues qu'ils prenaient ; mais jusque-là ses clients avaient appartenu au même milieu social que lui, c'est-à-dire la bourgeoisie londonienne plus ou moins fortunée. Il n'avait même pas l'impression de faire quelque chose de très répréhensible : il s'agissait d'adultes instruits et responsables de leurs actes. Et lui ne faisait que leur fournir ce qu'ils voulaient. Quel mal y avait-il à cela ? Il appréciait même l'atmosphère de danger et, alors qu'il marchait le long de Wilmshurst Avenue, il avait la sensation que c'était la première fois depuis des années qu'il vivait aussi intensément.

La catastrophe survint le soir même. Harriet et lui étaient en train de regarder un documentaire sur la faune australienne quand elle fronça soudain les sourcils.

« Qu'est-ce que c'est que ce bruit ? »

À peine audible par-dessus les rugissements des otaries, on percevait la mélodie, discrète mais clairement reconnaissable, de *Maman, les p'tits bateaux*. Peter avait oublié d'éteindre le portable. « C'est pour moi », répondit-il d'un ton aussi désinvolte que possible, avant de tendre la main vers sa veste. Il appuya sur la touche, et entendit la voix de son premier client, le type de Chelsea.

« Jeremy ? Je sais qu'il est assez tard, mais... »

Harriet regardait son mari d'un drôle d'air.

« Ce n'est pas ton portable... »

Peter se trouva pris entre deux conversations.

« Je suis un peu occupé en ce moment, dit-il à son correspondant. Pourriez-vous rappeler demain ?

— Mais demain ce sera trop tard. J'ai des invités ce soir et... »

Peter essaya de faire une réponse vague qui ne vendrait pas la mèche.

« Je regrette, répliqua-t-il laconiquement, mais c'est impossible. Bon, écoutez, il faut vraiment que je vous laisse. » Et il coupa.

Harriet le fixait toujours du regard.

« Peter, que se passe-t-il ?

— C'est juste à propos d'un dossier. »

L'ennui, c'est que Harriet le connaissait trop bien.

« Tu mens. Et tu ne sais pas mentir. » Elle baissa la voix. « Peter, aurais-tu une liaison ? »

Cette accusation le prit au dépourvu, et il lui en voulut un peu d'imaginer une chose pareille. Mais il vit qu'elle s'efforçait de retenir ses larmes, et cela le bouleversa, car Harriet ne pleurait jamais. Il chercha une explication anodine pour justifier la présence du portable inconnu, sans en trouver aucune de plausible. Comment avait-il pu se fourrer dans ce pétrin ?

« Donc, j'ai raison, conclut-elle, le visage défait.

— Non, non. Tu ne comprends pas ! » s'écria-t-il avec force. Tout, même la vérité, plutôt que de la laisser croire qu'il la trompait, car alors ce serait la fin de leur couple. « J'ai… trouvé le portable sur le terrain communal », balbutia-t-il.

Elle fronça les sourcils, cherchant à comprendre.

« Que veux-tu dire ? »

Tout avait foiré, complètement foiré, et il ne vit pas comment s'en tirer autrement qu'en allant jusqu'au bout.

« Et j'ai aussi trouvé un sac », déclara-t-il, en désespoir de cause. Il avait du mal à s'expliquer, comme si les mots ne faisaient qu'aggraver la situation. « Il vaut mieux que je te montre… » Et il la conduisit au garage.

Harriet resta un instant à contempler le sac plein de sachets, blême de colère.

« Tu veux dire que tu as… ? » Elle secoua la tête, incrédule. « Vraiment, je n'arrive pas à croire que tu aies fait quelque chose d'aussi stupide ! »

Il avait du mal à le croire lui-même. Comment cela avait-il pu lui paraître une bonne idée ?

« Personne ne m'a vu, ça, j'en suis sûr, murmura-t-il. Je m'en débarrasserai dès demain. Je le jetterai dans la Tamise. Je vais même me débarrasser de l'argent. » Pour montrer la sincérité de son repentir, il sortit en hâte les billets de banque de leur cachette, derrière un bidon rouillé de désherbant.

Harriet considéra l'argent, encore plus choquée.

« Dieu du ciel ! Ça représente quelle somme ?

— Environ quatre mille cinq cents livres. Je vais me débarrasser de tout !

— Mais qu'est-ce que tu as fait, Peter ? Tu as déjà vendu tout le contenu d'un autre sac comme ça ? » Elle désignait le sac d'un air méprisant.

« Oh non ! » Il prit une dizaine de sachets. « Plutôt cette quantité-là. »

Un silence s'abattit sur le garage. Peter attendit le verdict de sa femme, priant pour qu'elle lui indique d'une quelconque façon qu'un jour elle serait capable de lui pardonner, bien qu'elle ne fût guère portée au pardon. Ils étaient ensemble depuis si longtemps qu'il ne pouvait imaginer de vivre seul. Il envisagea même l'atroce hypothèse qu'elle le dénonce à la police. Cela semblait peu probable, mais elle se montrait parfois tellement sévère. Dans le même temps, il espérait malgré tout qu'elle ne s'opposerait pas à ce qu'ils gardent les quatre mille cinq cents livres. Il avait déjà pris rendez-vous avec le carrossier pour la voiture et voulait faire repeindre les fenêtres dont la peinture s'écaillait...

Il ne comprit en fait qu'après un long moment, à la mine concentrée de Harriet, que, loin de juger sa conduite, elle tentait de calculer la valeur globale du sac.

À partir de là, Harriet se chargea des opérations. Le lendemain, un samedi, elle sortit après le petit déjeuner et revint avec une jolie balance électronique. « Il paraît qu'elle est précise au gramme près. Ça devrait suffire. » Ensuite, elle descendit à la cave le sac et l'argent. « Il n'y a pas assez de place dans le garage. » Puis, impressionnant Peter par sa méticulosité, elle compta tous les sachets et vérifia leur poids. « Certains sont plus légers, annonça-t-elle d'un ton désapprobateur. Je m'étonne que tu n'aies pas reçu de plaintes. »

Peter ressentit un immense soulagement. Non seulement il était libéré du remords d'avoir à lui mentir, mais tout était plus facile désormais. Il avait une assistante et ils pouvaient se déplacer en voiture. Ce même après-midi, ils effectuèrent leur première livraison ensemble au client de Chelsea, choisissant la Mini, plus facile à garer. Harriet resta derrière le volant « pour éviter les sabots de Denver ». Lorsque, trois minutes plus tard, Peter revint de l'ancienne écurie réhabilitée, il lui tendit l'enveloppe. Elle compta l'argent sous le tableau de bord.

« Achetons une Range Rover ! »

Ensuite, ils se rendirent à Kew, où Peter livra vingt grammes à un homme aux traits tirés, qui vivait dans un appartement nu et ouvrit à peine la bouche durant la transaction.

« Je ne suis guère experte en la matière, dit Harriet comme ils s'éloignaient en voiture, mais tu ne trouves pas que ces gens achètent de bien grandes quantités ? »

Peter s'était lui aussi posé la question.

« J'ai l'impression que certains la revendent. On fournit d'autres intermédiaires.

— Tant mieux ! Sinon, on mettrait une éternité à écouler le stock. »

De là, ils gagnèrent une élégante maison de Richmond, où le client insista pour que la transaction se fasse par l'entrebâillement de la porte d'entrée. Peter aperçut brièvement des cheveux gris et des yeux aux paupières tombantes. Harriet se montra fort vexée.

« Il ne t'a même pas fait entrer !

— Et il n'a acheté que cinq grammes.

— Efface son numéro du répertoire. Je ne pense pas qu'on doive s'occuper de ce type. »

Sur le chemin du retour, Harriet se gara près d'un tailleur de la grand-rue.

« Tu ne crois pas qu'il est temps de t'acheter une nouvelle veste ? »

Sitôt dit, sitôt fait. La coupe était plus jeune que celle de ses vêtements habituels, mais ce jour-là Peter se sentait, en effet, plus jeune. Il porta la veste le soir même quand ils allèrent dîner chez Corrado, où ils n'avaient été qu'une fois auparavant, pour les dix-huit ans de Ginny. Peter avait alors eu beaucoup de mal à cacher son appréhension à l'arrivée de l'addition. Cette fois-ci, il n'eut pas de telles inquiétudes. Ils commandèrent un vin particulièrement cher et payèrent en liquide. Ils s'apprêtaient à partir lorsque l'un de leurs voisins passa près d'eux.

« Je ne savais pas que vous fréquentiez ce restaurant.

— Ça nous arrive », répondit Peter, qui se sentait étrangement décontracté.

Le voisin sourit et s'éloignait déjà quand il se retourna.

« Au fait, j'ai oublié de vous dire que nous organisons un cocktail, vendredi soir. Faites-nous le plaisir de vous joindre à nous. »

Cette nuit-là, Peter et Harriet firent l'amour comme ils ne l'avaient pas fait depuis des lustres, avec une sorte d'avidité, et même un zeste de perversion. Peut-être était-ce dû à l'atmosphère de danger, ou à leur complicité dans un acte illicite, mais Peter ne pouvait se rappeler s'être senti aussi proche de sa femme. Le lendemain, ils allèrent commander leur Range Rover. Harriet décréta qu'il valait mieux l'acheter à crédit et faire prélever les échéances sur leur compte en banque.

« Autrement, ça paraîtra louche. On paiera en espèces les dépenses courantes. »

Or, les espèces s'accumulaient si vite que les achats quotidiens ne pouvaient pas suivre le rythme. Dès la fin de la deuxième semaine, malgré de coûteuses acquisitions, ils possédaient plus de neuf mille livres cachées au sous-sol dans la cave à vins. Ayant davantage de temps libre que Peter, Harriet s'ingéniait à imaginer des dépenses. Bientôt ils eurent un nouveau réfrigérateur, un nouveau poste de télévision, un nouvel ordinateur, ainsi qu'un nouveau cerisier dans le jardin. Elle se renseigna sur les possibilités de faire ajouter une aile à la maison.

« Es-tu sûre qu'on devrait acheter tant de choses à la fois ? s'inquiéta Peter. Les voisins finiront par s'étonner.

— Ils penseront simplement qu'on a fait un héritage. »

Elle avait raison. Leurs voisins de Wilmshurst Avenue semblèrent juger absolument normale la soudaine élévation du niveau de vie des Pelham. Ils éprouvaient même un certain soulagement, puisque cela signifiait que la rue cessait d'être souillée par une Volvo cabossée ou des fenêtres à la peinture écaillée. En fait, il y avait fort longtemps que la compagnie de Peter et Harriet n'avait été aussi recherchée. Grâce à leur nouvelle richesse, ou simplement parce qu'ils avaient l'air plus enjoués, l'invitation faite chez Corrado fut suivie de plusieurs autres. Ils eurent bientôt presque l'impression d'être accueillis comme de nouveaux arrivants, et durent même refuser plusieurs invitations, car elles gênaient les livraisons. Au bureau également, Peter nota un changement : ses supérieurs le regardaient avec davantage de considération. C'était dû, devinait-il, au parfait mépris qu'il éprouvait désormais pour Blakeys. Comment aurait-il pu prendre la firme au sérieux, alors qu'il gagnait dix ou vingt fois plus en quelques heures le soir que durant sa longue et ennuyeuse journée de bureau ?

« C'était bien, l'endroit où tu es allé, Peter ?

— Je ne suis allé nulle part. Je n'ai pas bougé de Londres…

— Vraiment ? Tu donnes l'impression de revenir de vacances. »

Cela ne lui permettrait certes pas de devenir associé à part entière – c'était bien trop tard – néanmoins on le chargea d'un dossier important. Un an plus tôt, cela lui aurait procuré un certain plaisir ; à présent, il s'en fichait.

Mai et juin passèrent. Les travaux d'agrandissement de la maison progressaient, le sac se vidait peu à peu et la liste des clients s'allongeait, grâce au bouche-à-oreille. Peter trouvait plutôt satisfaisant cet accroissement de la clientèle, qui, pensait-il, prouvait son sérieux. Entre leur travail et les livraisons, Harriet et lui n'avaient jamais été aussi occupés. Ils durent acheter des plats cuisinés chez le traiteur et engager quelqu'un pour sortir Romulus. Pourtant, malgré leurs longues journées, ils ne s'étaient jamais si bien portés. Peter aimait sentir chaque soir son sang frémir dans ses veines quand ils roulaient dans la Mini, et souvent ils fêtaient leurs ventes en faisant l'amour. Une fois, parce que l'idée les rendait hilares, ils se livrèrent à leurs ébats dans le vestibule sur un lit de billets froissés.

Il y avait aussi des moments difficiles, bien sûr. Peter avait horreur qu'un client les fasse venir sans avoir de quoi les payer. Il refusait fermement de faire crédit et, une ou deux fois, les choses tournèrent au vinaigre. À diverses reprises, leur anonymat fut menacé. Peter dut annuler plusieurs fois des livraisons en constatant qu'un nouveau client habitait à deux pas de chez eux, et un jour il fut obligé de couper au milieu de la discussion en s'apercevant que son interlocuteur était un ancien camarade de fac. Le pire moment survint au cours d'un dîner où se trouvaient Harriet et Peter, lorsque la conversation fut monopolisée par une invitée décrivant dans les moindres détails la toxicomanie de sa fille et ses efforts désespérés pour la faire entrer dans une clinique de désintoxication. Les Pelham se tinrent cois tandis que les autres convives la consolaient avec effusion. Quand ils s'en allèrent, Peter se sentait fort mal à l'aise.

« Qu'est-ce que ç'a été pénible ! » constata-t-il comme ils rentraient chez eux.

Il avait sous-estimé la détermination de Harriet.

« En effet. Je suis stupéfaite que personne n'ait changé de sujet. Vraiment !

— Je voulais dire que c'était une histoire affreuse. »

Elle haussa les épaules.

« Sa fille aurait dû savoir jusqu'où aller. C'est la même différence qu'entre un buveur occasionnel et un alcoolique. »

Peter fronça les sourcils.

« Je n'en sais trop rien... Et cette femme de Hammersmith dont ils ont parlé, qu'on a retrouvée dans sa voiture ?

— Eh bien quoi ? Quand quelqu'un avale tout un tube d'aspirine, on ne le reproche pas au pharmacien.

— Mais si ça arrivait à Ginny ? Ou à Theo ?

— Ne dis pas de bêtises. Ils ont tous les deux bien trop les pieds sur terre. »

Ils pensaient beaucoup à leurs enfants qui reviendraient bientôt pour les grandes vacances. La perspective de leur retour les tracassait énormément. Jusqu'alors, Ginny et Theo n'étaient rentrés qu'à l'occasion de week-ends, ce qui avait été facile à gérer, mais un séjour de deux mois était une autre affaire.

« Peut-être devrait-on dire aux clients qu'on arrête les livraisons jusqu'en septembre ? suggéra Peter.

— Ça me semble impossible, répliqua Harriet. Ils iront voir ailleurs et on aura du mal à les reconquérir. En fait, je ne pense pas que les enfants posent tellement problème. Ginny et même Theo sortiront beaucoup le soir. On n'aura qu'à leur dire que nous sommes nous-mêmes très occupés en ce moment. On achètera juste une malle de voyage qu'on peut fermer à clé, et on la mettra à la cave. »

Les choses se compliquèrent quand Joe, le père de Harriet, annonça qu'il venait lui aussi passer un moment chez eux. Il ne s'agissait pas d'une demande mais d'une simple annonce, car, en les aidant – généreusement – à acheter la maison, il avait nettement précisé ses droits de visite. À telle enseigne qu'on ne parlait pas de la « chambre d'amis », mais de la « chambre de grand-père ». Médecin de campagne en retraite, il venait plusieurs fois par an pour revoir de vieux amis, acheter ce qu'il ne trouvait pas dans les magasins de son coin, et se plaindre de Londres. Cependant, même cette perspective ne troubla pas Harriet outre mesure.

« Il ne restera que quelques jours et il se couche très tôt. Tout ira bien. »

Peter se demanda s'ils avaient pris la bonne décision lorsque Ginny – la première à arriver – les bombarda de questions du genre :

« Comment se fait-il que vous ayez tous ces nouveaux trucs ? »

L'explication la plus brève parut la meilleure.

« On a juste pensé qu'il était temps de retaper la maison. Elle était tombée dans un drôle d'état.

— Mais vous nous restreignez toujours !

— Peut-être qu'on a été trop prudents jusque-là. »

Theo posa moins de questions, lui.

« Chouette ordinateur ! Il lit les DVD ? »

Et le père de Harriet fut le moins impressionné par leurs acquisitions.

« Je vois que vous avez acheté l'une de ces horribles bagnoles. Atroce camelote. À la campagne, personne ne prendrait ce genre de truc. »

Mais, comme l'avait prévu Harriet, il se couchait tôt, et pendant plusieurs jours il n'y eut pas la moindre anicroche. Ginny passait la journée chez la fleuriste, où elle avait un job pour l'été, et sortait presque tous les soirs, tandis que Theo était assez affairé. Seul Joe s'intéressa à leurs occupations nocturnes.

« Vous menez une vie de bâton de chaise, en ce moment, on dirait, grommela-t-il. Ménagez votre foie, c'est tout ce que je peux vous conseiller ! »

Il y eut aussi une soirée qu'Harriet n'aurait pas manquée pour un empire : le dîner qu'offrait un voisin sous une tente dressée dans le jardin. Ils passèrent un excellent moment, mais durent ensuite rattraper le temps perdu. Dès le lendemain soir, ils sillonnaient Londres dans la Mini pour effectuer les livraisons en retard. À cause des embouteillages, il était très tard quand ils finirent par se garer près de la dernière maison, située dans Barons Court. Le client, qui semblait à peine sorti de l'adolescence, affichait une certaine suffisance et un air assez sinistre, et ils l'auraient rayé de leur liste s'il n'avait pas acheté autant. Désireuse de soutenir le moral de son mari, Harriet l'accompagnait pour effectuer la transaction. Cependant, cette fois-ci, Peter songea qu'il n'y avait rien à craindre, car, au tournant du long couloir où résonnait un vague bruit de tuyauterie, il constata que la porte de ce client était entrebâillée et qu'une musique tonitruante s'échappait de l'appartement.

« On dirait qu'il donne une soirée. »

Le jeune homme les repoussa dans l'entrée, où il y avait moins de bruit.

« Parfait. J'avais peur que vous n'arriviez pas à temps.

— Vingt grammes ? » s'assura Peter. Harriet ayant, avec son habituelle efficacité, préparé la quantité exacte, les sachets et l'argent furent échangés en un tournemain. Ils s'apprêtaient à repartir quand quelque chose les fit s'arrêter net : un éclat de rire venant de la pièce voisine. Il ne pouvait s'agir que de Ginny ! Peter ne savait plus sur quel pied danser : il était, bien sûr, atterré à l'idée que sa fille – son bébé – se trouve dans un tel endroit, mais de là à intervenir… « Allons-y ! Filons sans faire d'histoires ! » lança-t-il à Harriet, en cherchant à lui saisir le bras.

Elle le repoussa, le regard furieux.

« Lâche-moi !

— Qu'est-ce qui se passe ? » demanda le client, l'air perplexe.

Harriet tendait déjà la main vers la poignée de la porte. Tout en pressentant une catastrophe, Peter la suivit dans ce qui s'avéra être la cuisine, avec une table parsemée de paquets de chips. Une fraction de seconde avant qu'elle les aperçoive, Peter vit Ginny, appuyée contre un placard, la tête rejetée en arrière, les yeux mi-clos et l'air encore amusée par ce qui l'avait fait rire. Entre ses doigts se trouvait un long joint soigneusement roulé. Puis son sourire disparut.

« Oh, mon Dieu ! »

Jetant un coup d'œil autour de la pièce, Peter découvrit un Theo médusé, bouche bée. Les choses allaient de mal en pis.

« Rentrez tous les deux, et tout de suite ! » ordonna sèchement Harriet.

Interloqués, les enfants se levèrent pour obéir et, l'espace d'un instant, Peter espéra que Harriet avait gagné la partie ; mais soudain Ginny lui lança un regard de défi.

« Mais d'abord qu'est-ce que vous fichez ici ? Vous m'avez suivie ? »

Les choses auraient tout de même pu bien se passer si le client n'avait alors éclaté d'un rire étrange.

« Tu veux dire que ce sont tes vieux, Ginny ? Eh bien, ils viennent de me fourguer vingt grammes d'excellente coke. »

Un profond silence se fit dans la pièce. Une poignée d'autres invités contemplaient la scène. Une jeune fille portant un anneau au nombril émit une sorte de gloussement. Theo fronça les sourcils, encore plus déconcerté. Ginny fixait sur ses parents un regard tout à fait incrédule.

« Qu'est-ce que c'est que cette histoire ? »

Bizarrement, Peter éprouvait un grand calme, le calme du complet désespoir. À l'évidence, le désastre était irrémédiable ; et pourtant, même à cette seconde, son instinct le poussait à faire comme si tout était normal.

« Rentrons à la maison. »

Cette fois-ci, Ginny ne répliqua pas et ils enfilèrent en silence les longs couloirs avant de s'entasser tous les quatre dans la Mini.

« Je comprends maintenant comment vous avez pu acheter tous ces trucs nouveaux, lança Ginny, des sanglots dans la voix. Je n'arrive pas à y croire ! »

Peter chercha une explication qui arrangerait les choses, mais il ne trouva rien, absolument rien.

« On l'a trouvée par hasard sur le terrain communal », finit-il par dire.

Comme toujours, Harriet se montra plus agressive.

« En tout cas, nous, on ne se drogue pas ! »

Ginny monta sur ses grands chevaux.

« Je fumais seulement un joint, maman ! Jamais je ne prendrais de la coke.

— Ah oui ? répliqua Harriet d'un ton presque guindé. Alors, pourquoi en achetait-il ?

— Toby ? Toby prendrait n'importe quoi. »

À ce moment précis, la mélodie de *Maman, les p'tits bateaux* emplit l'intérieur de la voiture. Tout en conduisant, Peter plongea la main dans sa poche.

« Oui ? »

Il ne reconnut pas la voix.

« Jeremy ? Il me faut trente grammes. C'est assez urgent.

— Ça tombe vraiment très mal.

— Je peux me déplacer, proposa la voix. Donnez-moi votre adresse.

— Wilmshurst Ave... » Peter s'arrêta net. Comme si la situation n'était pas déjà assez grave, voilà qu'il allait donner son adresse à un parfait inconnu ! « Écoutez, je ne peux rien pour vous. » Il coupa la communication.

« Un autre client ? s'enquit Ginny d'un ton aigre.

— Je ne comprends pas comment tu as pu emmener Theo dans un endroit pareil ! contre-attaqua Harriet.

— C'est lui qui m'y a emmenée, répliqua Ginny avec indignation. Toby est son copain, pas le mien ! »

Il ne manquait plus que ça ! Theo avait toujours été l'enfant sage, ou du moins c'était l'impression qu'il donnait. Peter traversait lentement les banlieues, peu pressé d'arriver.

« C'est vrai ? » demanda Harriet.

Theo ne se laissa pas démonter. D'une placidité alarmante, il lâcha :

« Je veux un nouvel ordinateur, un portable.

— Quoi ?

— Le mien est complètement nul. Au lycée, plus personne n'en a un comme ça. Vous, vous vous êtes offert tous ces nouveaux trucs…

— Tu n'as pas répondu à ma question. »

Ils venaient d'arriver à Wilmshurst Avenue, et Peter était en train d'ouvrir la portière de la voiture quand la mélodie de *Maman, les p'tits bateaux* se déclencha de nouveau.

« Oui ? fit-il sèchement.

— Je viens d'appeler.

— Je vous répète que c'est impossible… », commença Peter d'un ton agacé. Inexplicablement, la communication fut coupée, mais Peter ne fit pas le rapprochement. Et pas davantage quand il vit du coin de l'œil une voiture s'approcher lentement. Il finit par comprendre lorsqu'elle s'arrêta devant la leur et qu'en descendirent trois hommes, dont deux véritables malabars. Toutefois, ils avaient tellement l'air de sortir d'une série B que, l'espace d'un instant, malgré sa peur croissante, Peter faillit éclater de rire.

« Je pensais bien vous trouver dans les parages, déclara le plus petit des trois, puisque c'est pas loin d'ici que Larry s'est fait pincer.

— Qui est-ce ? » interrogea Ginny. Même Harriet semblait mal à l'aise. La crise familiale était oubliée – du moins pour le moment.

« Je n'en sais rien », répondit Peter, même s'il avait sa petite idée. Bizarrement, il avait toujours considéré le sac comme sa propriété et n'avait guère imaginé que quelqu'un pourrait venir le lui réclamer.

L'inconnu se présenta.

« Je m'appelle Roy. Et si on avait notre petite discussion à l'intérieur ? »

Une fois dans la maison, ils seraient impuissants face à… Face à quoi ? Peter se demanda s'il devait créer un scandale pour tenter d'attirer l'attention des voisins – leurs lumières étaient allumées –, dans l'espoir que Roy soit pris de panique et fiche le camp. Mais il savait très bien qu'il en était incapable : il ne pouvait supporter l'idée que les voisins assistent à leur déshonneur. Il tourna la clé dans la serrure sans broncher, tenant la porte, comme dans un rêve étrange, pour laisser passer Roy et ses deux acolytes, dont les muscles dégageaient une légère odeur de transpiration et dont les épaules rembourrées frôlèrent le chambranle.

« Vous n'avez pas la tête de l'emploi, fit remarquer Roy. Vous avez plutôt l'air d'un employé de banque. Jolie maison... » Une menace perçait clairement, même dans ses compliments.

Essayant de se mettre au diapason, Peter durcit le ton.

« Qu'est-ce qu'vous voulez ? »

C'était maladroit de sa part, car cela incita Roy à montrer son pouvoir. Il attrapa Peter par le col, puis le repoussa si violemment qu'il manqua perdre l'équilibre.

« Qu'est-ce que tu crois que j'veux, binoclard ? Un billet pour un ballet ? Larry n'avait payé que l'acompte. Tu m'dois vingt-cinq mille livres. »

Peter n'avait jamais été courageux et il était disposé à satisfaire – avec empressement – toute exigence, du moment que ça lui évitait des problèmes. Il se fit peur quelques instants en imaginant des blessures au visage, aux yeux, aux doigts... Vingt-cinq mille livres ? Et s'ils n'avaient pas assez ? Les dernières semaines, Harriet et lui avaient été trop occupés pour compter leurs rentrées d'argent, si bien qu'il n'avait pas la moindre idée de ce qu'ils possédaient. Il regrettait déjà d'avoir tant dépensé pour la nouvelle télévision, le réfrigérateur et ce fichu cerisier.

À sa grande stupéfaction, Harriet était dans un tout autre état d'esprit.

« Mais cet argent nous appartient. On l'a gagné !

— Harriet, je t'en prie. » Il essayait de la calmer, surpris par son manque de jugeote.

« Vous l'avez pas gagné, la corrigea Roy. Vous l'avez piqué.

— C'est nous qui avons sillonné tout Londres en voiture pour effectuer les livraisons.

— Et alors ? »

À ce moment-là, la dernière chose à laquelle s'attendait Peter était l'apparition d'un problème supplémentaire. C'est pourtant ce qui arriva : une voix leur parvint du haut de l'escalier.

« Qu'est-ce qui se passe, nom d'un chien ? »

Le père de Harriet les fixait, avec l'allure d'un squelette en pyjama.

« P'pa est revendeur de coke », annonça Ginny tranquillement.

Joe eut l'air déconcerté.

« Cet horrible breuvage marron ?

— Non, de cocaïne. »

Le vieil homme, bouche bée, fixa sur Peter un regard à la fois dégoûté et joyeux.

« Un camé ! Ma fille a épousé un camé. J'ai toujours trouvé que tu avais quelque chose de bizarre ! »

Mais Peter se souciait peu de l'opinion de son beau-père. Quelle différence cela faisait-il ? Il pourrait aussi bien planter un écriteau près de sa porte portant l'inscription : PETER PELHAM, REVENDEUR DE COCAÏNE.

Cependant, Roy perdait patience.

« Je voudrais pas jouer les trouble-fête, mais est-ce que vous pouvez me donner mon fric, nom de Dieu ?

— Qui est ce type ? demanda Joe.

— Je suis l'agent de recouvrement de créances, papy. Et si on me paye pas vite fait, je vais pas tarder à me foutre en rogne. »

Le silence se fit dans le vestibule, comme si même Joe sentait le danger.

« Par ici », dit Peter en menant la marche vers la cave. Pour une raison ou une autre – pudeur superflue –, il n'avait pas envie que Ginny, Theo et le père de Harriet voient ce qui se trouvait en bas. Comme il ne pouvait pourtant pas les empêcher de descendre, la cave fut bientôt pleine de gens qui le regardèrent ouvrir la malle, en tirer le sac de sachets – à peine aux deux tiers vide – et prendre dessous le panier de chez Fortnum, bourré de billets de banque soigneusement triés par Harriet selon la valeur des coupures. Peter crut que Roy allait tout saisir, mais il n'en fit rien.

« Allez-y ! Comptez ! »

Compter prit un temps fou. De temps en temps, Peter jetait un coup d'œil autour de lui, et voyait Ginny, Theo, Harriet, le père de celle-ci et les deux gorilles en train de contempler la scène en silence. L'argent était-il un spectacle si fascinant ? Apparemment. À mesure que les minutes s'écoulaient et que les chiffres marmonnés passaient de cinq à dix, puis aux dizaines et aux vingtaines, alors qu'on était encore loin du compte, Peter commença à se décontracter. Il y en aurait assez. Plus qu'assez, en fait : lorsqu'il arriva à la dernière coupure, il restait encore un imposant tas de billets.

Roy ramassa l'argent et le glissa dans un sac en plastique.

« Eh bien, à la prochaine... et que je ne vous y reprenne pas ! » ajouta-t-il avec un léger rire.

Ils remontèrent tous l'escalier. Peter raccompagna Roy et ses deux brutes jusqu'à la porte d'entrée comme s'ils venaient de dîner chez lui. Roy s'apprêtait à ressortir dans la rue quand il s'arrêta.

« Dites-moi... Combien de temps est-ce que ça vous a pris pour faire tout ce fric ? »

Peter le regarda d'un air soupçonneux. Allons bon, que lui voulait-il, maintenant ?

« Deux mois, environ.

— C'est pas mal, dites donc. Vous battez Larry à plate couture. Une vraie limace, ce type-là ! » Il réfléchit quelques instant. « Quand vous aurez fini avec ce sac-là, vous en voudrez un autre ? »

Peter émit un petit rire.

« Sûrement pas ! »

Le samedi, le jour se leva tranquillement sur la maison Pelham. Peter eut un choc à son réveil, car il avait rêvé que rien de tout cela n'était arrivé et, en ouvrant les yeux, il découvrit Harriet déjà habillée.

« Je descends, lui dit-elle, le visage dur. Je n'ai pas du tout l'intention de la laisser me faire la morale. »

Pendant qu'il se rasait et faisait sa toilette, Peter se prit à se demander s'il devait préparer un sac. Les policiers vous laissaient-ils emporter quelques affaires, ou était-il en train de confondre avec les nazis dans les films de guerre ? Descendant l'escalier à pas de loup, comme s'il était un intrus dans sa propre maison, il entendit les voix de Harriet et de Ginny dans le salon. À son grand étonnement, Ginny avait l'air frustré d'un joueur de tennis cherchant désespérément à faire un smash.

« Que veux-tu dire par "comprendre" ? C'est toi qui n'arrêtais pas de nous mettre en garde contre les dangers de la drogue ! »

Peter se dirigea discrètement vers la cuisine, se concentrant sur la simple et réconfortante perspective du petit déjeuner. Cependant, il laissa la porte entrouverte pour écouter la conversation. Harriet parlait doucement, si bien que la moitié de ses propos lui échappait. Il put néanmoins saisir « la vie n'a pas été facile », « ton pauvre père », « de nombreux soucis » et « tes études et celles de Theo ». Harriet termina par un sonore et triomphal : « Je ne prétends pas que nous n'avons fait que des choses bien, mais tout ce que nous avons fait, nous l'avons fait pour vous ! » Peter ne put s'empêcher d'être admiratif : à l'entendre, on avait presque l'impression que c'était la faute de Ginny. Harriet aurait fait une sacrée avocate ! Bien meilleure que Ginny, qui, en perdant son self-control, s'exprimait d'un ton suraigu et saccadé.

« Tu veux te faire passer pour mère Teresa alors que vous êtes des dealers, merde !

— Ne dis pas de bêtises, Ginny. On n'a jamais forcé personne. On nous appelait tellement qu'on était obligés de suivre... Et puis, nous, on n'y a jamais touché ! ajouta Harriet avec une certaine suffisance.

— La plupart des gens diraient que vous méritez la prison. »

Près du percolateur, Peter tressaillit.

« On doit parfois prendre des risques pour le bien de sa famille », répliqua Harriet d'un ton égal.

La voix de Ginny résonna fortement quand elle ouvrit la porte donnant dans l'entrée.

« C'est monstrueux ! J'ai l'impression de ne plus vous connaître ! » Et elle grimpa les marches à toute allure.

La victoire appartient à celui qui reste maître du terrain, pensa Peter. Toutefois, la déprimante pensée que Harriet et lui venaient de perdre ce qu'il leur restait d'influence sur leur fille lui vint alors à l'esprit. Ils ne pourraient plus jamais lui reprocher d'être en retard, d'avoir trop bu ou de fréquenter un garçon qui ne leur plaisait pas. Cette constatation l'aurait davantage tracassé s'il n'avait eu de plus graves soucis – comme, par exemple, la présence de la demi-douzaine d'invités dans la cuisine de Toby. Ils allaient sans aucun doute faire des gorges chaudes de la scène à laquelle ils avaient assisté : ça n'arrivait pas tous les jours de découvrir les parents de ses copains en train de revendre de la coke ! Peter reçut un nouveau coup au cœur en croyant entendre cogner à la porte, mais ce n'était que le pas lourd de Joe dans l'escalier. Nouveau problème en perspective ? Pas sûr ! Peter constata avec surprise que son beau-père portait sa valise.

« Harriet ! lança-t-il d'un ton presque normal. Il faut que tu m'emmènes à la gare. Je rentre chez moi. »

Peter supposait que la crise se conclurait par une scène effroyable, mais le reste de la journée se déroula dans le calme, car Ginny passait sa colère à arpenter les pièces sans parler. Le pire était cependant à venir. Deux jours après la soirée chez Toby – « cette fameuse soirée », comme la désignaient Peter et Harriet – leur fille apparut dans le salon alors qu'ils regardaient le journal télévisé.

« Jean m'a demandé de l'accompagner à l'église dimanche. Je ne rentrerai pas de toute la matinée. »

Jean était sa collègue fleuriste. Jusque-là, Ginny avait parlé d'elle avec sarcasme, la décrivant comme « une vraie grenouille de bénitier ». Le sens de cette annonce était donc très clair. Ginny – Ginny la rebelle, l'écolo aux fringues branchées – allait à l'église ? L'idée atterra Peter.

« Bonne idée ! » acquiesça-t-il sans conviction.

Theo passa à l'attaque le lendemain. Curieusement, Peter ne s'était jusque-là pas trop inquiété à son sujet, car il semblait peu affecté. Sa seule forme de protestation avait été d'éviter les repas, moins par principe, pensait son père, que par convenance personnelle : cela lui permettait de ne pas interrompre ses parties de jeux vidéo. Mais, un soir, en rentrant du travail, Peter le découvrit, affalé sur le divan, en train de fumer une cigarette.

« Voilà une bien mauvaise habitude, fut tout ce qu'il trouva à dire.

— Vraiment, p'pa ? » ricana Theo.

Le lendemain, Peter le vit en train de fumer un long joint parfaitement roulé.

« Theo... », commença Peter.

Écarquillant les yeux, Theo feignit d'être tout ouïes.

« Oui, p'pa ?

— Tu ne peux pas faire ça dehors, au moins ? » Peter préféra quitter la pièce plutôt que de voir sa requête ignorée. Tout en grimpant sans raison l'escalier, il repensa à la formule : « La victoire appartient à celui qui reste maître du terrain... »

Cette nuit-là, Peter décida de se débarrasser du sac contenant la marchandise. Harriet et lui avaient déjà réfléchi au meilleur moyen de le faire (dans les ordures ? Mais que se passerait-il si le sac était éventré dans la benne et que quelqu'un remarque le contenu ?) et choisi de le jeter dans la Tamise. Afin d'enlever toute empreinte digitale, Harriet avait passé plusieurs heures dans leur salle de bains à nettoyer minutieusement les sachets avec du liquide vaisselle et des serviettes en papier. Ce qui arrivait constituait-il leur châtiment ? se demandait Peter en roulant dans les rues de banlieue au volant de sa Mini. Non. Car, même si les choses se calmaient, il savait que rien ne serait plus jamais pareil. Malgré son athéisme, il acceptait en partie l'idée que tout devait se payer. Et pourtant, c'était si injuste... D'autres s'en tiraient toujours. Ainsi, leurs voisins, avec leur prime annuelle se chiffrant en million de livres, sans compter leur prise de participation et leurs énormes indemnités de départ... avaient-ils tous les mains si propres ? Pourquoi lui, Peter Pelham, ne pouvait-il, juste une fois, gagner le gros lot ?

Il se gara près de l'endroit où le chemin de halage s'éloignait de la route et disparaissait derrière les arbres. Le moment n'aurait guère pu être plus propice. Il bruinait légèrement, ce qui décourageait les gens de sortir, et le fleuve était en crue, prêt à emporter le sac. Pourtant, Peter ne se dépêcha pas de le sortir du coffre. Il demeura assis sur son siège, car ses pensées avaient pris un nouveau tour et sa colère changeait de cible, tel un canon pivotant sur son socle. Certes, le sac et son contenu lui faisaient horreur, mais il était surtout furieux d'avoir eu à payer un tel prix. Combien avaient-ils tiré de tout ça ? Dix mille livres... (Il ne connaissait même pas la somme précise.)... plus une extension de la maison et quelques autres babioles ? Et pour ce maigre butin ils avaient bouleversé leur vie et perdu le respect de leurs enfants. Ce qui le mettait le plus en colère, c'était d'avoir dû payer Roy pour acheter ce que Peter avait considéré jusque-là comme un cadeau tombé du ciel. Ils avaient donc aussi payé tous les sachets qu'il s'apprêtait à jeter dans la Tamise. Il avait du mal à se faire à l'idée qu'il allait jeter quelque chose qu'il avait payé, et payé fort cher. Quel gâchis ! Il fixait le pare-brise, moucheté de minuscules gouttelettes de pluie, tandis que sa tâche de la soirée se moirait d'incertitude. Qu'est-ce qui pressait ? se demandait-il, déjà à moitié convaincu par ce nouveau raisonnement. Plusieurs jours étaient passés et la police n'avait pas frappé à sa porte. Il ne se tracassait plus autant à propos des invités de Toby, devinant qu'ils ne se risqueraient à raconter des histoires de drogue qu'à d'autres camés. Une mouette vola au-dessus du fleuve, éclairée par les réverbères des rues. Peter regarda les gouttelettes de pluie former un rideau sur le pare-brise, puis il remit le contact et, le sac toujours dans le coffre, prit le chemin du retour.

Une fois rentré, il traversa la maison, prit une lampe électrique, puis en suivit le rond de lumière jusqu'à la serre. Le plus grand espace libre se trouvait près d'un jeune mûrier ; c'est là qu'il enfouit soigneusement le sac et le téléphone portable, répartissant la terre en trop sur les plates-bandes autour. Mais alors qu'il regagnait la maison, il aperçut Harriet à la fenêtre de leur chambre, en train de l'observer. Il se figea un court instant. Allait-elle être furieuse ? Toutefois, quand il pénétra dans la chambre, le regard de sa femme n'avait rien d'accusateur.

« Il sera en sécurité là-bas, tu penses ? » demanda-t-elle simplement.

Ni l'un ni l'autre ne fit allusion au sac durant le reste de l'été. Au fil des semaines, le comportement des enfants se dégrada à vue d'œil. Theo rentrait soûl et semblait prendre plaisir à laisser les mégots de ses joints n'importe où dans la maison. Une fois, Peter en trouva même un écrasé dans le beurrier. À plusieurs reprises, ils ne purent s'empêcher de protester. En pure perte.

« Ça vous va bien ! » se contenta de répondre Theo en ricanant.

L'évolution de Ginny fut ponctuée de soudaines apparitions dans le salon, apparitions qui ressemblaient de plus en plus à des embuscades.

« Jean et moi avons décidé de nous joindre au groupe de discussion de Simon », annonça-t-elle un beau dimanche, vêtue des frusques hideuses qu'elle préférait désormais à ses fringues à la mode. Simon, il va sans dire, était le prêtre. « Simon est formidable ! Grâce à lui, on a l'impression que le monde est plus propre, leur lança-t-elle quelques jours plus tard en fixant sur eux un regard désapprobateur. Vous devriez venir. Il m'a dit qu'il aimerait vous rencontrer. » Qu'avait-elle pu lui raconter ? se demanda sombrement Peter. Une semaine plus tard, elle leur déclara, l'air grave et préoccupé : « Jean et moi avons prié pour vous cet après-midi. »

Harriet eut du mal à maîtriser sa colère. « Elle le fait exprès ! » s'écria-t-elle. Or, même si c'était le cas, elle ne savait pas comment réagir. Ils furent soulagés quand arriva septembre et que les enfants reprirent enfin les cours. Ce fut Harriet qui remit sur le tapis la question du sac.

« Bon, que fait-on maintenant ? »

Peter avait déjà réfléchi à la question.

« On pourrait essayer de la revendre à Roy, j'imagine. Son numéro doit encore être sur le portable. On a payé la marchandise, après tout. » Il avait jugé cette suggestion extrêmement hardie, mais, une fois de plus, il avait sous-estimé Harriet.

« Il nous en donnera des clopinettes. Et, après tous les ennuis que ça nous a causés, je n'ai pas la moindre intention de la fourguer pour trois fois rien.

— Alors… ? » Peter n'avait pas très envie de reprendre leurs tournées de livraison, mais il se tut. C'était ridicule, et pourtant, comme dans une cour de récréation, il répugnait à paraître trouillard, surtout vis-à-vis de sa femme.

« Tu es sûre que c'est une bonne idée ?

— Ça ne paraissait pas très dangereux avant, affirma vivement Harriet. Et ça nous en débarrasserait. »

Ce soir-là, marchant d'un pas allègre afin d'oublier son malaise, Peter accompagna Harriet à la serre pour déterrer le sac. Mais, après quasiment deux mois de complète interruption, il ne suffisait pas de recharger le portable, il fallait reprendre contact avec les clients. Heureusement que Harriet – toujours aussi efficace – avait recopié la liste des numéros de téléphone et des adresses sur un bloc-notes. Peter passa les coups de fil, et fut fraîchement reçu.

« Je sais très bien qui vous êtes. Alors, vous vous êtes enfin décidé à rallumer votre téléphone ? »

Ils ne mirent pas longtemps à renouer avec leurs habitudes du printemps. Cependant, rien n'était tout à fait pareil. Au lieu de diminuer, le malaise de Peter s'intensifia et la panique l'envahit de plus en plus. Quand il se dirigeait vers la porte d'un client, il imaginait qu'un détachement de policiers l'attendait à l'intérieur de la maison ; et la vue d'une voiture de police, même filant à vive allure dans la direction opposée, suffisait à faire perler la sueur sur son front. Il avait du mal à dormir et insista pour prendre certaines précautions, comme se garer à plusieurs rues de chez leurs clients.

« À quoi ça sert ? se plaignit Harriet. Il faut quand même y aller. Ça ne fait que nous prendre davantage de temps.

— C'est au cas où on relèverait les numéros d'immatriculation. »

À sa propre surprise, Peter était par moments pris de remords. Cela lui arrivait à l'improviste, lorsqu'il était assis à son bureau, par exemple, ou en train de se brosser les dents. Étrangement, le visage qui le troublait à ce moment-là n'était jamais celui de Ginny, comme il l'aurait pensé, mais celui de Jean, son amie si pieuse, la petite boulotte au regard assuré, qu'il n'avait croisée qu'une fois, très brièvement, sur le seuil de la porte. Il l'imaginait secouer sa grosse tête ronde, tout en le fixant d'un air calme et désapprobateur. La seule réponse de Peter était que tout ça allait bientôt se terminer, puisque le sac se vidait peu à peu. Plus les semaines passaient, plus il cherchait à accélérer le rythme des livraisons, acceptant presque n'importe quelle commande, même s'il était très tard et que cela les fatiguait beaucoup.

« Les Cotswolds sont hors de prix, en ce moment ! se lamenta Harriet, un soir de pluie, alors qu'il ne restait qu'une vingtaine de sachets. Avec un apport de trente-cinq mille livres, on n'obtiendra même pas un crédit pour une porcherie. » C'était elle qui se chargeait de trouver comment dépenser l'argent ainsi gagné – Peter se rendait compte que, bizarrement, cela ne l'intéressait pas – et elle avait déjà appelé plusieurs agents immobiliers.

« Alors, peut-être qu'on ne devrait pas acheter une maison de campagne, finalement, répondit Peter, devinant ce qui allait suivre. On peut toujours se contenter d'aller passer des week-ends à l'hôtel.

— Mais on avait bien décidé qu'on faisait tout ça pour acheter une maison de campagne, non ? répliqua-t-elle avec colère. D'ailleurs, presque tout le monde en a une depuis des lustres ! » Le reproche était patent, comme à l'époque d'avant le sac : il l'avait trompée en la privant du mode d'existence qu'elle avait espéré. « Pas question de faire machine arrière !

—Bon sang, Harriet ! rétorqua-t-il, on ne sait même pas comment déposer cet argent sur notre compte en banque, et tu voudrais qu'on prenne un autre sac !

— A-t-on eu le moindre pépin depuis qu'on a commencé ? Non, pas le moindre ! »

Peter se tut. Il se détestait de ne pas oser répondre, mais c'était difficile, étant donné l'inaltérable témérité de Harriet. Elle avait d'ailleurs raison : leurs livraisons se passaient sans encombre. Ainsi donc, ce même soir venteux d'octobre, ils allèrent dans la serre, remplirent plusieurs sacs-poubelle de billets, puis prirent la voiture pour rencontrer Roy et acheter leur second sac de sachets. Sur le chemin du retour, Peter sombra dans un étrange état d'insensibilité en écoutant les jérémiades de sa femme.

« C'est juste un intermédiaire, un fainéant ! On lui donne presque la moitié de nos gains et il reste assis sur son derrière sans prendre le moindre risque. Si seulement on pouvait traiter avec les fournisseurs ! »

Peter lui jeta un regard incrédule.

« Quoi ? En Colombie ou en Bolivie ? Ou je ne sais où ?

— Pourquoi pas ? Là où on cultive ce truc, la coca, si c'est bien son nom... On devrait s'adresser directement à eux. »

Harriet se rendit compte qu'elle avait été trop loin et elle n'aborda plus la question, cherchant plutôt à améliorer sans cesse leur efficacité. Elle acheta un registre de comptes, comme s'ils géraient un bureau de tabac ou une sandwicherie, et chaque fin de semaine elle y inscrivait leurs gains avant de les déposer dans la serre à l'intérieur d'un nouveau sac-poubelle noir, comme d'autres déposent les leurs à la banque. Quant à Peter, cette nouvelle myriade de sachets semblait le pousser à accélérer encore le rythme ; certains soirs, ils effectuaient jusqu'à huit ou neuf livraisons, ne rentrant qu'à une heure du matin. Ces soirs-là, vu leur état de fatigue, il n'était pas question de faire l'amour sur des billets de banque froissés ; ils montaient se coucher sans échanger un seul mot.

Le père de Harriet téléphona à la mi-novembre.

« Je viens passer quelques jours. »

Quelle barbe ! En plus du dérangement – ils devraient réduire leurs livraisons –, Peter s'attendait à subir d'innombrables leçons de morale. Mais alors qu'ils étaient tous les trois assis dans la cuisine, en train de boire du thé et de manger des biscuits, le mutisme de Joe le surprit.

« J'ai appelé plusieurs fois, en soirée, finit par dire celui-ci, mais vous semblez être tout le temps sortis. »

Harriet le fixa d'un air de défi.

« Et alors ? »

Joe lui renvoya un regard étrange, appuyé.

« Je pourrais vous être très utile, tu sais. »

Peter comprit enfin. S'il n'en avait pas eu marre de tout, il aurait éclaté de rire. Il éprouva seulement une sorte de satisfaction à constater que son beau-père, au bout du compte, ne valait pas mieux que lui. Quelques mois avaient suffi pour que fermente dans l'esprit de Joe le souvenir de ces billets rouges et violets tout neufs. Et en effet, d'une voix geignarde, le vieil homme se mit à énumérer ses besoins, comme si on l'avait injustement spolié.

« La dernière fois que la maison a été repeinte, c'était avant la mort de Julia. Je ne peux plus vivre comme ça… Il me faut une nouvelle voiture. Plus grande, pour les chiens. »

Au lit, Peter et Harriet discutèrent de sa proposition. Harriet n'y tenait pas.

« Il ne saura pas s'y prendre. Il nous fera courir des risques inutiles. »

Mais Peter se montrait enthousiaste, car il était poussé par le désir d'écouler le stock au plus vite.

« Il me semble qu'il pourrait nous aider beaucoup, répliqua-t-il en bâillant. Ça te permettrait de partir en tournée dans la journée, pendant que je suis au bureau, et on terminerait ce second sac avant Noël. »

Il fallait d'abord former Joe. Il n'avait pas conduit à Londres depuis des années, et serait peut-être contraint de le faire si des contractuelles apparaissaient alors qu'il attendait dans la voiture. Peter et Harriet décidèrent qu'il s'installerait à l'arrière de la Mini durant plusieurs soirs. Mais dès le second, les choses tournèrent au désastre. Sans doute cela devait-il arriver tôt ou tard, leur trafic de drogue étant désormais devenu une périlleuse course contre la montre. La catastrophe se produisit sous un ciel sombre et pluvieux de la fin de novembre, alors qu'ils traversaient Ealing. La tournée s'était avérée peu fructueuse : leur premier client n'ayant pas eu d'argent pour les payer, ils avaient fait le trajet pour rien. Il leur restait encore sept livraisons à effectuer et il était déjà tard, car la circulation chargée à l'approche de Noël les avait ralentis.

« T'as eu ton permis dans un paquet de lessive, espèce de crétin ? » s'écria Peter lorsque la voiture qui les précédait leur fit manquer un feu vert en calant. Quand le feu repassa au vert, Peter emballa le moteur pour se défouler et traversa le croisement en trombe. On ne peut pas dire qu'il vit le problème trop tard, car il ne le vit pas du tout : alors qu'il ralentissait en arrivant à un nouveau feu, il sentit que quelque chose heurtait la portière.

« Oh, mince ! grommela Harriet. C'est un con de cycliste ! »

Exaspéré par leur retard, Peter aurait probablement continué sa route. Mais c'était impossible : la voiture était déjà coincée dans la file attendant le feu. Un coup sec fut frappé contre la vitre. Lorsque Peter la baissa, il découvrit un individu tout petit enveloppé dans un plastique jaune luisant.

« Pouvez pas faire attention à où vous allez ? » Le cycliste brandit un disque de plastique blanc. « Vous avez bousillé mon feu arrière qui m'avait coûté cinq livres quatre-vingt-dix-neuf ! »

Par la suite, Peter repensa souvent à ce visage idiot, aux petits yeux et aux oreilles en feuilles de chou. Personne n'aurait pu imaginer que Némésis puisse prendre de tels traits. Même si, en vérité, Peter fut l'agent de sa propre destruction. S'il avait mieux dormi les semaines précédentes, il se serait sans doute excusé, puisque, après tout, c'était sa faute. Au contraire, il s'entêta.

« C'est vous qui devriez faire attention !

— Espèce d'abruti ! » renchérit Joe.

Seule Harriet, d'habitude si inconsciente, évalua clairement la situation.

« Pourquoi ne pas simplement lui donner ses sous, Peter ?

— C'est sa faute ! » rétorqua Peter comme si elle lui avait fait un reproche.

La file de voitures s'ébranlait. Craignant qu'ils ne s'échappent, le cycliste contourna la Mini et se planta devant, l'empêchant d'avancer.

« Je bougerai pas tant que j'aurai pas mes cinq livres quatre-vingt-dix-neuf. »

Des klaxons commencèrent à retentir derrière eux, et Peter ajouta au vacarme en klaxonnant à son tour, avant de se pencher par la fenêtre.

« Pourriez-vous, s'il vous plaît, me laisser passer ? »

Même Joe commençait à mollir.

« Peut-être qu'on devrait juste lui filer son argent ? »

Plus pratique, Harriet cherchait dans son porte-monnaie.

« Je suis certaine d'avoir un billet de dix là-dedans. »

Peter se demanda maintes fois, après, quelle forme aurait pris le cours de sa vie s'il avait suivi leurs conseils. Dix livres ? Cela semblait incroyable qu'il ait refusé de payer, alors qu'ils nageaient dans les billets de banque. À cet instant, ce genre de raisonnement logique n'avait aucune prise sur lui, l'exaspération faisant littéralement bourdonner sa cervelle. Il ne pensait qu'à une chose : il était en retard, les clients attendaient, la circulation était épouvantable… et cet horrible nabot aux oreilles décollées lui bloquait le passage. Il ouvrit la portière et commit la bêtise de sortir de la voiture.

« Allez ! Dégage ! »

Le cycliste le regarda droit dans les yeux.

« Cinq livres quatre-vingt-dix-neuf. »

Contrairement aux apparences, ils étaient plus ou moins de même force. Si le cycliste était plus petit, il était jeune et en forme, en tout cas comparé à Peter. Le problème venait de ce que, ni l'un ni l'autre ne sachant se battre, ils se contentaient de se faire face en fronçant les sourcils et en levant les mains comme s'ils pouvaient se repousser mutuellement.

Harriet avait baissé sa vitre.

« Pour l'amour du ciel, Peter ! Voilà un agent de police ! »

Peter finit par se rendre compte du danger. Mais, au lieu de chercher à calmer la situation – par quelques mots d'excuse et le billet de dix livres de Harriet –, pris de panique, il voulut sortir au plus vite de ce pétrin en écartant brutalement son adversaire du capot. Sa victoire fut éphémère, car, comme il revenait d'un pas martial vers sa portière, le cycliste lui emboîta le pas et le saisit par la manche.

« Pas question, mon vieux ! »

Lorsque le policier arriva sur les lieux, ils étaient déjà en train de se bagarrer comme des amateurs. Même à ce stade, les jeux n'étaient pas encore faits : s'il était évident que le policier allait tenter de les séparer, que sa main appuie justement sur la poche de poitrine du blazer de Peter l'était bien moins. Et pourtant, comme le policier le repoussait, on entendit un petit bruit sec, pareil à celui d'une bulle qui éclate, et un éphémère nuage blanc surgit devant les yeux de Peter. Sentant son visage se couvrir d'un voile délicat, il passa involontairement sa langue sur ses lèvres et perçut un goût âcre, piquant – ce serait la seule fois qu'il aurait l'occasion de l'apprécier – et éprouva une étrange sensation d'euphorie et de bien-être.

Les voisins comme les vieilles connaissances furent intrigués, voire discrètement ravis de leur soudaine chute. Peter et Harriet avaient paru si respectables, au point d'être un rien ennuyeux, que leur arrestation vint tel un dénouement parfait égayer la grisaille de novembre. L'été suivant, qu'on le veuille ou non, il fut impossible d'oublier leur mésaventure, car la télévision et les journaux couvrirent chaque jour leur procès. À leur corps défendant, les Pelham étaient devenus célèbres. La métamorphose de Peter, de raseur collet monté en revendeur de drogue, fut si brutale qu'elle le plaça d'emblée au panthéon des personnages applaudis ou hués par le pays tout entier. Pendant plusieurs mois, l'air de cette banlieue sereine vibra de bavardages et de ragots.

« En fait, j'avais bien remarqué qu'ils sortaient et rentraient tard tous les soirs, mais je croyais qu'ils étaient juste très mondains.

— Et ils enterraient tout ça dans leur serre… »

Certains plaignaient Peter, soit par simple bonté d'âme, soit parce qu'ils appréhendaient vaguement que quelque chose de similaire ne leur arrive un jour ou l'autre. D'autres pensaient qu'il n'avait que ce qu'il méritait.

Tout cela était-il vraiment réel ? Hélas, oui. La prison constitua une horrible épreuve pour Peter. Il détesta le claquement des portes, l'entassement dans les cellules, la violence latente, l'odeur tenace d'urine et de désinfectant… et, pour comble de malchance, il fut placé dans le même bâtiment que Larry. Les visites de Harriet se déroulaient dans une atmosphère tendue, et il redoutait celles de Ginny, qui l'accablait de son pardon. Il fut soulagé que Theo s'abstienne de venir.

Cependant, les semaines puis les mois s'écoulant, Peter s'habitua peu à peu à sa nouvelle vie. Il se découvrit des protecteurs assez admiratifs à l'égard de quelqu'un qui, après avoir joui de tous les privilèges, n'avait pas plus qu'eux-mêmes résisté à la tentation de risquer le tout pour le tout. Il arriva ainsi parfois que, se réveillant en pleine nuit, Peter se sente, paradoxalement, très heureux de son sort. N'était-il pas désormais célèbre ? Un journal voulait publier l'histoire de sa vie. Il avait reçu plusieurs sacs de lettres envoyées par de parfaits inconnus. Si certaines d'entre elles le traitaient de tous les noms, d'autres le soutenaient ; une jeune femme de Scarborough l'avait même invité à passer une nuit à l'hôtel en sa compagnie. Ces gens qui ne l'avaient jamais rencontré le considéraient comme un être à la fois dangereux et attirant.

En un certain sens, Peter Pelham avait donc obtenu ce qu'il appelait de ses vœux par ce lumineux soir de printemps, lorsqu'il avait entendu pour la première fois le bip suivi de *Maman, les p'tits bateaux* : il était devenu quelqu'un.

Pendant ce temps, à des milliers de kilomètres de là…

3. Feuilles

CELA N'ARRIVAIT PAS SOUVENT que les avions survolent la vallée, surtout à aussi basse altitude et en faisant un tel raffut. C'est pourquoi Julio se précipita dehors pour les voir. Il y en avait deux – de vieux coucous avec des ailes toutes droites qui semblaient sur le point de se détacher ; mais avec eux volait un engin extraordinaire : un hélicoptère sombre et brillant, flanqué de tubes et de nacelles qui lui donnaient l'air de sortir d'un film d'anticipation. Julio était si fasciné par le spectacle de l'engin qui fonçait sur lui au-dessus des champs qu'il resta sourd aux appels de sa mère. Il ne prêta attention à la brume de vapeur qui sortait de dessous les deux zincs que lorsqu'elle l'enveloppa ; il se mit alors à tousser et rentra en courant dans la maison. Ce soir-là, une éruption de boutons recouvrit ses bras et son cou ; il avait du mal à respirer, comme si sa gorge avait rétréci et ça le grattait. Sa mère était assise à ses côtés, manipulant son crucifix ; et même Isabella, sa petite sœur, le regardait par-dessus son oreiller d'un air troublé. Dès le lendemain matin, cependant, Julio se sentit mieux et il réussit à manger un peu au petit déjeuner. Sa mère lui dit de se reposer ; mais comme il s'ennuyait en restant couché, il sauta bientôt du lit.

Il trouva son père, sa mère et sa sœur dans le champ de haricots, en train d'essuyer les feuilles des plantes avec des bouts de chiffon qu'ils trempaient dans le seau en plastique rouge de la cuisine. Le regard fixe, l'air traqué, son père exécutait son travail avec cette concentration qui lui était si tristement familière ; Julio se sentit honteux d'avoir été fasciné par l'apparition de l'hélicoptère, comme s'il était en quelque sorte coupable de ce qui s'était passé. Il prit un chiffon dans le seau et se joignit aux autres pour nettoyer les feuilles ; le produit chimique lui piquait les narines. Ils travaillaient sans pratiquement échanger une parole, mais au fil des heures, ponctuées par le renouvellement de l'eau à la rivière, et au fur et à mesure qu'ils progressaient à travers le champ de haricots avant d'attaquer le champ de maïs qui lui faisait suite, Julio sentit que l'atmosphère s'allégeait ; les efforts accomplis et la satisfaction d'apercevoir enfin le bout de la besogne leur redonnaient courage.

« Il y avait beaucoup de vent hier, fit remarquer la mère de Julio avec son optimisme habituel, au moment où ils rentraient à la maison, le dos cassé d'être restés pliés en deux durant de longues heures. Une grande partie du produit a dû être emportée. »

Même le père de Julio paraissait avoir repris un peu espoir.

« Qui sait ? »

Julio fut surpris de voir Grand-père les attendre, assis sur la véranda. Il était malade depuis quelque temps, sans souffrir d'une maladie précise mais d'une série de petits maux qui apparaissaient l'un après l'autre, si bien que tout le monde commençait à se poser des questions. Ce jour-là, pourtant, il avait meilleure mine. Il tapait sur le sol avec son bâton.

« Je ne sais pas pourquoi vous vous décarcassez comme ça, lança-t-il, effaçant le sourire de leurs visages alors qu'ils s'approchaient de lui d'un pas lourd. Ça ne servira à rien. »

Grand-père ne s'était jamais gêné pour dire ce qu'il pensait, au risque de déplaire. L'expression de bête traquée réapparut sur le visage du père, et la mère de Julio lança à Grand-père un coup d'œil significatif.

« Comment le sais-tu ?

— Je le sais. »

Mais, au grand soulagement de Julio, les jours passèrent et tout semblait normal. Chaque matin, son père sortait pour inspecter les haricots et le maïs, qui semblaient croître et prospérer sous le soleil. En revenant, il hochait la tête de satisfaction, surtout à l'adresse de Grand-père.

« C'est sans doute parce qu'on a nettoyé les feuilles ! s'exclama un soir la mère de Julio durant le dîner. On les a battus, finalement ! »

On aurait dit que le diable l'avait entendue : le lendemain, quand Isabella alla nourrir les poulets, elle les trouva gisant sur le sol du poulailler.

« Ces sales cochons de Bogotanos ! s'écria le père de Julio comme ils fixaient les cadavres des poulets. Je les jetterai au fond d'un trou, jusqu'au dernier. Je les donnerai à manger aux fourmis. » Malgré la violence des paroles, la voix était morne.

« Les coupables, ce sont pas les Bogotanos, mais les gringos, répliqua Grand-père d'un ton de triomphe amer. Tu crois que ces minables auraient un hélicoptère comme ça ? »

Ils creusèrent une petite tranchée dans le minuscule jardin potager. C'est à ce moment-là, pendant qu'il aidait son père à ensevelir les carcasses des poulets, que monta la colère de Julio. Le poulet était réservé aux grandes occasions et ils en avaient gardé deux pour la prochaine fête, qui tombait quelques semaines plus tard. S'ils avaient prévu cette catastrophe, ils auraient pu tous les faire cuire et les manger. Quel gâchis !

Deux jours plus tard, Julio remarqua au réveil que la maison, qui aurait dû résonner des bruits habituels d'un début de matinée – son père coupant du bois, sa mère faisant tinter des casseroles dans la préparation du petit déjeuner –, était bien trop silencieuse. Il découvrit sa mère, Isabella et Grand-père assis sur la véranda, en train de regarder d'un air sombre le père, qui parcourait le champ de haricots en donnant des coups dans les plantes avec un bâton. Elles étaient toutes fanées comme si elles avaient manqué d'eau.

« S'il pleut, elles pourront peut-être se remettre », dit la mère de Julio.

Personne ne répondit, mais le silence était éloquent.

Les jours suivants, le maïs se dessécha et devint marron, ainsi que le plantain, les pommes de terre et les autres légumes dans le petit jardin derrière la maison. Toute la vallée avait le même aspect : alors que, trois jours plus tôt, la végétation avait été luxuriante, maintenant, elle s'étiolait, comme calcinée par quelque canicule. Le désastre fut si soudain et si total que Julio et sa famille ne savaient trop quoi faire. Le rythme de leur vie – la routine quotidienne, le lent changement de saisons – avait toujours été réglé sur celui de leurs cultures : plantation, soins apportés durant la pousse, récolte, transport pour la vente au marché, puis consommation des stocks restants tandis que passaient les mois et que poussaient les nouveaux plants. D'un seul coup, déboussolés, ils restaient assis des heures entières sur la véranda, le regard rivé sur leurs cultures dévastées. Leurs voisins connaissaient le même désarroi et venaient les voir pour les informer des derniers événements – bien qu'il n'y ait pas grand-chose de nouveau –, parlant avec excitation, comme lorsqu'on commente une bonne nouvelle.

Peu à peu, la nouveauté de l'événement s'estompa et la famille de Julio dut faire face aux dures conséquences du désastre. Sa mère s'abîma dans ses prières et se mit à nettoyer de façon obsessionnelle tandis que son père – exactement comme l'avait prévu Julio – s'alita, les yeux rivés au mur, refusant de desserrer les lèvres. Quant à Julio, incapable de rester en place, il se lança dans de longues marches à travers la vallée dévastée. De sa vie, il n'avait jamais rien détesté autant que ces avions ; il aurait voulu les combattre, les anéantir. Tout en marchant, une idée germa dans sa tête : il irait à Guanavita pour s'enrôler dans la guérilla. Certes, il était très jeune, mais il avait entendu parler de garçons de son âge qui avaient rejoint les guérilleros. On disait du mal d'eux et de ce qu'ils faisaient ; mais on disait du mal de tout le monde. Les guérilleros savaient au moins se battre, eux. Soudain, il se sentait inutile sans un fusil. Sans fusil, on était forcé de supporter ce que les autres vous imposaient. Il se garda bien d'annoncer sa décision à ses parents. Pas encore, en tout cas, car il savait qu'ils se mettraient en colère.

Un après-midi, alors qu'il revenait d'une de ses marches, il tomba sur son grand-père, qui l'attendait avec impatience.

« Te voilà enfin ! Je croyais que tu ne reviendrais jamais. J'ai besoin de ton épaule, mon garçon. J'ai décidé d'aller dire deux mots à notre voisin Sanchez.

— Sanchez ? cria depuis la chambre le père de Julio, sortant enfin de son mutisme. À quoi est-ce que ça va servir ?

— En tout cas, ça me soulagera ! »

Si Julio était d'accord avec son père quant à l'inutilité de cette visite, il se fit cependant un devoir d'aider son grand-père à traverser le champ de haricots desséchés. Ses marches ne l'avaient jamais mené dans cette direction ; aussi fut-il surpris de voir une longue bande de vert, lorsqu'ils atteignirent le milieu du terrain de Sanchez : une grande partie de ces cultures était toujours vivace !

« N'est-ce pas merveilleux ? » constata Grand-père en ricanant.

Julio n'avait pas le cœur à rire. Sans répondre, il l'aida à atteindre la porte de Sanchez. Même à ce moment-là, la colère n'empêcha pas Grand-père de garder ses bonnes manières.

« Bonsoir, señor Sanchez. »

Sanchez leur jeta un regard soupçonneux.

« Bonsoir, señor Garcia. Bonsoir, Julio. Entrez donc, je vous prie.

— Non, merci. » Grand-père s'appuya sur sa canne. « Je disais à Julio que ces gringos doivent se sentir vraiment stupides d'avoir détruit toutes les plantes de la vallée, sauf votre coca, puisque c'était théoriquement leur cible. » Il jeta un coup d'œil à la bande de vert. « Vous allez en tirer un bon prix, j'imagine. »

Sanchez s'attendait à cette sortie et il haussa le ton pour répliquer :

« Ce n'est pas moi qui pilotais ces avions, señor Garcia. Et je suis loin d'être le seul dans la région à cultiver quelques plants de coca. D'ailleurs, j'en ai même vu dans vos champs.

— Maintenant, il n'y a plus rien dans nos champs, répondit Grand-père lentement. Tout est mort. » Il se redressa. « Bonsoir, señor Sanchez.

— Bonsoir à vous, señor Garcia. » La porte se referma en claquant.

Était-ce tout ? Julio ne s'était pas attendu à grand-chose, mais il était quand même stupéfait. Ils auraient aussi bien pu rester à la maison. Il s'apprêtait à soutenir Grand-père sur le chemin du retour, quand il sentit le vieil homme l'entraîner derrière la maison de Sanchez.

« Donne-moi un coup de main, tu veux ? » dit Grand-père en soulevant le couvercle du réservoir d'eau.

Curieux, Julio s'exécuta, puis, médusé, vit Grand-père ouvrir sa braguette et uriner dans l'eau.

« Vas-y, mon garçon, on n'a pas que ça à faire ! »

Ayant toujours été plutôt bien élevé, Julio hésita à commettre un tel acte. Mais puisque Grand-père l'ordonnait… Il venait à peine de commencer quand, se retournant, il aperçut Sanchez qui les regardait, pétrifié, depuis le coin de sa maison. Julio se figea, tandis que Grand-père souriait au maître des lieux comme si ce qui se passait là n'avait absolument rien de surprenant.

« Rebonsoir, señor Sanchez ! » lança le vieil homme, sans cesser d'uriner.

Sanchez ouvrit la bouche pour parler, mais, se ravisant, disparut, tout penaud.

« Je n'avais pas dit que ça me soulagerait ? s'écria Grand-père comme ils prenaient le chemin du retour. Une petite vengeance fait du bien à l'âme. »

Julio s'aperçut qu'il se sentait mieux, lui aussi. En fait, cette expédition constitua un moment décisif, et ce soir-là, pour la première fois, la famille de Julio osa regarder l'avenir en face.

« Inutile de rester ici, déclara Grand-père. Tôt ou tard, ils reviendront pulvériser. »

La discussion finit par tirer du lit le père de Julio, qui apparut dans l'encadrement de la porte, le teint livide.

« Et où est-ce qu'on est censés aller ?

— Mon cousin Alvaro affirme qu'il y a encore de bonnes terres dans les collines, après sa ferme au-dessus de Martires. On devra les défricher, bien sûr, ce qui ne sera pas une partie de plaisir, mais ça vaut mieux que mourir de faim. »

La suggestion bouleversa Julio. Il n'avait jamais vécu ailleurs que dans leur modeste maison de deux pièces, avec sa petite véranda et sa vue sur les lointaines montagnes. Comment pourraient-ils s'en aller du jour au lendemain ? Son père paraissait tout aussi sceptique.

« Même si on réussit à défricher le terrain, il faudra attendre au moins une année avant la première récolte. Il ne reste pas grand-chose de la dernière et nos économies ne vont pas durer longtemps.

— Si on a des difficultés, les cousins nous aideront », répondit Grand-père, bien que le ton de sa voix ait semblé moins assuré que ses paroles.

L'idée du départ étant un trop gros morceau pour qu'on puisse l'avaler d'un seul coup, la discussion s'étiola sans qu'aucune décision n'ait été prise. Pourtant, durant les jours qui suivirent, comme la vallée devenait de plus en plus désolée et que de plus en plus de voisins pliaient bagage, la perspective s'imposa progressivement. Lorsque Grand-père remit la question sur le tapis, un matin au petit déjeuner, personne n'émit d'objection. Un peu à contrecœur, Julio se résolut à ne pas rejoindre les guérilleros – pas encore, en tout cas –, car ce n'était guère le moment de laisser tomber la famille. Le jour même, ils commencèrent les préparatifs du départ, triant soigneusement leurs affaires afin de choisir celles qu'ils emporteraient. Le père de Julio se rendit à la ville pour parler à Salazar, qui, le dimanche suivant, vint dans sa camionnette découverte pour prendre tout leur mobilier ; la table et les chaises de cuisine, les lits en planches, ainsi que le buffet ; il les transporta au marché de Chasim tandis qu'Isabella y menait le mulet. Malheureusement, comme le marché était plein d'autres paysans de la vallée qui vendaient le même genre de meubles, ils durent accepter des prix dérisoires. Toutefois, ils achetèrent bon marché les machettes, la hache et la scie à deux poignées dont ils auraient besoin pour défricher la forêt. Ce soir-là, ils allèrent dire au revoir aux voisins qui n'étaient pas encore partis ; et même Julio but un peu trop, si bien que le lendemain matin il se réveilla les idées confuses et tout ankylosé parce qu'il avait dû dormir à même le plancher. Il faisait encore nuit quand Salazar klaxonna et qu'ils hissèrent dans la camionnette les grands sacs grèges contenant leurs affaires. Lorsqu'ils les déchargèrent à la gare routière de Chasim, le ciel devenait déjà bleu pâle.

« Qu'est-ce que tu as là-dedans ? demanda le père de Julio à Grand-père en désignant le sac que celui-ci transportait. Je ne me souviens pas de ce sac-là.

— Juste quelque chose dont nous aurons besoin », rétorqua Grand-père d'un air malin.

Le père allait insister, mais l'autocar bringuebalant fit son apparition. Bien entendu, il était déjà bondé. Alors on se bouscula pour grimper dedans, tandis que le gamin chargé des bagages affirmait – en se moquant de leur accent péquenot – qu'il n'y avait pas assez de place sur le toit pour toutes leurs affaires. Il fallut que Grand-père fasse un raffut de tous les diables pour qu'il leur permette de prendre le reste avec eux à l'intérieur du car. Comme ils se tenaient debout dans le couloir, coincés entre leurs sacs, et que le car s'ébranlait en pétaradant, Isabella se mit à pleurer.

« J'aime pas l'endroit où on va. J'y suis jamais allée. »

Julio trouvait souvent sa petite sœur exaspérante, mais cette fois-là il la comprenait. Après tout, cette vallée marron et desséchée – qu'ils avaient déjà laissée derrière eux – était le seul pays qu'ils aient jamais connu.

« Ce sera bien là-bas, la rassura-t-il, même s'il n'en savait rien, évidemment.

— Ce sera mieux que "bien", renchérit Grand-père. C'est un endroit merveilleux et beaucoup mieux qu'ici. Tu vas faire la connaissance du cousin Alvaro, qui siffle comme un oiseau, même les vrais oiseaux s'y trompent, et de ta cousine Maria, qui fait le meilleur ragoût de Colombie. On sera en pleine forêt ; aussi tu verras des perroquets et des colibris magnifiques, et puis des opossums, des ours jongleurs, des chauves-souris et des…

— J'aime pas les chauves-souris, l'interrompit Isabella. Je veux rentrer chez nous.

— Mais ce sera ton nouveau chez-toi ! » répliqua Grand-père d'un ton joyeux, sans se laisser démonter. Quittant les abords de la ville, le car prenait maintenant de la vitesse. « En un sens, ç'a toujours été chez toi. Sais-tu que mon arrière-grand-père vivait pas loin de cette région là-bas, à Martires ? C'est ton arrière-arrière-arrière-grand-père, José Luis Garcia. C'est lui qui est entré dans la forêt avec le gringo qui voulait voler les arbres. » Il sourit, laissant un moment planer dans l'air cette formule bizarre. « Est-ce que je t'ai déjà parlé de lui ? »

Isabella renifla, intriguée mais peu encline à renoncer si facilement à son chagrin.

« Non. »

Julio adorait les histoires de Grand-père ; cela promettait un voyage moins pénible.

« Vas-y ! Raconte-nous ! s'écria-t-il d'un ton pressant en s'appuyant sur un sac de maïs.

— Ça s'est passé il y a très, très longtemps, bien sûr, commença Grand-père. Longtemps avant les avions, les automobiles et la radio. Mais tout n'était pas si différent à l'époque. Il y avait des guerres qui semblaient ne jamais s'arrêter parce que le ramassis habituel de politiciens corrompus avaient intérêt à ce qu'elles durent. » Il cracha délicatement sur le plancher du car. « Les gringos n'avaient pas encore inventé la cocaïne, et ils étaient forcés de se contenter du whisky et du rhum pour se rendre fous. Mais ils trouvaient quand même de bonnes raisons pour venir causer des ennuis chez nous. L'un de ces gringos s'appelait Harman. Par un chaud après-midi, il est entré à cheval dans Martires, coiffé, comme les gringos à l'époque, d'un haut chapeau noir qui ressemblait à un tuyau avec un rebord. Martires était une petite ville et la venue d'un visiteur constituait une véritable curiosité –, surtout un étranger riche comme celui-ci, avec ses beaux chevaux et son serviteur gringo. La rumeur s'est vite répandue qu'il allait monter dans les collines pour cueillir des fleurs et qu'il engageait des muletiers.

— Des fleurs ? s'étonna Julio. Ils étaient venus de si loin rien que pour cueillir des fleurs ?

— Absolument ! s'exclama Grand-père, un peu agacé qu'on mette en doute son récit. Ils venaient nous voler tout ce qu'ils pouvaient.

— Je trouve ça plutôt gentil qu'ils voulaient des fleurs », déclara Isabella, qui avait déjà oublié ses larmes.

Grand-père appuya son bras sur un sac contenant des casseroles.

« Mais je ne vous ai pas parlé de votre arrière-arrière-arrière-grand-père… José Luis était un homme doué de grands talents. C'était un excellent chasseur et un parfait cavalier – il comptait parmi les meilleurs de la région ; et en plus il était très instruit, car il avait été élève d'un très bon collège, à tel point qu'il avait une aussi belle écriture qu'un prêtre. Mais même les grands hommes peuvent manquer de chance, et José Luis était vraiment malchanceux. Il a d'abord perdu sa ferme, quand les pluies sont tombées si fort qu'une demi-montagne de boue a dévalé la pente ; et ensuite, un malheur n'arrivant jamais seul, il a été dévalisé sur la route par des bandits qui ne lui ont pas laissé un sou vaillant. Il était à Martires depuis quelque temps pour chercher du travail. Comme il n'en avait toujours pas trouvé, il a décidé de se présenter à Harman. L'homme ne lui a guère plu : il l'a traité comme de la crotte, sans même se rendre compte que José Luis avait autant d'instruction que lui. Mais faute de grives on mange des merles, alors José Luis a accepté le boulot.

» Ils se sont mis en route quelques jours plus tard. Il y avait José Luis, deux autres muletiers avec vingt mulets pour transporter toute la nourriture, les tentes, les caisses pour les fleurs, et, bien sûr, Harman, son serviteur gringo et leur guide – un gars de Piales, cette sale ville pleine de voleurs. Votre arrière-arrière-arrière-grand-père n'était pas un homme particulièrement soupçonneux, mais plus les jours passaient plus il se posait des questions sur cette expédition. Il connaissait les plantes, et force lui a été de remarquer qu'ils avaient rencontré un bon nombre de fleurs, dont certaines très belles, sans que Harman leur accorde le moindre intérêt.

» Ce qui a intrigué aussi José Luis, c'était la direction qu'ils prenaient. Il connaissait ces collines, voyez-vous, il avait voyagé dans le coin quelques années plus tôt pour se procurer l'écorce d'un certain arbre qui guérissait de la malaria. Naturellement, cette écorce était très prisée et se vendait fort cher – José Luis en avait lui-même tiré un excellent profit. C'est pourquoi il existait des lois très strictes interdisant de faire sortir du pays ces arbres ou leurs graines. Malgré ça, un certain nombre de gringos avaient tenté d'enfreindre la loi, dans l'espoir de se remplir les poches, et en avaient planté dans quelque misérable région éloignée qu'ils avaient réussi à domestiquer, en se fichant pas mal que ça laisse notre malheureux pays encore plus pauvre qu'avant. Par chance, aucun de ces gringos n'avait réussi jusque-là, car ils avaient tous été pris ou avaient perdu leurs bateaux sur le long chemin du retour. Votre arrière-arrière-arrière-grand-père a vu qu'ils se dirigeaient justement vers la zone où on comptait un nombre important de ces arbres. Il n'a parlé de ses soupçons à personne, attendant le moment propice ; mais Harman n'a pas manqué d'installer le camp à quelques heures seulement de l'endroit où poussaient des arbres ; il a ordonné aux muletiers d'attendre pendant que lui, son serviteur gringo et le guide de Piales continuaient seuls avec trois mulets. Ils sont revenus au bout de trois jours, et toutes les caisses portées à dos de mules étaient fermées à clé.

» José Luis n'était pas du genre à pouvoir retenir une question longtemps. "Qu'est-ce qu'il y a dans ces caisses ?" il a demandé à Harman.

» Harman, qui lui avait à peine prêté attention jusque-là, sauf pour lui reprocher de ne pas aller assez vite, lui a lancé un regard de mépris.

» "Des fleurs. Qu'est-ce que ça pourrait être d'autre ?"

» Même à ce moment-là, José Luis lui a laissé une chance de prouver son honnêteté. "Je peux voir ? Ça m'aidera à conduire les mulets si je peux me rendre compte de leur fragilité."

» Harman l'a soudain regardé d'un air méfiant : "Je n'ai pas l'habitude de recevoir des ordres des muletiers."

» Cela a suffi à confirmer tous les soupçons de José Luis. Votre arrière-arrière-arrière-grand-père a cependant payé très cher sa curiosité. À partir de là, il s'est aperçu qu'on le surveillait de près. Une sorte de ballet a alors commencé, sans que personne ne fasse allusion à ce qui se passait. José Luis a tenté de mettre les deux autres muletiers dans son camp, mais tout ce qui leur importait à eux, c'était d'être payés. Il ne pouvait donc rien faire avant de rentrer à Martires. Dès leur retour, José Luis avertirait le maire, un vieil ami. Harman serait arrêté, et les graines – qui se trouvaient sûrement dans les caisses –, confisquées. Mais alors qu'ils étaient encore à une longue journée de voyage de la ville et que... »

Grand-père fut interrompu par un brusque coup de frein. Julio, tiré de sa rêverie, jeta un coup d'œil par la vitre et vit que la route était barrée par une voiture cabossée placée en travers. Derrière se dressaient une dizaine d'hommes armés de fusils. Il s'agissait d'un contrôle. L'un des guérilleros grimpa à bord et contempla d'un air flegmatique l'intérieur du car bondé.

« Tout le monde dehors ! »

Julio et sa famille échangèrent des regards. Il n'y avait là rien d'inhabituel, mais, en fait, aucun d'eux n'y avait songé. Ils étaient particulièrement vulnérables, puisque tout ce qu'ils possédaient au monde se trouvait dans ce car. Julio, qui pensait toujours à l'histoire racontée par son grand-père et à la façon dont José Luis avait été dévalisé sur la route – était-ce un mauvais présage ? –, se demanda où son père avait caché leurs économies. En sortant du car, chargé d'un lourd sac de maïs, il parcourut des yeux la rangée de guérilleros et rêva d'avoir un fusil comme les leurs. Puis il aida à descendre leurs affaires du toit. Le petit bagagiste escaladait et dégringolait l'échelle à côté de lui, l'air très nerveux à présent, son air narquois envolé. On ordonna à tous les passagers de se mettre en file, leurs bagages et leurs sacs ouverts devant eux, et Julio se souvint de ce qu'on racontait sur les guérilleros et les gens qu'ils faisaient descendre des bus. Il était pourtant difficile d'imaginer que quelque chose d'horrible puisse arriver dans cet endroit paisible, à flanc de colline, au milieu des arbres, avec cette vallée qu'on entrevoyait tout en bas à travers les branches. Il eut l'impression d'attendre une éternité avant qu'un officier s'approche d'eux et s'arrête devant le père de Julio.

« Où allez-vous ?

— Martires. » Le père avait l'air nerveux. Il jetait des coups d'œil sur le sac posé devant Isabella. Contenait-il leurs économies ? L'un des soldats plongea la main dans le sac de Maman, et en sortit une assiette en plastique qu'il glissa sous sa veste. L'officier détourna le regard, comme s'il n'avait pas vu le geste. Désemparée, Maman cligna des yeux, et, un instant, Julio se demanda s'il devait intervenir. Mais il ne le fit pas, et se sentit furieux de se montrer aussi faible. Tout allait de travers. Puis Grand-père se pencha vers le sac de Maman et posa ses mains dessus pour le fermer. « Nous sommes de la vallée au-dessus de Chasim. Toutes nos récoltes ont été anéanties par les pulvérisations des avions gringos. Alors on va chercher une autre terre à cultiver. »

L'officier le fixa pendant un moment, comme s'il jouissait de son pouvoir.

« Très bien. Remontez dans le bus ! »

Tandis qu'ils passaient devant lui en traînant leurs bagages, Julio – qui s'efforçait de retenir un sourire de soulagement – fut surpris de voir les traits de l'homme s'adoucir un bref instant.

« Bonne chance ! »

Tout le monde ne s'en tira pas aussi bien. Deux personnes furent gardées – Julio s'interdit de s'interroger à leur sujet –, et une femme se plaignit qu'on lui avait pris sa montre. Comme le car s'ébranlait, Julio se dit qu'ils avaient eu de la veine de ne perdre qu'une assiette. Grand-père, qui ne semblait pas affecté par l'incident, reprit le cours de son récit comme si de rien n'était.

« Donc, un matin, alors qu'ils se trouvaient encore à une bonne journée de Martires et qu'ils levaient le camp, à la grande surprise de votre arrière-arrière-arrière-grand-père, le gringo Harman s'est approché de lui.

» "Señor Garcia, je crains qu'il n'y ait eu un grave malentendu. Le guide me dit que vous êtes un homme instruit, et je vous prie de m'excuser de ne pas m'en être aperçu plus tôt. Ça ne m'aurait sans doute pas échappé si j'avais mieux parlé l'espagnol." Il a souri, presque comme s'ils étaient de vieux amis : "Soyons francs et honnêtes l'un avec l'autre. Vous croyez que j'ai les graines de certains arbres. Je ne dis pas que vous avez raison, mais le fait est que, même si c'était vrai, j'aurais un bon motif pour le faire, motif que vous, en homme instruit, comprendriez facilement. Ces arbres sont en voie de disparition, vous le savez. Des gens en arrachent l'écorce, beaucoup trop, et il meurt chaque année davantage d'arbres. Ne voyez-vous pas qu'ils appartiennent au monde entier, qu'ils sont un don de Dieu pour nous protéger de la maladie, et que les faire pousser, même ailleurs, c'est rendre un service à toute l'humanité ?"

» José Luis a souri, mais sans être touché par ces belles paroles. Il savait en effet par expérience que lorsque les gens parlent de servir l'humanité, c'est toujours louche.

» "Señor Harman, a-t-il répondu simplement, il existe des lois dans ce pays ; et ces lois s'appliquent à tout un chacun, même à un étranger comme vous, durant tout le temps que vous décidez de séjourner parmi nous. Dites-moi, en tant qu'homme instruit : si vous possédez chez vous une belle pendule, ne préférez-vous pas la voir tomber et se fracasser plutôt qu'elle vous soit dérobée par des voleurs ?"

» Harman a froncé les sourcils, surtout en entendant le mot "voleurs", et il s'est éloigné à grands pas. Peu après, il a rassemblé tout le groupe et, sans regarder en face votre arrière-arrière-arrière-grand-père, il a annoncé que, finalement, l'expédition ne retournerait pas à Martires, car il voulait chercher des fleurs durant quelques jours encore. Par ailleurs, il n'avait plus besoin de la plupart des mulets, et les muletiers seraient donc remerciés et payés sur-le-champ. José Luis a compris ses réelles intentions, bien sûr. Harman projetait de filer vers la frontière équatorienne, qui n'était qu'à deux ou trois jours de route ; il avait calculé que lorsque José Luis arriverait à Martires et avertirait les autorités, lui serait trop loin pour être rattrapé. José Luis n'était pas policier et ce n'était pas son rôle de courir après des gringos voleurs ; il aurait donc pu simplement le laisser filer. Mais voilà : votre arrière-arrière-arrière-grand-père avait non seulement horreur des magouilles mais il était aussi un bon patriote qui adorait son pays et refusait qu'on le dépouille. Il a donc décidé de suivre Harman.

» Ça n'a pas été facile, le gringo et sa petite équipe avançaient très vite. Malgré tout, José Luis leur a emboîté le pas, utilisant ses dons de chasseur pour suivre leur piste le long d'une profonde vallée pluvieuse, passant devant des cascades et des troncs d'arbres pourrissants. La première nuit, il n'a rien pu faire, car Harman et les autres veillaient au grain ; ils se relayaient pour garder les caisses placées à côté de leur tente. La deuxième nuit ne s'est pas montrée plus propice. La troisième, cependant, alors qu'ils n'étaient plus qu'à quelques kilomètres de la frontière, José Luis s'est subrepticement dirigé vers leur camp, à la lumière des étoiles, et a découvert que la sentinelle – Harman en personne – était profondément endormie. Alors, il s'est approché des caisses. Elles étaient cadenassées, bien entendu, mais on peut forcer une serrure.

» D'un seul coup, un cri a retenti. Harman avait bondi sur ses pieds et pointait son arme sur José Luis. "Éloignez-vous de ces caisses !" a-t-il ordonné. Le serviteur gringo et le guide de Piales sont sortis à toute vitesse de leur tente ; trois fusils furent braqués sur les yeux de votre arrière-arrière-arrière-grand-père. "S'il manque une seule graine, l'a averti Harman de sa voix froide de gringo, vous ne partirez pas vivant d'ici." Il ne s'agissait pas d'une plaisanterie, car, en pleine brousse, trois hommes armés de fusils constituent un pays à eux seuls, régi par ses propres lois. José Luis a regardé avec inquiétude le serviteur gringo ouvrir une caisse après l'autre. Mais, à l'évidente surprise de Harman, leur contenu était intact. »

Grand-père se tut soudain, laissant son récit en suspens. C'était sa technique favorite : cela poussait toujours ses auditeurs à vouloir finir eux-mêmes l'histoire.

« Il avait remplacé les graines par celles d'une autre espèce d'arbres ? suggéra Isabella.

— Comment est-ce qu'il aurait pu ? répliqua Grand-père en secouant la tête. Il n'avait pas eu le temps de recueillir suffisamment de graines pour remplir ces caisses. De plus, Harman aurait tout de suite vu la différence.

— Il s'est battu contre eux ? proposa Julio, l'œil allumé.

— Avec trois fusils pointés sur ses yeux ? rétorqua Grand-père en s'appuyant sur le sac. Non, il n'y a pas eu de combat. En fait, les gringos l'ont laissé repartir, et il est rentré à Martires – où il a bâti un ranch, un élevage de chevaux, qui a très bien marché... Le ranch existe toujours, paraît-il. Il appartient sans doute maintenant à un gros type de Bogota très riche. »

Julio regarda son grand-père d'un air perplexe.

« Et Harman ?

— Il a atteint la côte équatorienne sans problème, s'est embarqué, et est retourné dans son lointain et froid pays, où il s'est dépêché de trouver un acheteur, rêvant par avance à tout l'argent qu'il allait gagner. Mais alors, une chose étrange est arrivée : quand il a ouvert les caisses pour montrer les graines à son acheteur, il n'y en avait plus.

— Plus de graines ? s'écria Isabella, fascinée par ce mystère.

— José Luis avait fait des trous ? demanda Julio.

— Les gringos s'en seraient aperçus ! s'esclaffa Grand-père. De plus, je n'ai pas dit que les caisses étaient vides. En fait, elles étaient pleines. Pas de graines, mais de coléoptères. De petits coléoptères blancs, des milliers de bestioles semblables à celles qu'on trouve sur les bûches pourries – exactement comme si un morceau d'écorce mouillée avait été placé au fond de chaque caisse. »

Julio était déconcerté. En général, les récits de Grand-père étaient soit drôles, soit héroïques. Celui-ci n'était ni vraiment l'un ni vraiment l'autre.

« Mais est-ce que ce Harman n'avait pas raison de vouloir sauver les arbres ? »

Grand-père se renfrogna.

« Il était venu voler. Il n'a jamais demandé la moindre permission ni proposé de payer. Il a insulté ce pays et son peuple.

— Les gringos ont-ils fini par avoir des graines ?

— Ça, c'est une autre histoire », répondit Grand-père en écartant la question d'un revers de main.

Le car s'arrêtait devant une buvette sur le bas-côté. Lorsqu'ils en descendirent, Julio se rendit compte que ça faisait quelque temps – depuis la venue des avions – qu'ils n'avaient pas eu aussi bonne mine. Ils étaient à mi-chemin de leur nouveau foyer, quel qu'il fût ; leur vie se dirigeait vers l'avenir, ils laissaient le passé derrière eux.

« Pourquoi ne laisses-tu pas ça dans le car ? demanda le père de Julio à Grand-père en désignant le sac qu'il portait.

— Je préfère le prendre avec moi.

— Personne ne va te le voler, tu sais. Qu'est-ce qu'il y a dedans, de toute façon ? »

Grand-père fit un large sourire et ouvrit le sac en grand. À l'intérieur se trouvait un enchevêtrement de boutures vertes.

« J'ai pensé qu'il nous faudrait quelque chose à planter sur notre nouvelle terre. En fait, je les ai prises chez notre vieux voisin Sanchez. Il en avait à revendre. »

4. Poids

L'AUTOCAR CAHOTA DANS UNE ORNIÈRE et Benny fit la grimace, se demandant encore comment ce voyage – quatre jours sur les routes défoncées de la Chine du Nord-Ouest – avait pu lui paraître une bonne idée. Non que les routes aient constitué le vrai problème, ni même le siège des plus inconfortables. Le problème tenait à Benny lui-même, qui n'était pas bâti pour un espace aussi exigu. Chaque matin, il se frayait un passage le long du couloir, en raclant les sièges, avant de se tasser tant bien que mal dans le sien. Ç'aurait pu être pire : son voisin – l'un des Ouïgours du coin, toujours coiffés du calot blanc musulman – était de petite taille ; cependant, il restait si peu de place à ce pauvre homme qu'il devait s'asseoir de travers, ses jambes pendant dans le couloir. L'autocar cahota une fois de plus. Benny avait beau être gros et gras, il n'était pas insensible à la dure bosse dans le dossier du siège, à ce cendrier stupidement placé sous la fenêtre, ni à la barre coupante contre sa jambe. Par la vitre, il apercevait les arbres, les maisons et la mosquée d'une nouvelle oasis. Peut-être allait-on y passer la nuit ? Benny reprit courage : demain étant son dernier jour de voyage, si l'on faisait halte en ce lieu, il en aurait presque fini avec ce bus. Hélas ! le car reprit de la vitesse, fonçant à nouveau dans le désert.

Benny maudit Carl en son for intérieur. C'était lui qui lui avait parlé de ce circuit : « On longe l'ancienne route de la soie. Elle a des milliers d'années, et on fait halte là où les caravanes s'arrêtaient jadis. Même les cars voyagent en groupe, comme une sorte de caravane moderne. C'est extraordinaire ! » Cela s'était passé plusieurs semaines auparavant, par une nuit calme dans la station de forage. Une tempête de sable se préparait. Il n'y avait pas de nouvelle vidéo à voir. Benny et trois autres employés de la station se trouvaient à la cantine, tout contents de se distraire en écoutant Carl raconter ses voyages. « En plus, le paysage est spectaculaire, pas morne et plat comme ici. Il y a un désert rouge et des montagnes couvertes de neige. »

Pourquoi le récit de Carl avait-il hanté l'esprit de Benny ? Était-ce le côté odyssée du projet ? Cela lui conférait sans doute une bonne partie de son attrait, car Benny n'avait jamais rien fait d'approchant, pas même aux États-Unis ; y penser lui donnait déjà la sensation d'être quelque peu héroïque. Pour une fois, il serait Benny l'aventurier au lieu d'être simplement Benny le pragmatique, le géologue qui faisait bien son boulot et méritait son salaire. Cependant, la faute en revenait surtout à Dana. C'était à cause d'elle, après tout, s'il était venu dans ce coin perdu. Il tressaillait encore au souvenir du soir où, en rentrant du travail, il avait trouvé son mot sur la table de cuisine : « *Désolée, Benny, mais j'en ai assez. Un point c'est tout.* » Elle n'avait donné aucun motif. À peine quelques jours plus tard, un collègue l'avait aperçue dans un parking, main dans la main avec un type. Elle lui avait reproché d'être trop jaloux. Et pour cause ! Ils étaient mariés depuis un an à peine et il était fou d'elle – il lui avait même proposé de l'aider à monter son salon de coiffure –, et voilà ce qui était arrivé ! Quelques semaines plus tard, Benny s'était porté volontaire pour le poste de Xinjiang.

Tout ce qu'il savait sur cet endroit – tout ce qu'il avait besoin de savoir –, c'était qu'il s'agissait d'un véritable désert à l'autre bout du monde et qu'il toucherait une prime de pénibilité. En un sens, c'était exactement ce qu'il lui fallait, car là au moins, dans ce paysage lunaire d'Asie centrale, rien ne lui rappelait Dana. La routine du travail avait produit un effet calmant et, quoique l'ennui rendît parfois grincheux les employés des installations pétrolières, ils étaient dans l'ensemble sympas et respectaient Benny pour sa compétence professionnelle. Il avait même perdu un peu de poids (ça ne se voyait pas beaucoup d'ailleurs).

Le seul problème, en fait, était que la durée de son contrat lui semblait un peu courte. Plus la date du retour approchait, plus il se rendait compte qu'il ne lui tardait guère de retrouver la maison vide de Dallas, où chaque pièce lui parlerait de Dana. C'est alors que Carl avait vanté les charmes de la route de la soie. Benny n'avait jamais vraiment été tenté par le tourisme – il voyageait bien assez pour son travail –, mais pourquoi ne pas essayer ? Ce n'était pas comme s'il était pressé de rentrer au pays, et il ne reviendrait sans doute plus dans cette région du monde…

Le moteur geignait tandis que l'autocar montait une nouvelle côte, traversant une vallée hérissée de roches déchiquetées. On se sentait au fin fond de nulle part, le dernier endroit où il puisse y avoir âme qui vive. Mais soudain, comme pour contredire les pensées de Benny, apparut une rangée de bâtiments bas et poussiéreux. Il venait de se résoudre à ne plus se bercer de l'espoir d'une halte quand il s'aperçut que le car ralentissait. Un arrêt, ici ? Quelle importance, après tout, du moment que ça lui permettait de s'extirper de ce fichu siège ? Il réussit à se faufiler tant bien que mal le long du couloir et attendit que son bagage soit descendu du toit. Quel trou ! Il semblait n'y avoir que deux ou trois longues rues irrégulières bordées de constructions couleur de boue surplombées par une énorme aiguille rocheuse qui pointait vers l'agglomération comme un aileron de requin.

« D'après ma carte, je pense que nous sommes à

Sanchakou », dit Frans, qui était descendu de son propre autocar. Le premier soir du voyage, Benny, Frans et Éric, un Français, s'étaient assis à la même table dans un café ouïgour bondé, comme s'ils devinaient leurs points communs (la quarantaine et l'infortune). Benny avait été content de découvrir des alliés contre la foule d'une vingtaine de routards – tous minces comme des fils de fer – dont il trouvait horripilantes les continuelles vantardises. Éric expliqua qu'il avait travaillé pour une société de placement, « jusqu'à ce qu'elle décide que je n'étais pas assez rentable » ; tandis que Frans avait divorcé deux ans plus tôt, « et maintenant elle a la maison, les gosses, le chien, et moi, je vis dans mon petit appartement. » Benny, lui, leur parla de Dana.

Tous trois suivirent les autres voyageurs qui se dirigeaient vers l'hôtel du lieu. La file d'attente pour s'inscrire avançait lentement, et ils attendaient depuis un certain temps quand Benny remarqua que les gens devant lui fixaient tous quelque chose. Un espace s'ouvrit entre les corps et c'est alors qu'il la vit, assise au bureau, en train de noter les numéros des passeports. Il la regarda lui aussi puisqu'il n'y avait rien d'autre à faire. Elle avait des yeux sombres, des cheveux de jais, un visage, un cou et des poignets d'une grande délicatesse et un sourire lumineux quand elle levait la tête vers le client suivant. Elle n'avait pas l'air vraiment ouïgoure, et encore moins chinoise. Elle aurait pu venir d'Inde, de Grèce ou d'Arabie. Pourquoi pas ? Benny avait entendu dire que des gens venaient de partout pour suivre la route de la soie. Dans cet horrible endroit, elle réussissait de plus à être élégante. Ses cheveux étaient coupés court, elle portait un simple collier de pierres pâles, tandis que, dans cette pièce poussiéreuse et crasseuse, sa veste et son chemisier étaient d'un blanc miraculeusement immaculé.

« Vous croyez que c'est une prostituée ? » murmura Frans d'un ton dubitatif.

Éric secoua la tête de l'air de quelqu'un qui s'y connaît. Benny fut agacé par la question de Frans, car il n'avait aucune envie de voir la jeune femme sous ce jour-là. La file d'attente continua de progresser lentement. Les trois hommes atteignirent enfin le bureau et tendirent leur passeport. Benny était trop timide pour parler, mais pas Éric, qui s'empara du livre posé près de la réceptionniste.

« *Niveau supérieur d'anglais*... C'est le français que vous devriez apprendre !

— L'anglais, c'est mieux, répondit-elle simplement en reprenant son manuel.

— Pour filer avec un Américain ? Mais vous seriez bien mieux avec un Français. Même un Français grisonnant comme moi. »

Elle éclata de rire, pas du tout choquée, puis sourit presque d'un air de défi, d'abord à Éric, puis à Frans, et enfin à Benny. Ce fut un moment étrange. Le regard de la jeune femme le brûla, lui coupa le souffle. Il lui rendit son sourire, tout en cherchant en vain quelque chose à dire.

Une demi-heure plus tard, après s'être douché et changé, Benny redescendit en compagnie d'Éric et de Frans. Il espérait la trouver à la réception – pour aucune raison précise, rien que pour la voir –, mais elle n'était plus là et avait été remplacée par un vieil homme avec une longue barbe bouclée. Les trois compagnons déambulèrent dans l'interminable rue poussiéreuse jusqu'à l'unique gargote du coin, où ils commandèrent des nouilles accompagnées d'une sauce pimentée, apparemment le seul plat servi dans cette région du monde.

« Au dernier soir de ce long voyage ! lança Frans en levant son verre.

— Tout à fait d'accord ! s'écria Benny.

— Moi, je préfère boire à la santé de la beauté aux yeux noirs de l'hôtel de Sanchakou », dit Éric. Il était difficile de résister à cette évocation et ils rirent en trinquant. « Vous savez, poursuivit Éric, je ne crois pas avoir jamais vu quelqu'un paraissant si désireux de fuir. Rien d'étonnant, lorsqu'on est coincé dans un endroit aussi affreux. Oui, je suis persuadé qu'elle filerait avec le premier venu qui l'épouserait et l'emmènerait loin de Sanchakou. »

Couché sur son petit lit métallique, qui grinçait chaque fois qu'il se retournait, Benny se rappelait les paroles d'Éric, et au réveil elles hantaient encore son esprit. Serait-elle à nouveau assise à son bureau ? Bah ! quelle importance ? se dit-il. Pourtant, quand en descendant il vit qu'elle n'était pas là, il fut contrarié, comme si on l'avait, en quelque sorte, floué. Tant mieux ! se persuada-t-il, car il aurait seulement réussi à la contempler et se serait rendu ridicule.

Le départ eut lieu très tôt, car on suivait – comme tout ce qui était officiel dans le Xinjiang – l'heure de Pékin, ville située plusieurs fuseaux horaires à l'est. Il faisait encore très sombre. Tout en regardant deux employés charger sa valise sur le porte-bagages du toit de l'autocar, en se protégeant les yeux du vent qui soulevait des nuages de poussière, Benny repensa au regard qu'elle lui avait lancé et qui lui avait procuré une sensation de brûlure. Aurait-il dû rester pour lui parler ? Il était trop tard, maintenant. Soudain, cette impression de fatalité l'exaspéra : il ne saurait jamais ce qui aurait pu se passer. Il était idiot d'avoir ce genre de pensées, se dit-il en grimpant dans le car. Pourtant, comme il se tassait sur son siège, le visage de la jeune réceptionniste revint le tourmenter. Bientôt, tous les voyageurs furent installés, prêts au départ. Benny redoutait le moment où le moteur allait démarrer et l'attendait en même temps avec impatience, car il pourrait alors cesser de se faire des illusions.

Or rien ne bougeait. Un routard assis derrière lui se mit à ronfler. Benny apercevait les premières lueurs de l'aube teinter le ciel. Depuis combien de temps attendaient-ils ? Une demi-heure ? Jusqu'à présent, ils étaient toujours partis à l'heure. Si quelque chose fit pencher la balance, ce fut ce retard. Benny le géologue, Benny l'homme vaguement pieux n'était guère enclin à penser que des forces supérieures façonnaient sa vie ; mais, comme les minutes s'écoulaient, il se prit à imaginer qu'on lui envoyait un message, que chaque seconde supplémentaire lui donnait une deuxième chance. Pour quelle autre raison, justement ce matin, le départ du car aurait-il été retardé ? Et pourquoi diable ne pourrait-il pas avoir pour une fois quelqu'un de beau ? Même Dana n'était pas belle. Dana la maigrichonne, avec son air perdu et frustré. Parce qu'il avait quarante-six ans et qu'il était trop gros, était-il, pour ainsi dire, disqualifié ? Il revit le visage ovale de la jeune femme, son corps sublime, qui pourraient être à lui s'il osait l'aborder. Comment pouvait-il laisser cette chance unique lui échapper ? En outre, il ferait le bien en la délivrant de cet horrible endroit. Il lui offrirait tout ce qu'elle voudrait. Grâce à lui, les rêves de la jeune fille deviendraient réalité. Il l'aimerait. Il avait l'impression qu'il l'aimait déjà.

Les voyageurs le regardaient, se demandant pourquoi il se frayait un passage entre les sièges en direction de la sortie.

« Asseyez-vous ! lui cria le chauffeur en lui lançant un regard noir. On part !

— Je veux mes bagages !

— Pas maintenant ! On part ! »

Benny ne l'écouta pas et descendit du car, trébuchant sur la dernière marche. Par la vitre du car d'en face, Frans le fixait du regard.

« Benny ! cria-t-il par la fenêtre. Qu'est-ce qui ne va pas ? Vous êtes malade ? »

Benny éclata de rire.

« Tout va bien ! Je reste ici. Je vais voir cette fille… »

Frans fronça les sourcils, la mine perplexe.

Levant les yeux vers le toit du car, Benny vit que la chance était avec lui : la bâche du porte-bagages n'avait pas encore été attachée. Pas de bagagiste en vue… D'un seul coup, Benny se mit à escalader l'échelle arrière, haletant et tout surpris par sa prouesse. Il y avait une quantité de sacs, mais, avisant enfin sa valise à l'autre bout du toit, il alla l'extirper de la masse. Comme il redescendait l'échelle, agrippant son sac de sa main libre, il faillit heurter un tracteur qui s'arrêtait sous lui, sa remorque pleine de bagages. Voilà la raison de leur retard… De retour sur la terre ferme, son acte héroïque accompli, Benny sentit que son audace l'abandonnait. Il s'attarda dans la rue, regardant les hommes charger les sacs sur le porte-bagages et fixer la bâche. Il était encore temps de regagner sa place, qu'il apercevait, vide, comme si elle l'attendait. Mais il ne bougea pas. Finalement, les moteurs vrombirent et, l'un après l'autre, les autocars s'ébranlèrent, tandis que des rangées de visages passaient devant lui, intrigués.

Il demeura quelques instants au bord de la rue, qui paraissait si désolée à présent, et tout d'un coup il se sentit ridicule, affreusement ridicule. Comme si une fille aussi jolie pouvait s'intéresser à un type comme lui ! Elle devait sans doute rêver d'un jeune routard, pas d'un gros imbécile entre deux âges. Et maintenant, il allait se retrouver coincé là jusqu'au passage d'un autre convoi de cars, et s'il n'y avait pas de siège libre il serait probablement forcé de faire tout le voyage debout. Il hésitait à retourner à l'hôtel – bien sûr, elle devinerait pourquoi il était resté et se montrerait distante, voire moqueuse. Puisqu'il n'y avait pas d'autre endroit où séjourner, il commença à faire rouler sa valise en espérant qu'il y aurait quelqu'un d'autre à la réception. Mais non, elle était bien là, en train de lire son manuel d'anglais. Elle leva la tête, les yeux écarquillés de surprise.

« Que faites-vous là ? »

Il ne trouva aucune explication, aucun prétexte, car il n'existait aucune raison plausible de rester à Sanchakou.

« Je suis là pour vous revoir, je suppose. »

Elle le fixa quelques instants, déconcertée. Puis, à la grande surprise de Benny, un sourire illumina son beau visage aux traits parfaits.

« Comme c'est gentil ! »

Elle lui tendit la main. Allait-il la serrer ou y déposer un baiser ? Par prudence, il opta pour une poignée de main.

« Je m'appelle Mina », ajouta-t-elle.

C'était pure folie, mais Benny fut presque tenté de lui proposer le mariage sur-le-champ, devant le bureau, bien qu'ils n'aient encore échangé que quelques paroles. Il voulait l'emmener avec lui, qu'elle lui appartienne, avant qu'un contretemps ne survienne. Il se contenta de dire : « On pourrait peut-être se voir plus tard ? »

Elle réfléchit un instant.

« Vous aimeriez faire une promenade ? Rendez-vous ici, cet après-midi, à trois heures. »

Je dois lui plaire, se dit-il, allongé sur un lit dans le dortoir vide. Ou au moins elle s'imagine que je pourrais lui plaire. Quelle étrange histoire ! La veille, il ne savait même pas qu'elle existait, et maintenant elle occupait tout son esprit. Était-ce vraiment pure folie ? Sans doute. Et pourtant, il n'avait aucune envie de faire marche arrière. Son existence d'avant lui paraissait déjà très loin derrière lui, et vide. Sa seule crainte était que cette rencontre n'aboutisse à rien, se révèle une illusion, un songe creux.

Cet après-midi-là, Benny marcha le long des rues brûlantes et poussiéreuses avec Mina et sa sœur cadette, qui lui servait de chaperon. Il voyait les gens aux fenêtres ou sur le seuil des maisons les fixer du regard. Si les femmes avaient surtout l'air intrigué, les hommes, notamment les jeunes, le dévisageaient avec hostilité. Rien de moins surprenant : un étranger, pas même beau, menaçait d'emporter la beauté du coin. Dans quel pétrin se fourrait-il ? Cette question surgissait dans son esprit de temps en temps, mais un seul coup d'œil ardent à la jeune fille qui l'accompagnait, à son visage et à son allure gracieuses suffisait à réduire ses craintes à néant. Quelle chance il avait qu'elle marche à son côté, qu'elle soit là pour lui ! Ce serait merveilleux de baiser ces lèvres, de la posséder ! Peut-être était-ce à cause de sa beauté, ou de la présence de la petite sœur – Benny ignorait ce qu'elle était capable de comprendre –, mais leur conversation était fade, il devisait poliment, presque comme avec un inconnu à bord d'un avion. Il parla de sa vie en Amérique, de son travail, de sa maison et de sa voiture. Une seule fois il évoqua Dana. Mina parut apprécier sa description des gratte-ciel, des immenses autoroutes, mais elle ne sembla jamais éblouie, et Benny comprit que cette maîtrise d'elle-même faisait partie de sa beauté. Mais si cette impassibilité lui plaisait, elle le frustrait un peu car elle formait une sorte de carapace difficile à percer. Il ne réussit à faire sourire Mina qu'une ou deux fois.

« Non, c'est pas possible. Vous vous moquez de moi… Personne ne laisse des millions de dollars à son chat ou son chien !

— Si, c'est vrai. Aux États-Unis, les gens sont capables de tout. » Il considérait de tels moments comme une victoire personnelle. Ils s'entendaient si bien !

Quand il l'interrogea sur sa famille, elle fut laconique, voire sèche, énumérant quelques parents. Elle aimait surtout discuter de la langue anglaise, demandant à Benny de corriger ses fautes – elle parlait couramment et n'en faisait guère –, ou l'interrogeant sur le sens d'un mot qui l'intriguait. Quand il lui posa des questions sur sa vie à Sanchakou, elle haussa les épaules.

« Voyez vous-même, répondit-elle en désignant avec mépris la rue poussiéreuse. Il n'y a rien. Deux rues, des gens qui n'ont rien à faire. Des cars qui arrivent et repartent chaque jour. Kashgar, voilà une ville, avec de beaux bâtiments, une magnifique mosquée, un marché célèbre ; mais ici il n'y a rien. Certains s'y plaisent, car ça les rassure de connaître tout le monde, mais pas moi. Pour moi, chaque heure qui passe est gâchée.

— Vous aimeriez partir ?

— Bien sûr. » Elle baissa le ton. « Et les Chinois nous traitent comme des animaux. Ils prennent les meilleurs emplois, et chaque année ils sont plus nombreux à venir vivre ici. Ils veulent faire de nous des étrangers dans notre propre pays. Une fois, ils ont mis mon frère en prison parce qu'il avait craché au moment où un policier passait près de lui. » Son visage s'assombrit. « On les déteste.

— C'est affreux », compatit Benny malgré une certaine gêne. Il espérait qu'elle ne cherchait pas à l'obliger à se mêler de politique. « Et vous êtes musulmane ?

— Bien sûr ! s'écria-t-elle en se renfrognant, soudain sur la défensive. Les gens racontent des mensonges sur l'islam. C'est une religion de paix et de sagesse. Je connais des gens qui ne vivent que pour l'islam, et ce sont d'excellentes personnes. Mais moi… » Elle se tut quelques secondes avant de reprendre : « Je veux vivre. Je veux connaître le monde. J'ai besoin de ça. Je n'y peux rien. »

Il sourit, rassuré.

« Vous avez tout à fait raison, Mina. Il faut chercher à réaliser ses rêves. Rien n'est plus important. »

Une heure plus tard, la ville fut envahie par le vrombissement du convoi suivant. Affalé sur son lit, Benny regarda la cohue des nouveaux arrivants entrer dans l'hôtel. Ça l'agaçait que, assise au bureau de la réception, Mina soit exposée à leurs regards. Et si l'un d'entre eux décidait de rester, comme lui ? Un jeune et séduisant routard ?

Le lendemain, il fit deux promenades en compagnie de Mina et de sa sœur. Ce fut le matin du troisième jour que tout changea. Ils avaient atteint le bout de la ville et se trouvaient près de l'énorme rocher en forme d'aileron de requin. Soudain, Mina lui prit la main et, laissant sa sœur dans la rue, le conduisit derrière un bâtiment en béton abandonné sur les murs duquel étaient peinturlurés des caractères chinois. C'était la première fois que Benny se retrouvait seul avec elle. Ils se tenaient face à face dans l'ombre du mur, et cette intimité le déconcerta. Le vent chaud soufflait en rafales, faisant grincer une porte tout près. Il avait attendu avec impatience cette occasion, mais maintenant qu'elle était arrivée, il perdait pied et était presque au bord des larmes. Il s'y prenait comme un manche.

« Je suis désolé, Mina, dit-il, sentant qu'il gâchait tout. Cette situation est absurde, non ? Tu n'as pas envie d'être avec quelqu'un comme moi. Quelqu'un de vieux et de… »

Pour la première fois, elle le regarda avec une certaine chaleur. Ou n'était-ce que de la pitié ? Elle l'interrompit en lui plaçant un doigt sur les lèvres, ce qui le fit frissonner, comme s'il ne savait plus où il en était. Elle fit un pas vers lui et ils s'embrassèrent. Il se retint, se forçant à modérer ses ardeurs, à réfréner son désir de la serrer dans ses bras. Après quoi elle s'écarta, sans le quitter des yeux. Il savait ce qu'elle attendait.

« Mina, veux-tu m'épouser ? Je t'aime. Je te donnerai tout ce que tu veux. Je t'emmènerai loin d'ici. »

Elle le regarda sans montrer la moindre surprise.

« Il faut que je demande à mon père. »

Qu'est-ce que ça signifiait ? Il détestait cette incertitude, l'idée qu'il puisse finalement la perdre. Cette nuit-là, il eut du mal à s'endormir et finit par prendre un somnifère. Quand il se réveilla, un peu groggy, il descendit au rez-de-chaussée et trouva la petite sœur assise dans le hall.

« Venez, s'il vous plaît. »

Sous un soleil brûlant, elle lui fit traverser la ville jusqu'à l'une des maisons basses en béton. Une fois que ses yeux se furent habitués à la pénombre, après l'éblouissante lumière de l'extérieur, il vit que la pièce contenait une dizaine de personnes, qui le dévisageaient avec une évidente curiosité. Un homme à l'air sévère se détacha du groupe et s'avança vers Benny. Mina était à son côté.

« Mon père te souhaite la bienvenue dans notre maison. »

Elle parlait d'un ton froid qui laissa Benny perplexe. « La bienvenue dans notre maison » ? Cela signifiait-il que c'était d'accord ? Autrement, il n'aurait sans doute pas été invité. Et pourtant, il percevait une certaine incertitude sur les visages qui l'entouraient…

Le père de Mina les conduisit dans un jardin dont la végétation luxuriante stupéfia Benny, après les rues mortes et poussiéreuses. Des vignes chargées de gros raisins verts projetaient leur ombre sur une longue table où s'entassaient plats de viande, fromages, tomates, fruits et bien d'autres choses. Voilà donc ce qu'on mangeait ici, en fait : pas seulement des nouilles accompagnées de sauce pimentée. Benny s'assit entre Mina et son père. Il se rendait compte qu'il n'avait aucune idée des mœurs de ce pays aux traditions séculaires. Était-il censé présenter une demande officielle ?

« Monsieur, déclara-t-il au père de Mina, j'aimerais vous demander la main de votre fille. »

Le père hocha la tête comme si la question avait déjà été posée.

« Si vous vous mariez, répondit-il par le truchement de Mina, vous vivrez en Amérique ? »

« Si vous vous mariez »… Benny comprit qu'on discutait des conditions. Il avait donc vu juste : les jeux étaient loin d'être faits.

« Oui. En Amérique. »

Le père hocha la tête, l'air satisfait. Jusque-là, tout allait bien.

« Mon père dit que mes deux frères voudront peut-être aller en Amérique un de ces jours. Est-ce que tu les aideras ? »

Benny hésita. Les frères étaient assis de l'autre côté de la table, tous les deux plus jeunes que Mina, tous les deux suivant l'échange de propos. Au mieux, ce serait pénible. Et au pire ?

« Il ne s'agit pas d'une question politique, n'est-ce pas ? Ils aimeraient seulement vivre là-bas ? »

Le père de Mina opina du chef.

« Bien sûr. Seulement y vivre. »

Que faire ?

« D'accord. Je ferai tout mon possible pour les aider. »

Les frères eurent l'air satisfaits, mais la discussion n'était pas terminée.

« Mon père dit qu'il paiera la noce, car c'est la tradition, commença Mina en baissant la tête d'un air presque honteux, mais il demande si tu peux fournir certaines choses que nous avons du mal à trouver ici. »

Saisissait-il bien le message ? Par le passé, durant ses voyages de recherche, Benny avait payé un ou deux pots-de-vin, et la formulation paraissait désagréablement semblable.

« Ces articles, combien vont-ils coûter ? »

Son père fronça les sourcils pour se concentrer. Il s'agissait bien d'argent, Benny le voyait à sa mine. D'un seul coup, il ressentit une sorte de nausée. Lorsqu'elle traduisit le montant, Mina se replia sur elle-même, le regard dans le vague. Avec un étrange malaise, interloqué et fasciné, Benny opéra la conversion. À peu près huit mille trois cents dollars. C'était beaucoup d'argent, surtout ici. Cette scène était surréaliste ! Il pouvait dire non, tout laisser tomber et filer. Mais il devinait qu'il n'en aurait jamais la force. Cette fille splendide, il pouvait l'avoir, et pour lui tout seul. En un sens, ça lui plaisait assez : s'il donnait de l'argent, elle lui appartiendrait de façon indiscutable… Il se ressaisit et s'efforça de retrouver son sens moral. Peut-être était-ce parfaitement normal dans le pays. Toutefois, l'expression de Mina disait tout autre chose. Quelle importance d'ailleurs ?

Tout ce qui comptait, c'était qu'il soit avec Mina, qu'il la délivre, tel un preux chevalier à la flamboyante armure. La formule lui réchauffa le cœur, lui permit de passer ce pénible moment et de se préoccuper de questions concrètes. Ses cartes de crédit lui permettraient-elles de réunir pareille somme dans ce trou ?

« Ça me paraît possible », s'entendit-il dire, et la tension autour de la table s'allégea sitôt le marché conclu. Il but une petite gorgée de thé et quelques gouttes tombèrent sur sa chemise. Il venait de s'acheter une épouse. Non, il ne s'agissait pas du tout de ça. Il réalisait des rêves : les siens et ceux de Mina. Il était un preux chevalier à la flamboyante armure, un réalisateur de rêves. Il n'avait qu'une envie : sortir de ce foutu jardin bourré d'inconnus. Heureusement, la date fut vite fixée. Le père de Mina comprit que Benny ne pouvait pas rester très longtemps. Le mariage serait célébré neuf jours plus tard.

Mina raccompagna Benny à l'hôtel – sans sa sœur comme chaperon, cette fois-ci. Benny voulait lui parler, établir un pont entre eux, mais il était si désorienté que ce fut elle qui brisa le silence.

« Mon père me fait honte ! s'écria-t-elle soudain. Il ne pense qu'à l'argent, à assurer sa position d'homme important dans la ville. Mais il faut que tu saches, moi, je ne suis pas comme ça. Je veux seulement être une bonne épouse et que tu sois content de moi. »

Ses sentiments pour elle resurgirent. Elle était innocente, comme il l'avait toujours su. Il l'attira impulsivement contre lui, sans se soucier qu'on les voie, et l'embrassa – d'abord légèrement, puis plus fort, la serrant à l'étouffer. Elle le regarda, ravie ou décontenancée, c'était difficile à dire. « À tout à l'heure ! » lança-t-elle avant de faire demi-tour et de filer vers sa maison.

Benny passa la majeure partie de la soirée dans le petit centre téléphonique près de l'hôtel. Il mit plus de une heure à obtenir une communication avec sa mère, et regretta vite d'avoir pris cette peine.

« Ben, tu ne peux pas faire ça ! Penses-y ! Tu viens juste de faire sa connaissance. Tu as deux fois son âge. Elle est d'un autre pays, d'une autre religion. Vous ne vous connaissez pas. Vous n'avez rien en commun. Sois logique, Ben ! Ça ne marchera pas...

— Tu te trompes, répliqua-t-il. Maman, tu ne comprends pas. Je n'ai jamais été aussi heureux de ma vie.

— Tu agis sur un coup de tête, comme d'habitude. Tu n'as donc rien appris de ton expérience avec Dana ? Avec Carrie ? Ce sera exactement la même chose !

— Tu ne l'as même pas rencontrée, insista-t-il, horripilé par le ton de sa mère. Elle est si merveilleuse ! Tu n'as pas idée... »

Sa sœur Jean lui parla sans ambages.

« Elle se sert de toi. Tout ce qu'elle veut, c'est un passeport. Tu vas commettre la plus grosse bourde de ta vie, et c'est pas peu dire ! Rentre, Ben. Tout seul.

— Je ne vous demande pas votre avis, grogna-t-il. Je vous invite à mon mariage. » Il va sans dire que ni l'une ni l'autre n'avait l'intention de faire le voyage.

Il eut plus de chance avec son chef. Ted Klein s'était toujours plutôt bien comporté envers lui. Il est vrai que Klein était un énorme balourd, assez semblable à Benny. Il était lui aussi divorcé.

« Tu es sûr de ce que tu fais, Benny ?

— Absolument. Elle est extraordinaire. Si tu la voyais !

— Mince ! Peut-être que je devrais aller moi aussi dans le Xinjiang ! plaisanta Ted. Et tu es certain que c'est vraiment faisable ?

— J'ai appelé l'ambassade. On m'a répondu que ce ne serait pas facile, mais on ne m'a pas dit non.

— Je suppose qu'on peut se passer de toi quelque temps, vu que tu as une sacrée bonne raison. »

Benny appréhendait d'aller à la petite banque située à deux pas de l'hôtel. Les employés chinois sauraient-ils à quoi allait servir l'argent ? Probablement, dans un pareil trou... En l'occurrence, ils s'intéressèrent surtout à sa carte de crédit, un modèle qu'ils n'avaient jamais vu auparavant. Il fallut presque la journée entière et une longue série de coups de téléphone ; mais Benny finit par se retrouver devant le caissier, à le regarder compter d'épaisses liasses de billets de renminbi.

D'autres démarches s'avérèrent étonnamment simples. Benny remit l'argent au père de Mina, et le suivit ensuite dans la minuscule et sombre échoppe d'un tailleur où on prit ses mesures pour lui confectionner un costume. Puis Mina et sa mère les rejoignirent pour aller au commissariat, situé au bout de la ville. Benny y signa une dizaine de documents, tandis qu'un fonctionnaire chinois qui semblait avoir le mal du pays le pressait de questions : était-il vrai qu'en Amérique tout le monde possédait une voiture, sinon deux ou trois ? Que même les enfants avaient des téléphones portables ? Mina raccompagna Benny à l'hôtel. Ils s'embrassèrent à nouveau.

« Aujourd'hui était mon dernier jour de travail à l'hôtel, déclara-t-elle. Tu ne vas pas me revoir avant le mariage.

— Pourquoi donc ? » Allait-il devoir rester sept jours loin d'elle ?

« C'est la tradition. »

En pleine nuit, tandis que les routards ronflaient autour de lui, Benny eut soudain la certitude qu'on venait de lui voler huit mille trois cents dollars. Comment avait-il pu être aussi stupide ? Il avait du mal à croire que Mina lui avait menti depuis le début ; elle avait semblé d'une telle sincérité ! Et pourtant... Au matin, il se leva en même temps que les routards et traversa la ville dans la lumière de l'aube, tout en se demandant s'il reconnaîtrait la maison. Ah ! la voici... Il cogna violemment contre la porte, n'attendant aucune réponse. Il s'apprêtait à appeler à grands cris quand on ouvrit. Le père de Mina apparut, l'air mal réveillé. Benny aperçut dans la pièce des piles d'une sorte de papier fantaisie qui semblait parfait pour des noces. Pour une fois, il se réjouit qu'il y ait la barrière du langage.

« Je voulais juste m'assurer que tout allait bien... », dit-il d'un air penaud.

Il passa les jours suivants dans une sorte de brouillard, la plupart du temps affalé sur son lit, à lire et relire un roman d'aventures en livre de poche sur des sous-marins, trouvé par terre, abandonné par quelque routard. Chaque après-midi, un nouveau convoi de cars arrivait, remplissant de bruit l'hôtel. Benny se réveillait parfois en sursaut au milieu de la nuit, ses diverses frayeurs se contredisant bizarrement les unes les autres. Cela finirait-il en désastre, comme sa mère et sa sœur l'avaient prédit ? Ferait-il mieux de partir par le prochain car ? Et si elle changeait d'avis et qu'il la perdait, au bout du compte ? Quand il se réveilla le lendemain matin, les routards partis et des flots de soleil traversant les rideaux sales, ses peurs lui paraissaient minables, ridicules, et son désir pour Mina plus fort que jamais.

Enfin, le grand jour arriva. Le père et les frères de Mina vinrent à l'hôtel pour lui apporter son costume, qui était si étriqué que Benny eut du mal à passer ses bras dans les manches étroites. Mais quelle importance ? Il sourit de plaisir. Aujourd'hui, lui, Benny Gregg, allait épouser Mina, la jolie, la svelte, la parfaite Mina. C'était la première fois qu'il en avait la certitude. Le mariage fut célébré dans le spacieux jardin d'une maison près de celle de Mina, où s'entassa, apparemment, la quasi-totalité des habitants de la ville (à part les Chinois).

En tant que noce, cette fête le déconcerta. Ses deux autres mariages avec Carrie et avec Dana avaient eu une structure – serments, photos, banquet, discours – mais, à ses yeux, celui-ci n'en possédait aucune. Pendant des heures et des heures, les invités mangèrent et dansèrent au son d'un orchestre jouant de la musique qui semblait arabe, et on ne cessa de présenter Benny à de nouvelles personnes. Il se forçait à leur faire de grands sourires, tout en sachant qu'il ne les reverrait sans doute jamais. Malgré sa nervosité, dans sa robe de mariée Mina était plus belle que jamais. Les tentatives de Benny pour la réconforter d'un sourire ou d'une plaisanterie – « Ça va, madame Gregg ? » – ne semblaient pas la dérider. En revanche, son père, debout au milieu de la foule, l'air important, saluant tous ceux qui s'approchaient de lui, paraissait au comble du bonheur.

Il faisait nuit quand arriva enfin le moment que Benny avait attendu avec impatience. Les deux époux partirent en direction d'une maison voisine sous les vivats des invités. La porte refermée, ils se retrouvèrent soudain seuls dans le silence d'une pièce soigneusement balayée. Les rôles semblaient inversés. En dépit de ses deux mariages, Benny se sentait intimidé, désarçonné par la beauté de son épouse. Il n'avait jamais été aussi près d'une fille pareille, même pas au cours d'un dîner, ou durant un voyage en avion. Devinant sa gêne, Mina commença à se déshabiller, enlevant ses vêtements – les arrachant presque – pour dévoiler son corps parfait. La nervosité de Benny disparut alors. Que ressentait-il lorsque leurs corps se touchèrent ? Une faim, bien sûr, une ardent désir de passer à l'acte. De l'adoration et de l'amour, certes. Mais également, en un certain sens, la vague impression de commettre un vol.

Le matin, à son réveil, il la trouva debout en train de contempler par la fenêtre une cour vide.

« Quand est-ce qu'on part ? » furent ses premières paroles.

Ils s'en allèrent dès le lendemain. C'est ainsi que Benny reprit la route de Kashgar, avec quinze jours de retard et flanqué d'une nouvelle épouse. Les autres voyageurs, autochtones et occidentaux, regardèrent avec curiosité Mina et Benny, qu'une grande foule escortait jusqu'au car. Au grand agacement de Benny, un routard se pencha par une fenêtre pour prendre une photo.

Encore plus énervante fut l'attitude d'un autre routard qui, assis de l'autre côté du couloir, ne cessa de fixer Mina jusqu'à ce que Benny l'oblige à tourner la tête en le foudroyant du regard. Comme le car s'ébranlait et que la foule dans la rue leur faisait des saluts de la main, Mina se mit à pleurer.

« Ça va ?

— Oui, ça va », répondit-elle d'un ton ferme. Et en effet, dès qu'ils furent sortis de la ville, elle essuya ses larmes. « Voilà ! s'écria-t-elle vivement. C'était à cause de ma mère et de mes frères. Mais pas à cause de Sanchakou. » Elle le fixa avec une sorte de défi. « Maintenant, je vais être heureuse.

— Bravo ! » lança Benny, étrangement ému.

En fait, ce ne fut pas aussi facile. Ils durent séjourner plusieurs semaines à Pékin et accomplir une infinité de démarches administratives auprès des autorités chinoises et américaines. Benny trouva que les pires étaient les Américains. Les Chinois ne semblaient guère se soucier de perdre une jeune Ouïgoure, tandis que les compatriotes de Benny les regardaient tous les deux d'un air soupçonneux, comme si leur couple constituait une menace non seulement pour la sécurité, mais aussi pour la morale des États-Unis. Benny se mit en colère quand l'un des fonctionnaires américains insulta Mina. « Quelle sorte de travail votre femme effectuait-elle exactement dans cet hôtel ? » demanda-t-il en insistant sur le mot « travail ». Toutefois, il s'empressa de faire machine arrière : « C'est une question d'usage, monsieur Gregg. »

Benny et Mina tentèrent de se distraire en faisant du tourisme : ils traversèrent à pied la fournaise brumeuse jusqu'à la Cité interdite, au palais d'Été, au temple du Ciel, et firent une excursion en autocar jusqu'à la Grande Muraille. Mais Mina refusait de se laisser impressionner par la capitale de ses ennemis, tandis que Benny s'agaçait des regards curieux que leur décochaient les autres touristes. Il lui tardait que la nuit tombe pour pouvoir à nouveau posséder sa femme et profiter seul de sa beauté. Enfin, les documents de Mina furent prêts et ils prirent le chemin de l'aéroport. Au moment où l'avion décollait, Benny sentit la tension se relâcher. Il l'avait délivrée, exactement comme il l'avait promis. Tout irait bien, une fois qu'ils seraient chez eux à Dallas.

Pendant un certain temps, ce fut en effet le cas. Benny goûta le plaisir de rouler en taxi sur les routes familières, avec cette jeune femme exotique assise près de lui. Même la corvée de redémarrer sa vie – acheter une voiture en leasing, remettre la maison en état – lui sembla une tâche excitante avec Mina à ses côtés. Tout intriguait la jeune femme, surtout les machines – de l'arroseur automatique à l'énorme réfrigérateur doté d'un distributeur de glaçons –, et elle resta bouche bée devant le supermarché, qui avait la taille d'un hangar d'aéroport. Même la voiture pourvue de l'air conditionné et de la stéréo l'émerveillait.

« Je peux apprendre à conduire ? demanda-t-elle.

— Bien sûr. Je vais te faire donner des leçons. »

Il l'emmena dans une boutique de vêtements, et d'un seul coup ce fut une autre personne. Elle avait toujours été jolie, mais à présent elle avait l'air d'une Américaine et sa beauté, soudain, paraissait moderne. Benny éprouvait un grand plaisir à lui faire découvrir son monde, à rouler en voiture au soleil avec d'elle. Il souriait aux gens qui les dévisageaient, que leur regard soit amical, étonné ou soupçonneux. Allez-y ! Dévisagez-nous ! pensait-il. Voici Benny Gregg et sa femme. Vous n'auriez jamais imaginé me voir avec une fille comme elle, pas vrai ? Et pourtant, c'est bien moi…

Il la présenta à ses voisins : les O'Sullivan, les Poznansky, ainsi qu'à Jeff, qui habitait la maison d'en face et était gérant d'un magasin d'articles de sport dans l'un des centres commerciaux. Tous s'empressèrent de les féliciter. Benny ne fit aucun cas de leurs regards dubitatifs, persuadé qu'ils changeraient vite d'avis. Même la rencontre avec la famille ne fut pas la catastrophe redoutée. Mina prépara elle-même un navarin d'agneau très réussi pour le dîner. La mère et la sœur de Benny échangèrent avec elle des propos polis, attendant qu'elle retourne à la cuisine pour émettre leur verdict.

« Elle est si belle ! » s'écria la mère de Benny d'un ton tragique.

Jean montra plus clairement son approbation.

« Elle me plaît. C'est une fille bien. »

Le lendemain, Benny retourna au travail. Ted Klein insista pour qu'il emmène Mina au bureau afin de la présenter à tout le monde. Benny alla la chercher en fin d'après-midi. Il se délecta des regards ébahis de ses collègues lorsque Mina et lui passèrent de bureau en bureau. « Bill, Jerry, je vous présente Mina, ma nouvelle épouse. »

Sur le chemin du retour, il vit qu'elle avait l'air un peu triste.

« Hé ! Qu'est-ce qui va pas ?

— Il m'arrive de regretter certaines choses, de petites choses. Ce n'est pas toujours facile quand tout est nouveau. »

Il s'efforça de se mettre à sa place. Après Sanchakou, une ville comme Dallas avait de quoi déconcerter, et il était étonné que Mina s'adapte si bien.

« Il y a un restaurant turc à deux pas d'ici. La cuisine turque ressemble à la cuisine ouïgoure, non ?

— Il me semble », répondit-elle d'un ton incertain.

En tout cas, les langues se ressemblaient, et même Mina fut surprise de la facilité avec laquelle elle pouvait communiquer avec le jeune serveur turc. Benny les regarda bavarder à qui mieux mieux, souriant d'un air gêné d'être mis à l'écart et les interrompant de temps en temps pour demander une traduction.

« Il dit qu'il a quarante cousins dans sa ville natale, expliqua-t-elle en riant, et que trente-neuf d'entre eux veulent qu'il les aide à venir à Dallas. »

Le fait de travailler créa des problèmes. Benny avait horreur de laisser Mina seule chaque matin. Dès qu'il quittait la maison climatisée et pénétrait dans la touffeur du garage, il ressentait un malaise. Avant même d'arriver au bureau, il se demandait ce qu'elle faisait. Il avait confiance en elle, bien sûr, mais elle ne connaissait pas les mœurs du pays. Et s'il arrivait quelque chose ? Il lui téléphonait toutes les heures. Au début, ça la fit rire.

« Je regarde la télévision, Benny. Pour perfectionner mon anglais.

— Choisis bien ton programme. Certains sont plutôt vulgaires.

— Alors, ça me permettra d'enrichir mon vocabulaire. Je ne connais pas de mots vulgaires. »

Bientôt, elle eut l'air de s'ennuyer.

« Je crois que je devrais travailler. C'est trop calme ici. Je ne veux pas rester à ne rien faire. Je devrais peut-être demander à ce restaurant turc. »

L'idée ne plut pas du tout à Benny.

« Rien ne presse. Tu viens à peine d'arriver.

— Mais je dois gagner ma vie.

— Il faut que je réfléchisse à la question. »

Le lendemain, quand il téléphona l'après-midi, il entendit sa propre voix sur le répondeur ; et quand il se précipita chez eux, il trouva la maison vide. Il eut d'abord peur pour elle. Et si un cinglé avait frappé à la porte et qu'elle s'était laissé entraîner ? Elle ne se serait pas méfiée. Mais au bout d'une heure, puis de deux, l'inquiétude céda la place aux soupçons. Et si elle l'avait quitté, comme Dana ? Cela ne paraissait guère probable, et pourtant l'affreuse réalité de son absence permettait toutes les suppositions. Ç'avait peut-être été son intention depuis le début, dès le moment où il était revenu à l'hôtel de Sanchakou : l'utiliser et puis le plaquer. Mais le plaquer pour qui ? À moins qu'elle ait ici des relations dont elle ne lui avait jamais parlé ? Allons donc ! Il la connaissait mieux que ça… Il était sur le point de faire le

911 quand on sonna à la porte. C'étaient Mina et Jeff, le voisin d'en face.

« J'ai trouvé cette petite dame devant la supérette du coin, l'air complètement perdu. »

Les soupçons de Benny s'évanouirent.

« Merci, Jeff. Je t'en suis très reconnaissant. » La porte refermée, il enlaça Mina. « Je me suis fait un sang d'encre ! Que s'est-il passé ? »

Elle pleurait.

« J'ai eu envie d'aller faire un tour, histoire de sortir un peu de la maison. Je voulais aller au centre commercial pour te faire une surprise en achetant quelque chose pour le repas. Mais c'est si dur de se repérer ! Toutes les maisons se ressemblent et les rues sont si longues ! Je n'ai pas réussi à trouver le centre commercial, et ensuite, quand j'ai voulu revenir sur mes pas, je me suis perdue. J'ai cru que jamais je ne retrouverais la maison. Les rues sont tellement vides ici : il n'y a que des voitures, personne ne marche à pied.

— Mina, il faut que tu fasses attention ! s'écria-t-il, car l'angoisse avait cédé la place à la colère. Tu ne peux pas partir à pied comme ça ! Il y a des quartiers dangereux. » Que se serait-il passé si Jeff ne l'avait pas vue près de la supérette ? Elle serait toujours en train d'errer le long des rues. « Il faut qu'on t'équipe, lui dit-il, passant aux mesures pratiques. Il te faut un téléphone portable, pour pouvoir m'appeler à tout moment. Et surtout, tu as besoin d'apprendre à conduire. Il faudra sans doute qu'on achète une seconde voiture. Peut-être même devrais-tu suivre des cours… d'informatique, par exemple. »

Le visage de Mina s'illumina.

« J'aimerais apprendre l'informatique. »

Il lui procura un portable, mais le reste s'avéra plus difficile à mettre en œuvre. Ils se rendirent à une auto-école recommandée par un collègue, mais l'allure du moniteur – sa queue-de-cheval de chanteur de rock, ses yeux qui s'attardaient sur le visage de Mina – ne plut pas à Benny.

« Je ne comprends pas. On rentre ? demanda-t-elle comme ils se dirigeaient vers leur voiture.

— Je veux aller voir une autre auto-école. Pour comparer. »

Elle se renfrogna.

« Je croyais que ton ami avait dit que c'était la meilleure.

— Je ne suis pas tout à fait convaincu par leurs méthodes. »

À leur retour, il consulta en effet l'annuaire, examinant la liste des diverses auto-écoles, mais ce fut tout. Il ne regarda même pas celle des différentes écoles d'informatique. C'était trop tôt, estimait-il. Mina et lui devaient passer plus de temps ensemble afin d'apprendre à se faire confiance, voilà tout. Les jours suivants, cependant, sa confiance chancela encore plus. Si tout allait bien quand ils étaient ensemble, dès qu'il s'éloignait d'elle, il commençait à se faire du mouron. Il appréhendait le moment où on l'enverrait à nouveau sur le terrain. Il lui téléphonait si souvent qu'au bureau c'était devenu une plaisanterie.

« T'appelles quelqu'un, Benny ? Attends, laisse-moi deviner qui… »

Mina répondait d'un ton moins enthousiaste qu'avant.

« Je déteste cette télé. Ils sont si moches, ces programmes !

— Tu devrais peut-être regarder autre chose, Mina. Tu sais quoi, je vais aller louer des vidéos.

— Tu as appelé les écoles d'informatique ?

— Je voulais d'abord me renseigner auprès du service informatique de la boîte.

— Tu as déjà dit ça.

— Je n'en ai pas eu le temps. »

Dès qu'il raccrocha son angoisse revint. Pourquoi donc voulait-elle à tout prix suivre des cours d'informatique ?

Il avait été persuadé qu'il ne craindrait plus rien, une fois de retour au pays. Or il pensait presque avec une certaine nostalgie à leur parenthèse pékinoise, quand elle dépendait entièrement de lui. Ici, il constatait sans cesse l'attirance qu'exerçait le physique de sa femme : partout où ils allaient, on se retournait sur elle. Il aurait été si facile pour elle de...

Il n'aurait jamais la force d'affronter tout ça de nouveau : rentrer un soir à la maison et trouver un mot. Il tâcha de ne pas céder à la panique, mais se sentit fléchir sous le poids de la fatalité. Le moment fatidique arriva un mardi matin, alors qu'il s'apprêtait à partir au bureau. Il était en retard, mais ce n'était pas grave parce qu'il n'avait aucun rendez-vous de bonne heure... La sonnette retentit. Comme Mina se trouvait dans la cuisine, il alla ouvrir : Jeff se tenait sur le seuil.

« Salut, Benny ! »

La surprise se changea en déplaisir.

« Ah, salut, Jeff !

— Je voulais seulement m'assurer que vous allez bien, tous les deux. Si je peux vous rapporter quelque chose du centre commercial, dites-le-moi. N'oubliez pas que j'y vais tous les jours ! »

L'expression de Jeff indiquait-elle qu'il était surpris de le trouver chez lui ? Benny n'avait jamais beaucoup aimé Jeff, qui se croyait si cool avec son magasin d'articles de sport... S'il y avait toujours quelque fille dans les parages, aucune ne semblait durer longtemps.

« D'accord. Si on a besoin de quelque chose, je te le ferai savoir.

— O.K. »

Benny avait déjà à moitié refermé la porte quand il se ravisa.

« Jeff, je n'aime pas que tu viennes comme ça à l'improviste. La prochaine fois, passe-nous d'abord un coup de fil. D'accord ? »

Jeff eut l'air vexé. Mais l'était-il vraiment ?

« Hé, je voulais seulement rendre service... »

Benny entra dans la cuisine où Mina était en train de faire du thé. Elle tourna la tête et découvrit sa mine.

« Qu'est-ce qui ne va pas ?

— C'est Jeff qui a sonné. Il est déjà venu ? »

Elle se renfrogna.

« Benny, ça suffit. Ce n'est pas moi qui l'ai invité. »

Il se sentit ridicule.

« Excuse-moi, je t'en prie. Mais c'est pas un type bien, tu comprends ? S'il revient, ne le laisse pas entrer.

— Évidemment. »

Dès qu'il fut dans sa voiture sur le chemin du bureau, ses craintes refirent surface. Et si elle mentait... Mais comment serait-ce possible ? Il l'avait si souvent appelée et, à part le fameux jour, elle avait toujours été là. À moins que Jeff ait été là lui aussi... La vision de Mina et Jeff nus dans le lit – dans son lit – pendant qu'elle lui parlait au téléphone lui glaça le sang. Jeff l'avait ramenée, la seule fois où elle avait disparu. Ç'avait peut-être été le début de leur liaison. Si ça se trouvait, elle avait passé toute la soirée chez Jeff. Il s'en voulut d'être aussi méfiant, mais ses soupçons persistèrent. À la fin de la journée, il avait pris sa décision, et sur le chemin du retour il se rendit dans une serrurerie, où il resta un bon bout de temps à examiner plusieurs verrous de sûreté avant d'en choisir un.

« C'est un excellent modèle, le félicita le vendeur, celui que les enfants ont le plus de mal à ouvrir.

— Pouvez-vous l'installer ce soir même ? »

Un employé du magasin suivit Benny en voiture à travers les longues rues de banlieue. Mina le regarda poser le verrou sur la porte d'entrée. Noir et énorme au-dessus du précédent.

« C'est nécessaire ? demanda-t-elle.

— Il y a longtemps que je voulais en installer un nouveau, répondit Benny. Je veux te savoir en sécurité dans la maison. » Il paya le technicien et tourna le verrou trois fois de l'intérieur.

« Où est ma clé ?

— Il n'y en a qu'une.

— Je n'y crois pas ! Tu m'enfermes ici comme dans une prison, pour l'unique raison qu'un voisin a sonné à la porte ce matin. Tu m'insultes ! » Elle le fixa droit dans les yeux. « Je croyais que Sanchakou était terrible, mais tu sais, je pense que ça c'est pire ! » Elle le regarda d'un drôle d'air. « Que faut-il pour que tu me fasses confiance, Benny Gregg ? Qu'est-ce que tu voudrais ? Que je devienne hideuse ? »

Quand il se réveilla le lendemain matin, la place à son côté était vide. Il l'explora de la main quelques instants, percevant encore une chaleur diffuse. Il savait ce qui s'était passé, et, en effet, quand il fouilla dans les poches de sa veste, sa clé avait disparu, ainsi que cent dollars dans son portefeuille. Il resta assis un moment en haut de l'escalier, le souffle coupé. Et dire qu'elle avait eu le toupet de lui faire la leçon à propos de la confiance ! Une affreuse sensation de déjà-vu l'envahit tandis qu'il déambulait dans la maison silencieuse. Il fouilla toutes les pièces sans trouver le moindre mot. Même Dana avait laissé un petit mot. Pourquoi le traitaient-elles ainsi ? La colère raviva sa détermination. Il n'allait pas la laisser se payer sa tête. Cette fois-ci, il allait se venger !

« Où est-elle ? »

Debout sur le seuil de sa porte, Jeff eut l'air perplexe, puis un sourire sardonique s'étala sur son visage.

« Donc, elle s'est tirée ? Désolé, Benno, mais j'ai aucune idée de l'endroit où elle a garé son joli petit cul. Si elle s'envoie en l'air avec un autre – et, putain, qui oserait lui jeter la pierre ? –, c'est pas moi l'heureux élu. Vas-y ! Te gêne pas, fouille la maison de fond en comble ! La gonzesse n'est pas chez moi, hélas ! »

Benny, plein de haine contre Jeff, avait très envie de lui casser la gueule, mais il le crut malgré tout. Son air étonné n'était pas feint. Mais si elle n'était pas chez lui, alors où était-elle ? Il ne voyait qu'un autre endroit… Il prit sa voiture et se rendit en ville. Le restaurant turc était encore fermé quand il arriva. Il attendit donc, bouillant de colère tout en écoutant la radio, jusqu'à ce que le jeune serveur apparaisse et commence à déverrouiller la porte.

« Avez-vous vu ma femme ? Dites-moi la vérité ! » hurla-t-il.

Le serveur plissa les yeux.

« Ne me braillez pas dessus ! Je ne sais pas où est votre femme. Je vous plains, gros tas. Je vous plains, mais je ne suis pas surpris. »

Benny remonta en voiture et roula lentement, passant les rues au peigne fin. Elle devait bien se trouver quelque part par là. C'était insensé ! Cent dollars ne pouvaient pas la mener très loin. Soudain, une terrible pensée lui vint à l'esprit. Et si le gars de l'ambassade américaine à Pékin avait eu raison ? Et Frans, aussi ? Il ne savait rien de sa vie à Sanchakou, et toutes sortes de choses pouvaient se passer dans un hôtel. Désormais, il souhaitait presque que le pire soit vrai. Pour la souiller, et refouler ainsi sa peine en s'abandonnant à une colère blanche. Elle se vendait. Voilà ce qu'elle était en train de faire. Elle se tenait à un coin de rue, comme une vulgaire racoleuse, montrant son corps, affichant la marchandise. La petite salope, la sale pute. Eh bien, elle allait apprendre à le connaître, cette garce. Il allait de ce pas appeler le service de l'immigration et leur raconter le fin mot de l'histoire. Elle possédait un permis de séjour parce qu'elle était son épouse. Il n'avait rien pu faire contre Dana. Ni contre Carrie. Mais la troisième n'allait pas s'en tirer à si bon compte. En deux temps trois mouvements, la mignonne allait se retrouver à Sanchakou. Ça lui ferait les pieds !

Une fois dans le salon, Benny ouvrit l'annuaire du téléphone. Il venait de trouver le service de l'immigration quand il entendit un faible bruit dans la cuisine, le raclement d'un pied de chaise sur le sol. Il resta pétrifié. Devait-il se précipiter dans la rue ? C'était ce qu'on recommandait : ne pas jouer les héros, ne prendre aucun risque… Pourtant, il hésita. Des intrus se seraient enfuis ou lui auraient sauté dessus dès qu'ils l'auraient entendu entrer. À moins que… La curiosité étant la plus forte, il s'avança vers la cuisine à pas de loup. Approchant la tête de l'embrasure, il aperçut Mina, assise à la table. Devant elle se trouvaient trois énormes sachets de pain de mie et du fromage.

« Où étais-tu partie ? demanda-t-il, sa colère commençant à se calmer.

— Au centre commercial. Au magasin d'alimentation. » Elle coupa un gros morceau de fromage blanchâtre et l'étala sur une tranche de pain.

« Je ne comprends pas. Qu'est-ce que tu fais ?

— À ton avis ? » Elle mordit dans le pain et se mit à mâcher, en lui lançant un regard étrange. « Je mange, Benny Gregg. Je bouffe, je bouffe, je bouffe… »

5. Cachets

DES SANDALES EN PNEU AUX PIEDS et un châle bleu ciel sur la tête pour se protéger du féroce soleil éthiopien, Yohannes gravissait la colline menant à son village. Il avançait d'un pas décidé, poussé par la nouvelle qu'il apportait. Sans même s'arrêter chez lui, il se rendit directement chez Mesulu, criant son nom dès qu'il pénétra dans la cour.

« J'en ai vu deux, pas plus tard qu'hier ! lança-t-il tandis qu'elle passait la tête par l'embrasure de la porte. Deux étrangers ! »

Elle écarquilla les yeux, soudain intéressée. Il la suivit dans la case qui était faite de rondins entre lesquels on avait laissé des espaces pour l'aération, si bien que des rais du soleil éblouissant zébraient le sol de terre battue jusqu'à leurs pieds. De l'eau frémissait dans une casserole sur le feu de bois, et des tourbillons de vapeur et de fumée s'élevaient dans l'air.

« Ils étaient de l'autre côté de la crête, près de Gi'ich, expliqua Yohannes. Ils marchaient lentement et c'était déjà la fin de l'après-midi, alors ils ont dû passer la nuit dans les parages. Ça veut dire qu'ils atteindront sans doute Ch'enek ce soir. »

Mesulu attendait ce moment depuis un moment déjà. La saison des pluies venait de cesser et, en général, ils commençaient à arriver vers cette époque. Cependant, bien des incertitudes subsistaient : on était déjà en milieu de matinée, il ne serait pas facile d'atteindre Ch'enek avant la tombée de la nuit. Et même si elle y parvenait, le voyage pouvait se révéler inutile, puisque Yohannes n'était pas du tout sûr que les étrangers passeraient la nuit là-bas. Mesulu décida quand même de tenter le coup et son mari, qui était en train de réparer la charrue derrière la case, fut d'accord.

« Bien sûr que tu dois y aller. Almaz n'a qu'à monter sur le mulet. »

Mais l'idée ne plut pas à Almaz, leur fille.

« Je veux pas y aller. Je veux voir les agneaux. »

Nés la veille dans une maison située un peu plus haut sur la colline, les agneaux constituaient la distraction du matin dans le village.

« Tu pourras les voir au retour, lui promit Mesulu.

— Mais alors, ça sera plus des nouveau-nés. Je veux les voir maintenant. »

Mesulu et son mari savaient depuis longtemps que pour convaincre Almaz il fallait agiter une carotte. Manier le bâton ne servait à rien.

« Tu verras tes cousins en chemin... »

Almaz resta de marbre.

« Je veux pas voir mes cousins. Je veux voir les agneaux ! »

Sa mère surenchérit.

« Ton oncle te donnera peut-être un cheval. »

Almaz fronça les sourcils, l'air sceptique.

« Tu promets ?

— Je ne peux pas te le promettre. Ce sont ses chevaux. Mais si tu es sage, je pense qu'il le fera. »

Le froncement de sourcils s'effaça lentement.

« Bon. D'accord. »

Il y eut un moment pénible quand Mesulu et son mari aidèrent Almaz à grimper sur le mulet et qu'elle fut secouée par une quinte de toux. Mais à leur grand soulagement, la toux cessa presque aussi vite qu'elle s'était déclenchée, et peu après la mère et la fille se mirent en route. Plus elles descendaient la côte, plus il faisait chaud et lourd, jusqu'à ce qu'elles atteignent enfin le cours d'eau. Comme elles étaient assises à l'ombre pendant que le mulet se désaltérait, le prêtre du village de Chinkwanit apparut, muni de sa crosse, et il leva les doigts pour les bénir. C'était bon signe ; aussi, lorsqu'elles entreprirent de gravir lentement la pente opposée de la vallée, Mesulu avait meilleur moral.

Plusieurs heures après, dans la forte chaleur de l'après-midi, elles parvinrent au village du frère de Mesulu. Comme celle-ci ne leur avait pas rendu visite depuis un certain temps, son frère et sa belle-sœur furent ravis de cette arrivée inopinée. Ils s'empressèrent de préparer un repas à base de pain bis frais et de légumes de jours maigres, tandis que leurs enfants surexcités criblaient Almaz de questions.

« Quelqu'un du village les a vus, dit le frère de Mesulu quand elle eut expliqué la raison de leur voyage. Ils étaient deux, un mari et sa femme. Même si, paraît-il, on n'est jamais sûr avec les étrangers », ajouta-t-il avec un petit sourire.

Almaz avait déjà terminé son repas et tapotait avec impatience le bord de son assiette en métal.

« Tu en veux un peu plus ? » lui demanda sa tante.

Se rappelant sa promesse, Mesulu se tourna vers son frère.

« Je lui ai dit que tu lui donnerais peut-être un cheval. »

Les cousins eurent l'air contrariés, car ils voulaient garder les chevaux pour eux-mêmes. Au contraire, leur père fit un grand sourire.

« Bien sûr ! » dit-il, et il conduisit Mesulu et Almaz dans le coin de la case où se trouvaient ses outils de sculpteur. Quatre chevaux de tailles différentes étaient terminés. Almaz désigna tout de suite le plus grand.

« Pas celui-ci ! s'écria Mesulu, gênée par la cupidité de sa fille.

— Elle peut choisir celui qu'elle veut », déclara son frère.

Les mots étaient assez gentils, mais Mesulu perçut dans les yeux de son frère une lueur qui lui déplut : de la tristesse, voire de la pitié. L'espace d'un instant, elle le détesta. Comment osait-il ? S'il les plaignait, cela signifiait qu'il les considérait déjà comme condamnées.

« Alors, prends-le, Almaz ! »

Almaz s'empara vivement du cheval et le serra contre elle.

« On peut rentrer à la maison, maintenant ? »

La demande déconcerta Mesulu.

« Bien sûr que non !

— S'il te plaît, m'man ! » Almaz paraissait d'un seul coup plus jeune. On aurait dit une petite gamine apeurée. « J'aime pas ces étrangers. Ils ont de drôles de têtes… »

Son oncle tenta de la réconforter.

« Tu n'as rien à craindre. Ce sont des gens comme nous. Obéis à ta mère. Elle sait ce qu'il faut faire. »

En temps normal, Almaz aurait résisté ; mais, au grand soulagement de Mesulu, elle n'osa pas se rebeller devant des gens qu'elle ne connaissait pas bien. Elle serra son cheval contre elle pendant qu'ils ressortaient dans la lumière aveuglante.

« Arrêtez-vous sur le chemin du retour, proposa le frère de Mesulu et restez dormir.

— D'accord », répondit Mesulu, et son ressentiment s'estompa.

Reprendre la route lui redonna de l'assurance. Son moral remontait à mesure que la distance se réduisait. Le souvenir de la bénédiction du prêtre près de la rivière lui mettait du baume au cœur, et elles progressaient à un bon rythme. À partir du village de son frère, le chemin ne cessa de grimper pendant un certain temps. L'atmosphère se rafraîchissait doucement, la terre se vidait, les cultures s'espaçaient. Enfin, elles atteignirent un plateau en pente, désert et herbu, parsemé de palmiers rabougris et d'immenses lobélies qui se dressaient comme des sagaies. Le soleil était bas quand elles franchirent une petite butte et se retrouvèrent d'un seul coup devant un vaste abîme. À perte de vue s'étendait un paysage composé de collines rocheuses dentelées, comme si la moitié de l'Afrique s'offrait là à leurs yeux. Quoique Mesulu et sa fille aient très souvent vu ce panorama, elles s'arrêtèrent quelques instants pour le contempler. À partir de là, le sentier, qui suivait la crête, devenait plus étroit et malaisé. Elles n'avaient couvert qu'une courte distance lorsque Mesulu aperçut sur une petite colline un groupe important de babouins qui semblaient tenir un conciliabule.

Almaz pointa le doigt dans leur direction.

« Regarde ! »

Mesulu hocha la tête, en s'efforçant de ne pas avoir l'air inquiète. Elle n'aimait pas ces animaux. S'ils ne lui avaient jamais fait le moindre mal, elle avait entendu trop d'histoires sur leur soudaine férocité, et quelque chose dans leurs yeux – fixes, vides – l'effrayait. De plus, ils étaient aussi nombreux que tout un village rassemblé. Elle regretta de ne pas avoir demandé à son mari de les accompagner. Il aurait sans doute pu laisser la ferme pendant deux jours. En tout cas, il aurait dû proposer de... Mais sa pensée fut interrompue. Plus tard, elle se dirait que ce qui s'était passé alors avait été la faute des babouins : si elle ne s'était pas fait du souci à ce sujet, elle aurait vu que le sentier descendait inopinément d'un côté pour contourner un gros rocher. Si elle s'en était aperçue, elle n'aurait certainement pas manqué de saisir la bride et d'arrêter le mulet. Lorsqu'elle vit le danger, il était trop tard : s'étant senti glisser, pris de panique, l'animal se cabrait. Elles eurent beaucoup de chance. Almaz réussit à s'accrocher, tandis que Mesulu – pur hasard ou instinctive habileté ? – parvint, du premier coup, à attraper la bride qui s'agitait dans les airs. En un tournemain, elle avait ramené les pattes du mulet sur le sol, mais Almaz s'était entre-temps mise à tousser à fendre l'âme. La toux ne connut aucun répit : ni quand Mesulu les tira plusieurs mètres plus loin jusqu'à un endroit où le sentier était large et aisé ; ni même quand, hurlant son nom, elle saisit sa fille à bras-le-corps pour l'aider à descendre du mulet. Finalement, Almaz expectora une boule molle de mucus écarlate qui tomba sur le sol près de ses pieds, et la toux se calma. La mère et la fille restèrent assises au bord du sentier un certain temps, sans prononcer la moindre parole.

« S'il te plaît, maman, dit enfin Almaz. Est-ce qu'on peut rentrer à la maison ? »

Une grosse fourmi s'en allait avec un bout du mucus rouge. Mesulu faillit baisser les bras. Elle était fatiguée, assoiffée et surtout, elle avait peur.

« On y est presque », assura-t-elle à sa fille d'un ton aussi ferme que possible. Bizarrement, ce fut comme si ce dernier encouragement ouvrait une porte. Almaz accepta de remonter sur le mulet et, quelques mètres plus loin, Mesulu constata que les babouins étaient plus éloignés du sentier qu'elle ne l'avait cru, et qu'ils ne semblaient pas avoir la moindre envie de descendre de leur colline. Ils les regardèrent passer sans manifester grand intérêt. Quelques minutes plus tard, Mesulu aperçut Ch'enek et l'étrange maison ronde en pierre où logeaient les étrangers. Mieux encore, elle vit les deux étrangers en personne, allongés au pied du bâtiment dans la lumière du soleil couchant : un homme et une femme, exactement comme l'avait dit son frère. Elle pressa le pas, plissant les yeux pour chercher leur guide ou leurs muletiers, quelqu'un qui pourrait l'aider à leur parler.

Dan et Lisa étaient assis au pied de la case sur une vaste roche plate, encore chaude après une journée de soleil. Devant eux s'étendait l'immense panorama pour lequel ils avaient fait tout ce long voyage. Au crépuscule, la vue était impressionnante. Un aigle tournoyait très haut dans le ciel. Leur esprit, cependant, était ailleurs.

« Ils sont agaçants, dit Dan d'un ton morose.

— Tu n'aurais rien dû lui donner, répondit Lisa.

— Je m'y suis senti obligé : la fillette semblait tellement mal en point !

— Si tu ne lui avais rien donné, sa mère l'aurait peut-être emmenée chez le médecin. »

Ils se turent, ni l'un ni l'autre très convaincus par cette supposition.

« De plus, ajouta Lisa avec davantage de franchise, on risque d'en avoir besoin.

— Il fallait bien que je fasse quelque chose », répondit Dan, d'une voix mal assurée.

Mesulu redescendait la colline, un sourire aux lèvres, le tube d'aspirine en plastique cliquetant dans sa main. Almaz prendrait un autre cachet demain, et ensuite un chaque matin, comme le lui avaient indiqué les étrangers. Elle avait déjà meilleure mine, c'était certain.

6. Métal

CE TRAJET EN AVION ÉTAIT TROP LONG ou trop court. Trop long pour qu'on ne le sente pas passer, trop court pour qu'on ait vraiment le temps de se délasser. Toby Chisholm avait fini son journal au-dessus de la Grèce, et perdu tout intérêt pour la revue de la compagnie aérienne au-dessus de l'Égypte. Il attendit ensuite un film qui ne vint jamais. Il n'eut plus qu'à se rabattre sur le dépliant concernant les règles de sécurité, ou à contempler le paysage beige et calciné qui s'étendait sous son hublot. Il fut donc soulagé d'entendre le bruit sourd du train d'atterrissage entrant en contact avec la piste. Le passage devant le service d'immigration et à la douane ne constitua heureusement qu'une simple formalité. Il sortit bientôt du bâtiment de l'aéroport et sentit tout de suite la brûlure du soleil africain sur sa peau. Après avoir mis sa valise et sa serviette dans le coffre, il monta à l'arrière d'un taxi Mercedes tout cabossé, puis regarda défiler à vive allure les palmiers bordant une avenue. La pensée lui vint à l'esprit que le chauffeur conduisait trop vite, mais il ne dit rien – et ensuite, bien sûr, ce fut trop tard. Après un virage pris sur les chapeaux de roue, ils se retrouvèrent au beau milieu d'une manifestation. Certains des manifestants portaient des panneaux dont le message était écrit dans l'indéchiffrable dialecte du coin ; tous leur tournaient le dos et se dirigeaient vers un cordon d'agents de police établi plus loin. Le chauffeur freina tout en donnant un brusque coup de volant, la voiture fit une embardée et, avec une curieuse impression d'irréalité, Toby vit un palmier se courber lentement vers le pare-brise.

Ç'aurait pu être bien pire : Toby fut projeté en avant, mais au moment où la voiture heurta le palmier le chauffeur avait presque réussi à l'arrêter totalement. Le choc et le fracas furent quand même si soudains que Toby n'eut guère le temps de comprendre ce qui se passait. Il se retrouva affalé à l'arrière, regardant par la vitre, tandis que le klaxon hurlait sans discontinuer. Puis il vérifia que ses membres fonctionnaient toujours, remua chevilles et poignets pour s'assurer que rien n'était cassé. Néanmoins, il souffrait de nombreuses contusions et quand il toucha son front, il vit un peu de sang sur son doigt. Il poussa la portière pour l'ouvrir, s'extirpa de la voiture et posa le pied sur l'asphalte tandis que les cris des manifestants lui déchiraient les tympans. La colère s'empara de lui. Comment pareilles choses pouvaient-elles se produire ? On aurait dû le prévenir ! Les responsables de ces troubles – émeutiers, protestataires, quel que soit le nom qu'ils se donnaient – ne se trouvaient qu'à quelques dizaines de mètres ; mais, heureusement, ils semblaient trop occupés à hurler contre la police pour s'intéresser à lui.

Toby réalisa alors l'étendue des dégâts. La voiture avait une drôle d'allure : l'avant était encastré dans l'arbre, et le capot projeté en l'air comme la flèche d'un clocher. Il tira sur la portière et dévisagea le chauffeur. Celui-ci se tenait la tête et saignait un peu. Toby oublia sa rancœur envers ce fou du volant : il l'aida à s'extraire de son siège et à s'asseoir par terre, contre un arbre. Après ces premières mesures, les pensées de Toby se tournèrent vers de plus vastes sujets. Il fallait prévenir les autorités, obtenir des secours. Il regarda avec agacement le cordon de policiers, inaccessibles au-delà des manifestants. Et s'il contournait la foule, plus clairsemée sur les côtés ? Il pensa alors à sa valise et à sa serviette, toujours enfermées dans le coffre de la voiture, lequel avait vaillamment résisté au choc. Il actionna la poignée, mais le coffre était fermé à clé. Toby venait de se pencher à l'intérieur de la voiture et de prendre les clés de contact quand il entendit soudain de grands cris. Relevant la tête, il découvrit que la police chargeait et que les manifestants couraient dans sa direction. Si les policiers venaient de son côté, cela résoudrait son problème... Comme ils approchaient, Toby s'apprêta à les interpeller, mais quelque chose – leur façon de se déplacer ? – le fit se raviser, et il préféra plutôt s'accroupir derrière le taxi. C'est alors que, regardant la scène par-dessus un rétroviseur rouillé, il vit, incrédule, un policier – un homme grand et souple, au visage si émacié qu'on avait l'impression que sa peau était un tissu que l'on avait étiré sur un masque – se détacher du groupe et courir en brandissant sa matraque. D'un geste empreint d'une certaine élégance, rythmé et précis, il se mit à frapper le chauffeur en pleine poitrine, produisant un bruit sourd, comme s'il avait tapé sur un coussin. Le chauffeur s'affala de côté sur le sol. Toby fut si choqué que, sans réfléchir, il se redressa.

« Arrêtez ! hurla-t-il avec colère. Qu'est-ce qui vous prend ? »

Le policier, qui s'apprêtait à frapper à nouveau le chauffeur, leva les yeux. Il parut perplexe en découvrant cet étranger. Puis il fit tournoyer sa matraque – si brusquement que Toby n'eut même pas le temps d'être surpris, et moins encore de se protéger – et lui assena un coup sur la nuque, le projetant contre le flanc du taxi.

« Vous... », murmura Toby. Mais le policier était déjà parti.

Toby resta un temps affalé contre la voiture, tentant de reprendre son souffle tout en essayant, à la fois stupéfait et furieux, d'assimiler ce qui s'était passé. Sa nuque lui faisait mal et, quoiqu'il ait déjà connu pire – avec ses dents de sagesse –, cette douleur lui paraissait, étrangement, plus aiguë – d'autant que personne ne lui avait donné de coups, ou ne l'avait même bousculé, depuis l'époque de la cour de récréation. Il commença à s'énerver. Pourquoi me frapper, moi ? Je n'ai rien à voir avec tout ça et, de plus, j'ai été victime d'un accident. Cela venait juste de se passer mais déjà, comme il se redressait en s'écartant d'un coup de reins de la voiture, il voyait tout sous un autre jour. Il regarda avec dégoût la police reformer ses rangs, et éprouva de la sympathie pour les manifestants, aussi maltraités que lui. La principale question, se dit-il, était de savoir ce qu'il devait faire maintenant. S'enfuir, tout simplement ? Mais pour aller où ? C'était la première fois qu'il venait dans cette ville et il n'avait guère de repères. De plus, il n'y avait ni voiture ni taxi à l'horizon... Il serrait nerveusement quelque chose dans sa main : les clés du taxi. Elles lui rappelèrent sa valise et sa serviette. Il avait l'impression de tourner en rond, pris au piège. Comme pour confirmer cette pensée, il entendit à nouveau des cris et des hurlements, et constata que, la police se préparant à charger à nouveau, les manifestants se précipitaient de nouveau dans sa direction. Le premier mouvement de Toby fut de filer aussi. Il fit même deux pas, mais s'arrêta. Et le chauffeur ? Certes, c'était un inconnu pour qui il éprouvait surtout du ressentiment étant donné sa façon de conduire... Toutefois, il pouvait difficilement l'abandonner là, exposé à de nouvelles violences. Fronçant les sourcils d'un air exaspéré, Toby aida donc l'homme à se remettre debout. Comme s'il soutenait un ivrogne, il lui fit traverser la rangée de palmiers pour se réfugier dans une rue transversale.

À quelques pas de là, tout changeait. Une fois que l'on quittait le large boulevard menant à l'aéroport, il y avait une étroite rue en pente bordée de cases en bois. Toby la longea cahin-caha avec le chauffeur, tandis que les manifestants les dépassaient en courant. Il commençait à se demander combien de temps encore il tiendrait le coup quand il remarqua un homme portant une veste déchirée qui lui indiquait frénétiquement la porte ouverte d'une maison. Toby hésita à se jeter au-devant d'un nouveau danger, mais tout ne valait-il pas mieux que de rester là, en pleine rue, pour se faire matraquer à nouveau ? Il suivit l'homme dans la pénombre de la maison. La porte branlante claqua derrière lui, et Toby se retrouva parmi un petit groupe de personnes qui le dévisageaient. Sa vie était-elle menacée ? Allait-il mourir ? se demanda-t-il avec indifférence, les récentes catastrophes ayant émoussé sa vigilance. Non. À leur mine, il voyait bien que ces gens n'étaient pas en colère mais curieux. L'homme à la veste déchirée parut deviner le malaise de Toby et repoussa les autres, tout en l'aidant ainsi que le chauffeur à gagner une sorte de banc fait d'une planche posée sur un rebord de boue séchée.

« Il dit qu'il s'appelle Mogas, expliqua le chauffeur, qui avait assez récupéré pour parler. Il dit que vous êtes le bienvenu dans son humble logis. » Il y avait quelque chose d'absurde dans cet échange d'amabilités en pleine émeute, et Toby réprima son envie de rire. Pour une raison mystérieuse, les autres personnes présentes lui souriaient d'un air admiratif. Pourquoi donc ? L'explication ne tarda pas à venir. « Merci de m'avoir aidé, déclara le chauffeur. Je leur ai raconté comment le policier vous avait frappé avec sa matraque et comment vous m'aviez tiré de là. Je les déteste ! Ce ne sont pas des hommes. Ce sont des animaux ! »

Une formule vint à l'esprit de Toby : « Toby Chisholm, le héros du peuple ». Il faillit éclater de rire. Il parcourut la pièce du regard – il ne s'agissait pas d'une maison en dur, mais d'une case avec un sol de terre battue et des murs fragiles comme des palissades de jardin – et se rendit compte qu'au cours de ses voyages pour le travail (qui l'avaient mené dans des pays du bout du monde) il n'avait jamais vu d'endroit aussi misérable. Mais en tout cas, ici, il se trouvait en sécurité.

Que c'était étrange ! Ces inconnus en train de le dévisager ressemblaient aux gens qu'il voyait – ou plutôt entr'apercevait – d'ordinaire à travers la vitre d'un taxi, alors qu'à cet instant il avait l'impression de très bien les connaître. Il pouvait même deviner leur caractère. Le visage de Mogas respirait la bonté, ce type dans le coin avait sans doute mauvais caractère, tandis que cet autre, qui souriait la bouche ouverte, devait aimer rire de plaisanteries idiotes. Une fraction de seconde, Toby les imagina tous confortablement installés – vision surréaliste – dans son pub favori, dans le joli village anglais où il habitait.

Une femme apporta une casserole d'eau qu'elle avait fait bouillir sur le feu.

« M. Mogas dit que sa femme va nettoyer vos blessures », expliqua le chauffeur. Si le chiffon grisâtre qu'elle tenait à la main n'était guère engageant, Toby n'eut pas le cœur de refuser cette gentillesse.

« Remerciez-la de ma part.

— M. Mogas demande de quel pays vous venez. »

Gêné, Toby eut une hésitation.

« De Grande-Bretagne. »

Il n'aurait pas dû se faire du souci, car des regards approbateurs saluèrent sa réponse.

« M. Mogas demande si vous pouvez, s'il vous plaît, raconter aux gens de votre pays les mauvaises choses qui se passent ici. Il y a deux jours, le gouvernement a dit que le prix du pain et de l'essence devait à nouveau augmenter alors que nos salaires ne bougent toujours pas. En ce moment, le gouvernement ne pense qu'à s'enrichir, à prendre notre argent et à ne rien donner. M. Mogas demande comment est-ce qu'on peut avoir des enfants quand ça se passe ainsi. » Pour souligner ce point, Mogas en poussa trois devant lui. Le plus jeune tenait encore à peine sur ses jambes tandis que la plus âgée avait un regard intelligent, plus intelligent que celui de Tina, la fille de Toby. Celui-ci s'était toujours targué d'avoir les pieds sur terre et, dans d'autres circonstances, croyant qu'on cherchait à le manipuler, il aurait sans doute regardé cette scène avec détachement ; mais ce jour-là il se sentit étrangement ému. Comment faisait-on pour élever des enfants dans un endroit pareil ? Vivaient-ils tous dans cette unique pièce ? Les gosses allaient-ils à l'école ? Qu'arrivait-il quand ils étaient malades ? Clary et lui passaient tant de temps à s'inquiéter de l'éducation de leurs enfants, de la qualité de l'hôpital du coin... Leurs angoisses lui parurent soudain grotesques.

« Très beaux », commenta le chauffeur en regardant la photo de Clary, Justin et Tina dans le jardin. Les voir tous les trois assis sur le banc familier de la terrasse, sous le doux soleil anglais d'une fin d'après-midi, fit monter en Toby une bouffée de nostalgie. « S'il vous plaît, dites à M. Mogas qu'il a de charmants enfants. » Bizarrement, d'un seul coup, il voulait que ces inconnus le considèrent comme leur égal, comme s'ils n'avaient pas seulement en commun les blessures corporelles. « Et dites-lui que je parlerai aux gens de mon pays de vos ennuis. » Était-ce la vérité ? Tout semblait désormais possible. Les sourires autour de lui se firent plus joyeux. La femme de Mogas lui tendait un plat de nourriture – une sorte de pain spongieux à côté d'une sauce rouge foncé –, et Toby l'aurait accepté si le chauffeur ne lui avait tapoté le bras. « Le calme est revenu. Il faut que je retourne à la voiture. »

Toby regarda dehors par un espace dans le mur fragile et, en effet, la rue semblait paisible. Deux ou trois personnes se promenaient tranquillement dans le crépuscule et on ne percevait aucun bruit inquiétant.

« Il est temps que je parte, moi aussi. » À sa grande surprise, il avait presque envie de rester. Il eut du mal à décliner une nouvelle offre de nourriture et à se remettre sur ses pieds. Tout le groupe le suivit lorsqu'il commença à gravir la pente avec raideur. Sur la route de l'aéroport, il n'y avait pas la moindre présence policière ni la moindre trace de l'échauffourée qui s'y était déroulée. La voiture était toujours là, avec son capot encastré dans le palmier. Le chauffeur tenta en vain de démarrer le moteur.

« Est-ce que je peux faire quelque chose ? » demanda Toby.

Le chauffeur lui sourit.

« Vous m'avez déjà assez aidé. »

Il sortit du coffre les bagages de Toby, et les autres descendirent du trottoir pour forcer un taxi à s'arrêter. L'étranger au teint pâle assis à l'arrière fixa d'un œil inquiet cette petite troupe déguenillée qui avait interrompu son voyage, et Toby pensa aussitôt que si son avion avait eu du retard ç'aurait pu être lui. Mais l'idée lui sembla saugrenue tant il se sentait en tout à l'opposé de cet étranger.

Quelques minutes plus tard, Toby entrait dans le hall de son hôtel. Choqué par son aspect, le personnel de la réception insista pour faire venir un médecin, qui confirma ce que Toby savait déjà – il ne présentait aucune fracture –, puis lui posa un pansement sur sa plaie au cou. Une fois la porte refermée avec un bruit sec et le groom reparti, muni de son dollar de pourboire, Toby se trouva enfin dans le calme de sa chambre, et réalisa que ses bras et ses épaules étaient agités de tremblements. Il y avait un mot sur le bureau et, malgré sa brièveté, il dut s'y reprendre à trois fois avant de réussir à le déchiffrer et à comprendre que c'était un message de l'ambassade, l'informant que le rendez-vous avait été repoussé au surlendemain. Allait-il leur téléphoner maintenant et les enguirlander à propos de ce qui s'était passé ? Il préféra appeler Clary.

« Oh, mon Dieu, Toby ! Tu vas bien ?

— Vraiment, ce n'est rien. Juste quelques contusions. » Il aurait dû tout lui raconter, lui parler du policier et de sa matraque, de Mogas et des autres ; mais ça lui était impossible, c'était trop tôt. Il avait déjà du mal à croire qu'il avait vu Clary le jour même, lorsqu'elle l'avait accompagné en voiture à l'aéroport dans l'obscurité d'un matin hivernal anglais. « Comment s'est passée ta journée ? »

Clary comprit. Elle comprenait toujours. Il avait connu des moments difficiles au cours de précédents voyages de travail, et rien ne l'apaisait davantage que de l'entendre raconter les petits détails de sa vie.

« Voyons voir… Maman a appelé pour me dire que son rhume s'était de nouveau aggravé. Justin a téléphoné pour m'annoncer qu'il avait presque marqué un but dans le match contre Saint Anthony, mais que le ballon a heurté le poteau, et qu'ils ont fini par perdre trois à un… » Alors qu'il avait tellement eu envie d'entendre tout cela, Toby s'apercevait que ses pensées dérivaient. « … et l'entreprise de maçonnerie a enfin envoyé le devis pour la piscine, mais ça paraît assez cher. La pluie s'est arrêtée dans l'après-midi, et il a fait très beau pendant un certain temps. »

Toby resta assis un bon moment près de la large fenêtre de la chambre, à fixer les lumières scintillantes de la ville au-dessous.

Quand il se réveilla le lendemain matin, quelque chose d'étrange se passa. Avant même d'ouvrir les yeux il sut de quoi il s'agissait. C'était difficile à comprendre, vu que rien n'avait changé depuis la veille, sauf qu'il avait dormi. Cependant tout paraissait différent, presque comme s'il était devenu quelqu'un d'autre. Il savait, sans l'ombre d'un doute, que sa vie ne serait plus jamais, comme avant. Il quitterait son travail. Il changerait tout. Pas seulement à cause de la veille, d'ailleurs : cela faisait déjà un bout de temps qu'il était à deux doigts de prendre cette décision, il s'en apercevait à présent. Les derniers événements lui avaient juste fait franchir le pas.

Il souhaitait en parler à quelqu'un, n'importe qui, tout le monde. Il voulait surtout les envoyer tous au diable : ses collègues de bureau avec leurs vantardises, leurs rivalités, leurs beuveries pour fêter une grosse vente. Et aussi le personnel des ambassades et tous ces sourires condescendants. Il tendit la main vers le téléphone, des récriminations plein la tête, avant de se rendre compte que les bureaux de Londres ne seraient pas encore ouverts, ni ceux de l'ambassade ici. Et s'il appelait Clary ? Mais il ne voulait pas la réveiller. Il tenta d'imaginer ce qu'elle penserait. Elle serait choquée, bien sûr, mais elle comprendrait, il en était certain, sinon tout de suite, du moins plus tard. Les énormes implications de sa décision commencèrent à prendre forme dans son esprit, sans pour autant entamer sa détermination. Oui, les enfants devraient peut-être changer d'école et la famille serait sans doute obligée de déménager, mais ça vaudrait vraiment le coup. Clary serait contente parce que lui, Toby, se porterait mieux, qu'il ne serait plus sujet à des accès de morosité et qu'il ne se mettrait plus en colère pour des broutilles. Il savait qu'il serait débarrassé de ces maux.

Il sortit du lit, l'esprit plus léger, se doucha et s'habilla. Il s'apprêtait à mettre une veste propre quand, sur un coup de tête, il changea d'avis et prit celle qu'il avait portée la veille, ornée de la longue et fine traînée de sang sur le col, à l'endroit où le policier l'avait frappé avec sa matraque. N'était-ce pas incroyable ? Voilà qu'il s'attachait à des symboles, presque comme s'il s'agissait d'une révolution, de sa propre révolution. Ou comme lorsqu'on tombe amoureux. Quand il traversa le hall de l'hôtel, il ignora le réceptionniste – « Petit déjeuner, monsieur ? » – et sortit dans la lumière éblouissante. La ville, avec ses foules pressées et ses autobus bondés, paraissait s'accorder au flot tumultueux de ses pensées. Il s'était trouvé dans tant de villes semblables ; et pourtant il avait l'impression de n'en avoir jamais réellement vu aucune, car il filait en taxi entre les villes et leurs aéroports les yeux fermés. Il avait fallu Mogas et les autres – y compris cette brute de policier – pour qu'il voie enfin. Avec son asphalte fendu et ses minables bâtiments de béton, ce n'était certes pas une belle ville. Pourtant, en arrière-plan, les montagnes brunes s'estompant au loin dans la poussière la rendaient, d'une certaine manière, extraordinaire. En outre, lui, Toby Chisholm, avait le sentiment d'appartenir à tout ceci ; d'être lié, comme jamais auparavant, à l'existence de ceux qui passaient près de lui à grands pas. Il s'aperçut avec surprise qu'il ne s'était pas senti aussi heureux depuis des années. Son bonheur se reflétait même sur le visage d'inconnus qui lui rendaient son sourire.

Il marcha toute la journée, passant devant des mendiants et des étals en plein air, traversant le centre, atteignant presque les limites de cette ville tentaculaire. Il entra dans un petit restaurant de quartier au sol de terre battue. Intrigués, les clients le regardèrent s'installer, et désigner du doigt la nourriture spongieuse et épicée qu'ils étaient en train de manger. Il allait se nourrir comme eux, c'était un autre symbole. Quand, fourbu, Toby rentra enfin à l'hôtel, le ciel était presque sombre. Le réceptionniste lui transmis quatre messages téléphoniques : un de l'ambassade et trois de son bureau. Il les prit en remerciant d'un signe de tête, entra dans l'ascenseur et les déchira en petits morceaux. Une fois dans sa chambre, il pensa appeler le bureau – il serait encore ouvert –, mais préféra se coucher sur son lit, et sombra presque tout de suite dans un profond sommeil.

Quand il se réveilla, il n'avait pas la moindre idée de l'heure qu'il était, mais à en juger par le calme régnant dans l'hôtel il devait être très tôt. Il portait toujours ses vêtements de la veille. Lorsqu'il se leva pour se déshabiller, il sentit que tout chancelait. Sa détermination faiblissait, comme on dévale une pente après avoir dérapé. Il se remit précipitamment au lit, refusant de lâcher prise, décidé à ce que le sommeil apporte un changement.

Si changement il y eut, ce ne fut cependant pas celui escompté. L'aube fusait derrière les vitres quand il s'éveilla à nouveau et, avant même d'ouvrir les yeux, il perçut une sorte de grisaille, la prémonition d'une défaite. Une pensée tenace le submergea : il ne pouvait pas trahir Clary et les enfants. Ils ne comprendraient jamais. Comment le pourraient-ils, alors que durant les quinze dernières années il n'avait vécu que pour leur procurer ce genre de vie ? C'était lui qui avait voulu l'avoir à tout prix, en fait… Puis une autre idée, encore plus déprimante, lui vint à l'esprit : tout ça n'avait eu aucune réalité et, au tréfonds de son âme, il l'avait d'ailleurs toujours su. Voilà pourquoi il n'avait pas passé ces coups de téléphone…

Mais il refusait de perdre espoir. Pour descendre prendre le petit déjeuner, il mit sa veste révolutionnaire, dont la tache de sang commençait à pâlir, et lorsqu'il entra dans la salle à manger il regarda avec mépris les clients qui s'y trouvaient – le groupe habituel de journalistes, représentants de commerce, membres d'organisations humanitaires, ainsi que le rare touriste privilégié –, comme si ces gens n'avaient rien de commun avec lui, Toby Chisholm. Il saisit un journal occidental daté de la veille et parcourut à la hâte les pages concernant l'étranger. Non, les émeutes n'étaient pas signalées. Un sentiment de déception l'envahit, même s'il savait qu'il n'aurait pas dû être surpris. Lui-même ne s'en serait pas rendu compte si l'avion avait été en retard ou en avance, ou si le chauffeur de taxi n'avait pas conduit trop vite. Tout d'un coup il eut faim, et il entassa sur son assiette pain, œufs, bacon et saucisses. Un peu nauséeux, il remonta dans sa chambre et s'allongea sur le lit. Il fut étonné de ressentir une étrange envie de pleurer, ce qui ne lui était pas arrivé depuis l'enfance. Son estomac se contracta tandis qu'il se mettait à trembler légèrement, et des larmes lui montèrent aux yeux. Pour quelle raison pleurait-il ? Il ne le savait pas lui-même. Les larmes ne coulèrent pas.

Il resta longtemps allongé, immobile, sans réagir aux sonneries du téléphone. Enfin, juste avant dix heures, il se remit lentement sur ses pieds, la tête vide. Il se doucha, s'essuya et commença à s'habiller devant la glace. Pendant qu'il enfilait la chemise blanche et la veste impeccable, nouait sa cravate à losanges rouges et bleus, et chaussait ses souliers bien cirés, d'anciens arguments lui revinrent à l'esprit. Mais ils avaient perdu beaucoup de leur force, comme quelque chose appris il y a bien longtemps et qui ne le touchèrent pas. *Si ce n'est pas nous, ce sera quelqu'un d'autre. Et puis, il vaut mieux que ce soit nous, car autrement*... Il tapota le pansement sur son cou pour le nettoyer, puis en égalisa les bords effrangés avec des ciseaux à ongles. Lorsqu'il sortit de l'hôtel, il se sentit vidé et se demanda s'il pourrait s'acquitter de sa tâche. Mais une fois dans le taxi, son expérience professionnelle reprit le dessus et une sorte de confiance en soi se remit automatiquement en place. Bien sûr qu'il en serait capable ! C'était désormais sa seconde nature. Et en effet, quand il entra dans le ministère, son pas devint ferme et assuré. Il savait que son sourire était parfait : charmeur sans être arrogant.

« Il roule à bonne vitesse, expliqua-t-il, assis près du bureau du ministre. Jusqu'à cent trente kilomètres-heure, ce qui est plus rapide que beaucoup des véhicules de sa catégorie. La mitrailleuse possède une mire de vision nocturne de toute dernière génération et son calibre est idéal : elle est assez lourde pour traiter toutes sortes de situation, tandis que l'armement principal, le canon de trente millimètres, peut causer de sacrés dégâts. Il est actuellement en service dans un bon nombre de pays, y compris chez deux de vos voisins. J'ai ici tous les détails... (Il feuilleta en souriant un autre document tiré de sa serviette.) Il a été utilisé avec succès par les forces britanniques durant la récente guerre du Golfe. Et je pense que vous trouverez le prix tout à fait compétitif. »

7. Saveurs

L'ENTERREMENT NE DEVAIT AVOIR LIEU QU'À MIDI, aussi Caroline traversa-t-elle toute la maison pour atteindre le placard de l'office, un sourire aux lèvres. Mais, avant même d'avoir ouvert la boîte ornée d'élégantes lettres à l'ancienne, sa légèreté lui fit deviner ce qui s'était passé. Et en effet, quand elle regarda à l'intérieur, elle constata qu'il manquait un certain nombre de *marrons glacés*[1]. Or cela faisait une bonne semaine qu'elle n'en n'avait pas mangé. Il n'en manquait pas beaucoup en fait, peut-être un quart de ce qui restait auparavant, et quelqu'un de moins observateur n'aurait pas forcément remarqué la différence. Caroline se renfrogna. Ce n'était pas la première fois qu'elle avait des soupçons. Elle était presque sûre à propos des chocolats suisses et de la grosse boîte en fer d'*amaretti* – les biscuits aux amandes italiens – qui s'était vidée à une vitesse suspecte. Jusque-là elle avait fermé les yeux, le problème la fatiguant rien que d'y penser. Devant ce nouveau larcin, cependant, elle sentit la moutarde lui monter au nez. Comment osait-on lui gâter son péché mignon, le seul petit plaisir qui lui mette un peu de baume au cœur ? Il restait encore des *marrons*, certes, mais là n'était pas la question : la fête était gâchée.

Bien qu'elle connût la coupable – il ne pouvait y en avoir d'autre –, toujours très méthodique, Caroline était

1. En français dans le texte (*N.d.T.*).

décidée à procéder par ordre. Voilà pourquoi elle s'adressa d'abord à la cuisinière, qui se trouvait à côté, en train d'éplucher les légumes dans la cuisine.

« Dina, avez-vous par hasard utilisé quelques *marrons glacés* ? Vous savez, ces châtaignes recouvertes d'une pellicule de sucre, dans la jolie boîte rouge ? »

Comme elle l'avait prévu, Dina la regarda d'un air impassible, sans se troubler le moins du monde.

« Mais non, lady Farre, j'y ai jamais touché. »

Caroline sourit.

« C'est bien ce que je pensais. »

Elle grimpa l'escalier étroit à pas de loup, tel un chasseur traquant sa proie. Nadia se trouvait dans la salle de conférences, où elle fredonnait très fort l'un de ses airs habituels. Caroline se faufila jusqu'à la longue table.

« Nadia, lança-t-elle avec un sourire hypocrite, sauriez-vous par hasard ce qu'il est advenu des *marrons glacés* ? Vous savez, ces châtaignes sucrées ? Il me semble qu'il en manque quelques-uns. »

Nadia posa son chiffon à poussière et se mit à l'évidence à jouer un rôle. Elle commença par s'immobiliser, pour avoir l'air de réfléchir ; puis elle fronça les sourcils comme si elle était déçue par le résultat de sa réflexion ; enfin, elle secoua lentement la tête.

« Non, je sais pas ce qu'est arrivé, lady Farre. Vous êtes sûre qu'y sont plus là ?

— Tout à fait, oui. »

Nadia se rembrunit à nouveau. Puis son visage s'éclaira soudain.

« Ces ouvriers qu'ont réparé l'eau... Peut-être qu'ils les ont pris ?

— Mais c'était il y a bien trop longtemps !

— Vous croyez ? » Nadia écarquilla les yeux. « Alors, vraiment, c'est un grand mystère ! »

Caroline monta dans son dressing, énervée de ne pas avoir osé insister. Mais c'était assez délicat : si elle avait carrément accusé cette femme, celle-ci aurait nié, sans doute en pleurant. Caroline se changea pour assister à l'enterrement, enfilant puis enlevant avec impatience diverses tenues. Son agacement croissait comme une mauvaise herbe, au point qu'elle marmonnait entre ses dents tout en boutonnant un chemisier ou en choisissant une broche. Quelle petite sournoise ! Quelle insolente ! Comment osait-elle se payer sa tête avec des mensonges si grossiers ? Une bouffée de rancœur, à la fois amère et revigorante, l'envahit lorsqu'elle pensa à la voix stridente de cette fille, à son mauvais anglais, à ses fripes bon marché aux couleurs criardes, à son sempiternel sourire aguicheur – elle l'adressait même au vieux père de Gerald – et à cette manie de constamment fredonner ses airs de salsa, de tango ou de n'importe quoi d'autre. Tout en donnant de violents coups de brosse dans ses cheveux, Caroline se surprit à imaginer d'horribles actes de vengeance : elle frappait Nadia à la tête avec un lourd presse-papier en verre, ou l'étranglait en serrant son cou d'idiote avec le cordon du rideau. Ces pensées grand-guignolesques la calmèrent un peu, et une fois habillée elle gagna le bureau de Gerald d'un pas décidé. Comme d'habitude, il était au téléphone.

« Fiche-la donc à la porte, lui dit-il une fois qu'il eut raccroché. Maintenant que j'y pense, je suis sûr qu'une certaine quantité de mon beurre d'anchois Gentleman's Relish s'est fait la malle.

— Mais comment faire ? Je n'ai aucune preuve. »

Gerald écarquilla les yeux.

« Et alors ? On n'est pas au tribunal. T'as qu'à lui dire que t'aimes pas sa manière de faire le ménage. T'as dit l'autre jour qu'elle travaillait comme un pied.

— Je peux quand même pas la renvoyer juste comme ça…

— Eh bien alors, garde-la ! » Il poussa un soupir d'exaspération. « Bon, maintenant, faut que j'aille me préparer. La voiture ne va pas tarder à arriver. Ah ! Caroline, tu peux me rendre un service ? Les Baxter seront à ce truc. Je sais que tu ne les trouves pas passionnants… (Son ton était devenu ironique.) … mais essaie au moins d'être polie. Ed s'est vraiment bien débrouillé dans cette affaire africaine dont on s'occupe en ce moment. Ce serait sympa si tu faisais un petit effort, pour une fois. »

Leur maison avait ceci de curieux que, malgré le grand nombre de pièces, on ne voyait pas où s'asseoir. Toujours furieuse, Caroline redescendit l'escalier, passa devant la pièce d'où sortait l'odieux fredonnement de Nadia, puis devant le bureau où Angela, l'assistante de Gerald, tapait sur l'ordinateur, et gagna finalement la cuisine, d'où elle fut chassée par les préparatifs de Dina pour le repas. Il lui vint à l'esprit – ce n'était d'ailleurs pas la première fois – que la maison, alors qu'elle était sa propriété (son nom figurait sur un document gardé dans quelque étude de notaire), semblait plutôt appartenir à tous ces gens – payés par Gerald et elle – qui l'occupaient. Elle avait presque l'impression d'être la cliente d'un hôtel. Elle finit par se percher sur une chaise dans la chambre de leur fils Marcus – il était encore à Cambridge – jusqu'au moment où un coup de sonnette mit fin à son attente.

Dans la voiture, Gerald et elle restèrent silencieux tandis qu'ils traversaient le centre de Londres sous des rafales de vent. Comme le chauffeur avait un peu tardé à leur ouvrir les portières, Gerald lui lança un regard noir tout en murmurant à Caroline : « Et sa casquette est sale ! Autant utiliser les services d'une compagnie de taxis de Brixton. »

L'enterrement était celui d'un collègue de Gerald à la Cité, que Caroline n'était pas sûre d'avoir jamais rencontré. Elle se rendait malgré tout compte qu'elle aurait dû être davantage émue : l'homme était mort assez jeune, à un peu plus de cinquante ans, et, à en juger par les difficultés qu'éprouvèrent sa femme et ses enfants à terminer leur éloge, il avait dû être très aimé. L'aînée se montra particulièrement affectée. L'air hébété, elle raconta d'un ton morne comment son père l'avait spontanément emmenée en Écosse pour l'aider à surmonter son chagrin après une rupture. Caroline ne put cependant empêcher ses pensées de vagabonder pendant toute la cérémonie, aussi la moitié de ce qui fut dit lui échappa. C'était plus fort qu'elle : elle était obsédée par les *marrons glacés*. Ce larcin était impardonnable, un vrai scandale ! Depuis le premier jour où elle avait engagé Nadia, il y avait un an et demi de cela, elle ne lui avait témoigné que de la bonté. Elle avait demandé au Dr Fothergill d'examiner sa petite fille, la fois où celle-ci avait été si malade ; et elle avait payé dix jours complets de gages quand Nadia avait dû rentrer au Brésil en avion à la mort de son père. Et pour la remercier… cette petite garce volait à son nez et à sa barbe ?

Hormis du côté de la famille du défunt, la réception qui suivit fut bruyante et joyeuse. Selon l'expérience de Caroline, c'était souvent le cas dans ce genre de circonstances, les invités retrouvant avec plaisir des gens qu'ils n'avaient pas vus depuis des lustres. Elle avala un verre de vin, et eut un moment de surprise en apercevant un jeune homme qui discutait avec une jeune fille. Il ressemblait énormément à Marcus. Enfin… Il ne devait avoir que deux ou trois ans de plus que son fils – on grimpait désormais si vite dans le milieu de la Cité –, mais, en y regardant de plus près, elle comprit que la ressemblance tenait moins au visage qu'aux manières. Cette découverte était un peu agaçante, car, malgré tous ses efforts, elle ne pouvait s'empêcher de trouver déplaisant le sourire trop facile de ce jeune homme et sa façon de s'appuyer contre l'énorme cheminée de marbre dans une posture avantageuse. La jeune fille ne semblait guère l'apprécier, elle non plus. Marcus se comportait-il ainsi ? Elle avait toujours tendance à le voir comme le poupon qui avait besoin de ses soins et réclamait son attention vingt ans auparavant… Et si elle se procurait un

Caméscope et qu'elle le fixait dans la cuisine ? Elle avait entendu dire que certains parents en utilisaient pour surveiller leur bonne d'enfants. Mais où le mettrait-elle ? Au-dessus d'un haut placard, l'objectif orienté de biais, dirigé selon un certain angle ? Nadia n'était pas idiote et, à moins qu'il ne soit adroitement dissimulé, elle se garderait bien de prendre la moindre chose dans le réfrigérateur. Un instant, Caroline fut légèrement surprise du cours que prenaient ses pensées : elle cherchait moins à faire cesser les vols qu'à prendre cette fille la main dans le sac et à la punir d'une manière ou d'une autre. Elle s'empara d'un autre verre de vin, sans se soucier du fait que c'était son troisième, et s'aperçut qu'elle était en train de dévisager quelqu'un qu'elle s'efforçait de reconnaître.

« Julia ?

— Caroline ! »

C'était la seule bonne chose de toute la journée et Caroline fit un grand sourire.

« Ça fait une éternité !

— Dix-huit ans. »

La précision de Julia la stupéfia.

« Tant que ça ? » Leur camaraderie remontait même à l'époque où elles étudiaient à la même école de secrétariat d'Oxford. Après la fermeture des pubs, elles se promenaient ensemble le long de rues étroites où résonnaient leurs voix, parlant très fort, échauffées par le vin doux. « Tu vois toujours Debbie ? Et Helena, cette sympathique Hollandaise ?

— Pas depuis cette époque.

— Et comment va... (Caroline fouilla dans sa mémoire et finit par retrouver le nom.) ... Freddy ?

— Juge par toi-même ! » Julia désigna de la tête quelqu'un qui se trouvait à quelques mètres et que Caroline ne réussit pas du tout à reconnaître : grassouillet, chauve et souriant trop, un canapé dans chaque main.

« Il a l'air de se porter comme un charme ! » s'écria-t-elle joyeusement. Un court moment, le silence menaça de s'installer entre les deux femmes. « Et où habitez-vous maintenant ? »

Quelle gaffe ! Dès l'instant où elles s'étaient retrouvées, Julia avait semblé un rien sur ses gardes, répondant à l'attitude amicale de Caroline avec une certaine réticence. Là, elle s'était raidie.

« Teddington. »

Caroline tenta de se rappeler où cela se trouvait : elle avait bien vu le nom quelque part, peut-être sur un panneau de sortie d'autoroute, mais en l'occurrence tout ce qui lui vint à l'esprit fut un mot auquel il était en général accolé.

« Près de l'écluse ? »

Sans le vouloir, Caroline avait à nouveau touché un point sensible. Julia prit un air buté et détourna le regard.

« En fait, non... Toi, tu habites Eaton Square. »

Caroline fut surprise, mais pas outre mesure. Depuis un certain temps, on parlait souvent de Gerald dans les rubriques économiques des journaux, et elle s'était peu à peu habituée à ce que des inconnus ou des gens qu'elle connaissait à peine soient au courant de détails de sa vie.

« En effet.

— Ce doit être agréable. »

L'aigreur perçait nettement dans le ton de Julia, et Caroline éprouva une sorte d'exaspération. N'était-il pas ridicule de se fâcher avec cette amie de jadis – alors qu'elles auraient dû se rappeler joyeusement de vieux souvenirs, ou arranger un déjeuner ensemble – uniquement pour une question de maison et d'argent ? Comme si cela avait la moindre importance ! Elle souhaitait apaiser la jalousie de Julia, lui montrer qu'elle avait ses soucis, elle aussi, afin de restaurer la paix entre elles... Alors, avalant une grande gorgée de vin, elle se mit à raconter – bêtement – comment Nadia avait volé des friandises dans le réfrigérateur. À peine avait-elle commencé son récit qu'elle se rendit compte de son erreur. Pourtant elle ne parvenait pas à se taire, et elle débita son histoire à toute allure tandis que Julia plissait de plus en plus les paupières.

« Des ennuis avec les domestiques ? C'est une véritable tragédie ! »

Caroline ne se le tint pas pour dit.

« J'en ai parlé à Gerald, mais c'est bien simple, il ne comprend pas. »

Une attaque verbale était inévitable, et une lueur mauvaise brilla dans l'œil de Julia.

« Comment va Gerald ? En fait, je suis étonnée que vous soyez toujours ensemble. Tout le monde supposait qu'il n'en voulait qu'à ton argent, mais aujourd'hui il en gagne des tonnes… »

Bien que Caroline se fût préparée à quelque chose de désagréable, cette sortie lui coupa le souffle. Ce ne furent pas tant les mots employés qui la choquèrent que l'extraordinaire malveillance qui les avait inspirés.

Après avoir poussé cette botte, Julia chercha à s'échapper.

« Bon, il faut vraiment que j'aille délivrer Freddy. »

Caroline avait en général l'esprit d'escalier, mais cette fois-là elle eut le sens de la repartie.

« Bon retour à Teddington ! » lança-t-elle en appuyant sur ce nom d'un ton goguenard. Ce n'était pas très brillant, mais le résultat dépassa presque ses espérances : les traits du visage de Julia s'affaissèrent brusquement.

Gerald se frayait un chemin à travers la cohue.

« Je viens de recevoir un coup de fil du boulot. Il y a un problème avec ce foutu contrat d'armements – sacrée Afrique ! – et il faut que j'aille passer quelques heures au bureau. Tu crois que tu peux rentrer à la maison toute seule ? »

Ce n'était pas une question.

« Je me débrouillerai. »

Vingt minutes plus tard, assise sur la banquette arrière d'un taxi, Caroline tambourinait sur son sac à main, ne sachant plus sur quoi passer ses nerfs. Il fallait que sa colère se déverse sur quelqu'un, car elle la sentait vibrer autour d'elle, oppresser sa poitrine et crisper ses doigts. Sur Julia pour avoir été aussi grossière ? Sur elle-même pour s'être montrée aussi inepte vis-à-vis de Julia ? Sur Gerald ? Ou sur... ? Une idée séduisante lui traversa soudain l'esprit. Plissant les yeux, elle ouvrit son sac pour prendre son carnet d'adresses et son téléphone portable.

« Allô ? »

Caroline coupa immédiatement la communication et se pencha vers la vitre du chauffeur.

« J'ai changé d'avis. Pourriez-vous me conduire au... » Elle lui lut l'adresse.

Le chauffeur eut l'air surpris.

« Vous êtes sûre ? »

Ils laissèrent derrière eux les hautes tours de la Cité. De toute sa vie à Londres, Caroline n'avait pratiquement jamais mis les pieds dans l'East End et l'impitoyable laideur du quartier la suffoqua quelque peu : ce paysage disloqué de petites maisons mitoyennes alternant avec des tours d'habitation, comme si deux villes distinctes avaient été maladroitement imbriquées, n'en finissait pas ! La course paraissait interminable, le compteur tournant à qui mieux mieux tandis que la voiture roulait le long d'un énième sinistre boulevard bordé de succursales de grands magasins et de stations-service. Mais la colère de Caroline lui faisait oublier les kilomètres, et ce ne fut que lorsque le taxi finit par s'arrêter qu'elle se demanda ce qu'elle faisait là.

« C'est ici », annonça le chauffeur, un rien perplexe.

Ils avaient fait halte devant une pelouse boueuse au-delà de laquelle se dressait une haute tour grisâtre. Caroline hésita mais, ne pouvant guère rebrousser chemin après cette longue course – elle aurait eu l'air tellement ridicule –, elle ouvrit la portière. Quand elle entendit le taxi repartir, soudain mal à l'aise dans ses élégants vêtements d'enterrement, elle regretta de ne pas avoir demandé au chauffeur de l'attendre. Et si ce n'était pas la bonne adresse ? Elle avait pu commettre une erreur en l'inscrivant dans son carnet, ou le chauffeur avait pu se tromper. Un homme qui promenait un chien à l'air féroce fixa sur elle un regard étonné, avant de continuer son chemin, au grand soulagement de Caroline. Une fois dans le sombre hall d'entrée, elle lut le nom familier sur la liste des résidants. L'ascenseur sentait l'urine et la bière éventée, mais, agrippée à la barre, elle ne s'en souciait guère, car sa bile s'échauffait à nouveau. Elle sortit sur le palier, appuya sur la sonnette. La porte s'ouvrit sur le visage stupéfait de Nadia.

« Lady Farre ? Mais pourquoi... ? »

Caroline ne prit pas la peine de répondre ; elle contourna Nadia et pénétra dans l'appartement. Elle passa devant des murs aux couleurs vives dont l'un était orné d'un tableau représentant des palmiers, huma des odeurs de cuisine inconnues. De la musique résonnait dans la pièce, cet air mélancolique que fredonnait Nadia le matin même. Caroline entra dans la pièce suivante, et se trouva nez à nez avec un lit. Où se trouvait donc cette satanée cuisine ? Quand elle se retourna, le passage était bloqué par la petite fille de Nadia – Jeninha ? – qui battait des mains pour accueillir cette visiteuse inattendue. Caroline la dépassa sans se préoccuper des cris de Nadia.

« Mais, lady Farre, s'il vous plaît, je comprends pas ! »

Ah, enfin la cuisine était là ! Une énorme coupe pleine de fruits rouges exotiques trônait sur la table, et quelque chose cuisait dans une marmite sur le réchaud. Caroline tira sur la porte du réfrigérateur et là, sautant aux yeux, se trouvaient les preuves recherchées, bien plus éclatantes qu'elle ne l'avait espéré : un bocal de poivrons rouges italiens de première qualité Harvey Nichols et un de purée d'olives noires ; une boîte de chocolats suisses ; trois pots de confiture de chez Harrods, ainsi que deux petits pots de beurre d'anchois Gentleman's Relish de Gerald. Et, juste devant elle, sur l'étagère du haut, enveloppés dans deux petites serviettes, il y avait une demi-douzaine de *marrons glacés*.

L'inquiétude se lisait sur le visage de Nadia.

« S'il vous plaît, lady Farre, écoutez... »

C'était l'instant de triomphe que Caroline avait attendu toute la journée avec impatience : elle avait démasqué Nadia, lui avait mis la main au collet, la tenait pieds et poings liés. Pourtant, maintenant que ce moment était enfin arrivé, il se passa quelque chose d'étrange. Caroline voulut parler, mais, bizarrement, ne trouva rien à dire, et elle s'aperçut que sa lèvre tremblait. Elle s'effondra complètement et, à son grand embarras, sentit ses yeux se remplir de larmes.

Étrangement, Nadia ne parut pas surprise.

« Venez vous asseoir », lui dit-elle. Prenant les choses en main, elle la conduisit dans la salle de séjour, et Caroline s'affala sur un long divan moelleux tandis que Jeninha la regardait d'un œil inquiet. À travers les larmes qui coulaient à flots, Caroline constata alors, étonnée, que l'appartement – avec ses murs aux couleurs vives et sa bonne odeur de cuisine –, hors d'atteinte de l'effrayante laideur extérieure, ne lui déplaisait pas. Elle aimait même la musique qu'elle entendait. C'était le monde à l'envers... Tout d'un coup, elle saisit la stupéfiante vérité qu'elle évitait de voir depuis si longtemps : elle était jalouse de Nadia et l'avait toujours été. Pourquoi ? Parce que Nadia était en permanence, de façon si exaspérante et incorrigible, d'humeur joyeuse. Parce qu'elle ne semblait jamais se soucier de l'opinion des autres. Et surtout parce que sa vie lui appartenait de toute évidence, alors que celle de Caroline – comme celle de Gerald – ressemblait à un ennuyeux et fatigant spectacle mis en scène pour impressionner la galerie.

Nadia sortit de la cuisine, portant sur un plateau un bol du ragoût qui mijotait sur le réchaud, un verre d'alcool revigorant ainsi que deux *marrons glacés*. Puis elle s'appuya au dossier du divan et dévisagea Caroline avec une curiosité non dissimulée. Celle-ci dégusta le plat délicieux et brûlant en se demandant ce qu'elle pourrait bien dire.

« Je ne veux pas retourner à tout ça ! » annonça-t-elle tout à trac. Et, au moment même où elle prononçait ces mots, elle savait qu'elle ne pourrait jamais vraiment reprendre son ancien mode de vie.

8. Bruits

COLIN GRIFFIN ÉTAIT DANS L'ENSEMBLE SATISFAIT de sa vie, mais moins ce jour-là en particulier, et comme il rentrait à la maison il regardait avec agacement les lampadaires ceints d'un halo jaunâtre. Il était fier de son travail au magazine, où régnait une ambiance jeune – réunions détendues, collègues habillés sport – et il se délectait des sourires jaloux d'anciens camarades de fac qui travaillaient pour des sociétés plus traditionnelles. Il y avait cependant des jours, comme celui-ci, où travailler dans le milieu de la musique pouvait mettre les nerfs en pelote. Il avait gâché la moitié de son après-midi à tenter d'organiser une interview avec un nouveau groupe qui montait. On l'avait promené d'un poste à l'autre. Puis, juste quand il pensait que tout était arrangé, on l'avait rappelé pour lui annoncer que, bien sûr, mercredi c'était impossible, puisque – ne le savait-il pas ? – les musiciens s'envolaient pour le Bhoutan afin de participer à un festival bouddhiste.

Colin avait parcouru quelques mètres dans la ruelle où il habitait lorsqu'il entendit un bruit de pas derrière lui. Jetant spontanément un coup d'œil par-dessus son épaule, il aperçut un homme de couleur à peu près de son âge, le visage à moitié dissimulé par une capuche molletonnée qui le faisait ressembler à une sorte de moine citadin. Colin savait qu'il l'avait déjà vu quelque part, mais ne savait pas précisément où. Dans un pub ?

Un club ? Au volant d'un taxi ? Malgré son imprécision, le souvenir était empreint d'un sentiment de méfiance, et, comme pour confirmer cette impression, Colin vit que l'homme le dévisageait d'un air méchant. Colin détourna le regard. Il n'était pas particulièrement peureux – deux ans plus tôt, il avait fait partie de l'équipe d'aviron de son collège à Cambridge et avait toujours pensé qu'il pouvait se défendre ; pourtant, comme il poursuivait son chemin, et que les pas continuaient de résonner derrière lui, son malaise s'accrut. Il n'aimait pas être vu sans voir lui-même, et dut se forcer à ne pas accélérer le pas pour ne pas trahir son inquiétude. Si cela se terminait en bagarre – mais pourquoi ? –, saurait-il quoi faire ? Il n'avait pas donné le moindre coup de poing depuis l'âge de quinze ans. Il atteignit enfin la porte de sa maison et la referma en la claquant légèrement.

Il avait emménagé depuis un mois à peine dans cet appartement, et jusque-là il ne s'était jamais inquiété de l'environnement. Il appréciait plutôt l'extrême étroitesse de la ruelle et l'absence de voitures – il avait éclaté de rire quand l'agent immobilier s'était excusé du manque de places où se garer –, et même le fracas des trains roulant sur le talus de la voie ferrée en face ne le dérangeait pas du tout, car cela lui rappelait les vieux films en noir et blanc. Or maintenant, debout dans le minuscule vestibule à écouter l'inconnu passer tranquillement devant la porte, il était moins enthousiaste. En même temps, sa réaction l'agaçait. Était-il ridicule ? S'il n'était pas raciste – lorsqu'il rencontrait des racistes, il ne se gênait pas pour leur manifester son antipathie –, Colin était également honnête et, en son for intérieur, il reconnaissait qu'il aurait été moins inquiet si l'homme qui l'avait suivi avait été blanc.

L'incident ne tirant guère à conséquence, sa soirée reprit vite la rassurante routine habituelle. Il arpenta son petit appartement au mobilier tout neuf – venu en droite ligne de salles d'exposition – et aux relents de peinture fraîche. Il réchauffa au micro-ondes un poulet thaï acheté au supermarché, appela Philippa, qui n'était toujours pas revenue de voyage, puis regarda la télévision un bon moment, avant de s'affaler sur son lit. Il aurait vite oublié les pas derrière lui si, deux soirs plus tard, il ne les avait pas à nouveau entendus. Il reconnut leur rythme presque aussitôt, même si cela ne l'empêcha pas de jeter un coup d'œil par-dessus son épaule. C'était bien lui, le visage à moitié caché par son capuchon gris, et le même regard méchant. Colin tourna la tête. Où avait-il bien pu le voir ? Travaillait-il dans le métro ? Mais les employés du métro étaient tous plutôt sympathiques. Chez le marchand de disques dans la grand-rue ? Non, ça ne lui disait rien non plus.

L'inconnu le suivait de plus près cette fois ; l'écho de ses pas résonnait dans la ruelle. Elle parut à Colin plus longue que d'habitude, et plus sombres les espaces entre les lampadaires. Comme il approchait de son appartement, clés en main, il se prit à regretter qu'il n'y eût pas de jardin devant l'immeuble, les portes de toutes les maisons s'ouvrant directement sur la rue. Il essaya de calculer la vitesse et la proximité de son poursuivant. Aurait-il le temps de faire tourner la clé dans la serrure et de refermer la porte derrière lui avant d'être rattrapé ? C'était sans doute stupide, mais il n'aimait pas du tout l'idée de se trouver là, de dos, aveugle et vulnérable. Il tendait déjà la main vers la serrure quand son inquiétude fut la plus forte. Presque inconsciemment, il se retourna pour faire face à l'individu, serrant les clés entre ses doigts, tel un coup-de-poing américain. Un étrange moment s'ensuivit. Les deux hommes se trouvaient nez à nez, l'un immobile, l'autre continuant d'avancer. Colin se demanda s'il devait dire quelque chose. Mais quoi ? Il ne voulait pas aggraver encore la tension, mais ne voulait pas non plus avoir l'air lâche. C'est pourquoi il regarda l'homme droit dans les yeux, lorsque celui-ci passa lentement devant lui. Puis il attendit de l'avoir vu disparaître au coin de la rue pour rentrer chez lui, le cœur battant.

Philippa vint le voir, ce soir-là. À cause du déplacement professionnel de la jeune femme, ils ne s'étaient pas vus depuis plus d'une semaine, et toute la journée il avait attendu sa visite avec impatience. Depuis le début de leur liaison, quelques mois plus tôt, leurs rendez-vous s'étaient toujours déroulés plus ou moins de la même manière. Une agréable tension se faisait sentir tandis qu'ils buvaient du vin tout en préparant le dîner. Ensuite, ils mangeaient, assis sur le divan, mais souvent sans terminer leur repas, car ils se laissaient aller au plaisir de libérer mutuellement leurs corps des ceintures, boutons et autres fermetures Éclair... Jusqu'au moment où, le désir devenant irrésistible, ils se dirigeaient vers la chambre, leur verre de vin à la main. Cette fois, néanmoins, rien ne fut tout à fait normal. Préoccupé par le récent incident, Colin guetta anxieusement Philippa par la fenêtre ; et à peine eut-elle franchi le seuil de l'appartement, chargée de son joli sac de voyage, qu'il se mit à lui raconter ce qui s'était passé.

Elle fit la grimace.

« Ça fiche la frousse ! »

Si, pour calmer son angoisse, il lui avait tardé de lui raconter l'histoire, il se demandait maintenant si ç'avait été une bonne idée. Il ne voulait surtout pas l'effrayer.

« C'est sans doute rien. »

Elle ne sembla pas convaincue.

« Mon Dieu, je l'espère ! Je n'ai jamais aimé cette ruelle. »

À leur habitude, ils dînèrent assis sur le divan, puis firent l'amour, mais sans le naturel et la spontanéité des autres jours, comme si la soirée avait été gâchée. Ensuite, alors qu'ils restaient allongés côte à côte dans le noir, elle l'interrogea de nouveau sur le poursuivant.

« Est-ce qu'il t'a menacé ? »

Colin eut du mal à s'expliquer.

« Pas exactement. Mais il m'a vraiment lancé un sale regard.

— Il a dit quelque chose ?

— Non. C'est ça qui est bizarre. Je n'ai rien dit, moi non plus. Et pourtant j'ai senti une colère en lui, une véritable haine.

— C'est affreux ! »

Quand ils se séparèrent dans le métro le lendemain matin, pressés et l'esprit encore confus, Philippa évita de préciser le jour de leur prochain rendez-vous alors que la rame ralentissait pour s'arrêter à la station où elle descendait.

« Jeudi ? Non. Je suis à peu près sûre d'avoir quelque chose concernant le boulot ce jour-là.

— Je viendrai te chercher au métro pour que tu ne traverses pas toute seule la ruelle...

— Tu es un amour. » Les portes s'ouvraient. « Écoute, je te passerai un coup de fil demain. »

Cela ne lui ressemblait pas d'user de faux-fuyants, et Colin détestait l'idée qu'elle répugne à venir chez lui, car – même s'il ne le lui avait jamais dit – il avait en fait acheté l'appartement pour elle. Il avait trouvé très gênant de lui faire la cour dans la maison qu'il partageait avec d'autres, où les locataires écoutaient aux portes pour savoir si la salle de bains était libre. Il avait voulu un endroit où lui rendre hommage et la séduire. Cela n'avait pas été facile, d'ailleurs : à Londres, les appartements étaient hors de prix, surtout quand on avait quitté l'université à peine deux ans plus tôt et qu'on ne gagnait qu'un modeste salaire de journaliste de revue. Malgré l'aide de ses parents, Colin avait donc dû énormément chercher. L'appartement que Colin avait déniché était loin d'être idéal – il était petit, et pas situé dans l'un des meilleurs quartiers – mais il avait quand même été fier de son acquisition. Parmi ses anciens condisciples de Cambridge, il était l'un des premiers à être propriétaire. Négocier avec les sociétés de prêt et traiter avec les notaires lui avaient procuré la merveilleuse impression d'être désormais adulte. Il avait pris des congés pour acheter des meubles et s'installer. Pendant qu'il rafraîchissait et modernisait les pièces, il n'avait pensé qu'à Philippa : comment elle allait bientôt ôter ses souliers d'un coup de pied et se caler sur le divan, un verre de vin à la main ; ou suspendre ses vêtements dans l'armoire. D'ailleurs, l'appartement avait paru lui plaire. Dès sa première venue, elle y avait laissé quelques affaires, comme pour marquer son territoire. À présent, debout dans le métro bondé, Colin craignait que tous ses efforts aient été réduits à néant. Avait-il eu tort de l'effrayer avec l'histoire de son poursuivant ? Il avait tellement envie qu'ils soient ensemble ! Mais leur relation était toute récente, et fragile. Tant de choses pouvaient la faire capoter !

Au travail, on essaya de le rassurer.

« Je suis sûr que ce n'est rien, lui dit Peter, l'un des maquettistes. Elle s'en rendra compte.

— C'était probablement un barjo inoffensif, renchérit Dave, le chroniqueur gastronomique. S'il avait eu l'intention de t'attaquer, il l'aurait déjà fait.

— Rentre un peu plus tôt ou un peu plus tard, lui suggéra en bâillant Francie, la critique de films, le combiné contre l'oreille dans l'attente que son correspondant la reprenne. Tu ne le reverras sans doute jamais. C'est tout Londres, ça... »

La simplicité de son conseil plut à Colin, et il le suivit le soir même. Il se joignit à quelques autres pour boire un verre après le travail. Son retour tardif lui redonna confiance. Aussi, quelle ne fut pas sa surprise quand, parvenu au milieu de la ruelle, il entendit derrière lui les pas si facilement reconnaissables. Trois fois en une semaine ? Il avait du mal à y croire. Cette fois-ci, du moins, son poursuivant étant plus loin derrière, Colin eut tout le temps d'ouvrir sa porte. Il était sur le point de la refermer lorsqu'il se ravisa – les trois pintes de bière dans son estomac le rendaient téméraire. Comment cet inconnu, quel qu'il soit, osait-il lui gâcher la vie juste au moment où tout allait si bien ? Lui, Colin, n'allait pas se laisser faire ! Il entrebâilla la porte et regarda dans la rue à travers la fente, jusqu'à ce que l'individu ait dépassé la maison. Ensuite, il ressortit dans la ruelle.

Il ne s'agissait que d'un petit changement : suivre au lieu d'être suivi, mais cela faisait toute la différence. Colin faillit ricaner en voyant le dos de son ennemi, aveugle et vulnérable. Et n'y avait-il pas une légère nervosité dans sa marche ? « Comme ça, tu sais ce qu'on ressent maintenant... » Colin avait eu la vague intention de dire quelque chose – des paroles fermes mais polies –, afin de le mettre en garde et d'en finir une fois pour toutes ; mais à présent il éprouvait un certain plaisir à ce renversement de situation, à poursuivre son poursuivant. En outre, la partie serait plus égale s'il voyait où l'homme habitait : cela lui ôterait de son effrayant anonymat. Le merveilleux plan de Colin, toutefois, vola vite en éclats. À peine avait-il atteint le bout de la ruelle que l'individu s'arrêta et pivota. Plantant sur Colin son habituel regard noir, il sortit à moitié un objet de la poche de sa veste et, l'espace d'un instant, Colin aperçut un pâle reflet métallique.

Jusque-là, même s'il s'était fait du souci, Colin avait considéré que rien de bien grave n'arriverait. À présent, il voyait les choses autrement. Il se figea, puis fit prudemment plusieurs pas en arrière, avant de tourner les talons et de s'éloigner à toute vitesse. Il n'entendit, Dieu merci ! aucun bruit de pas derrière lui et, une fois qu'il eut dépassé sa maison – sans s'arrêter – et jeté un coup d'œil par-dessus son épaule, il fut rassuré de constater que son ennemi avait bien disparu. La soudaine conscience du danger lui donnant l'esprit pratique, il quitta la ruelle pour gagner la lumière et l'animation de la grand-rue, sachant pertinemment ce qui lui restait à faire.

« Vous êtes tout à fait certain qu'il s'agissait d'un couteau ? »

Ce n'était pas la première fois que Colin le constatait : les choses avaient l'air moins évidentes quand il tentait de les décrire.

« Je ne l'ai pas vu clairement, mais qu'est-ce que ç'aurait pu être d'autre ? C'était en métal. Il n'allait quand même pas me menacer avec une cuillère à café ! »

Le policier de service au commissariat fronça les sourcils.

« Et vous dites que vous connaissez cet homme ?

— Je l'ai déjà vu, j'en suis persuadé. Mais je n'arrive pas à me rappeler où. Croyez-moi, j'ai vraiment essayé.

— Vous savez où il habite ?

— C'est ce que j'espérais découvrir quand il m'a fait entrevoir l'éclat du couteau. »

Le policier croisa les bras.

« Vous ne nous facilitez pas la tâche, monsieur Griffin. Vous n'êtes même pas certain qu'il avait une arme. On ne va pas s'amuser à arrêter les gens parce qu'ils lancent des regards noirs. Évidemment, si un autre incident survient, ou bien si vous découvrez où il habite, alors n'hésitez pas à nous le faire savoir… » Puis il se tut.

« Et c'est tout ? insista Colin.

— Qu'aimeriez-vous que nous fassions ? »

La question fit comprendre à Colin l'absurdité de sa démarche. Que demandait-il ? Un garde du corps ? Mon histoire les intéressera quand j'aurai été poignardé à mort, pensa-t-il lugubrement en sortant du commissariat.

Sur le chemin du retour, tandis qu'il avançait dans la ruelle silencieuse, son poursuivant ne se manifesta pas. Philippa lui avait laissé un message sur son répondeur. Il s'apprêtait à la rappeler mais se ravisa, devinant qu'il ne ferait que l'alarmer davantage. Mieux valait attendre le lendemain, quand il se serait rasséréné. Couché dans son lit, incapable de trouver le sommeil, il se demanda s'il avait fait une montagne d'un rien. Comme l'avait souligné le policier, il n'était même pas certain d'avoir aperçu une arme. La peur pouvait produire d'étranges effets, surtout dans une immense ville comme Londres, où on avait l'impression que tout pouvait arriver. D'ailleurs, en vingt-quatre ans d'existence, pas une fois Colin n'avait eu à affronter un vrai danger. Il avait été élevé dans l'atmosphère sûre et tranquille d'une petite ville et, jusque-là, les pires risques qu'il ait courus avaient été quand il rentrait à vélo en état d'ébriété après les soirées de beuverie entre étudiants. Était-il en train de perdre tout discernement ?

On aurait dit que quelqu'un avait entendu ses pensées : quelques secondes plus tard, il perçut le bruit de pas si caractéristique dans la ruelle, et ces pas se rapprochaient inexorablement. Quand ils ralentirent puis s'arrêtèrent, son sang se glaça dans ses veines. L'individu devait se trouver à sa porte ! Plus le temps passait, plus l'imagination de Colin s'emballait. Une brique lancée à travers la fenêtre ? Quelque chose dans la boîte aux lettres ? De l'urine, une crotte de chien ? De l'essence que l'on déverse et à laquelle on met le feu ? Il se raidit, prêt à bondir hors du lit. Mais alors les pas s'éloignèrent lentement.

De tous les incidents survenus jusque-là, celui-ci aurait dû être le moins effrayant, puisqu'il n'y avait eu ni contact ni, a fortiori, confrontation ; et, pourtant, pour une raison ou une autre, ce fut celui qui bouleversa le plus Colin. Très tendu, il passa une nuit blanche, guettant des pas. Il en entendit d'ailleurs et paniqua complètement, avant de s'apercevoir que ceux-ci étaient différents, leur rythme innocent.

Le matin suivant, debout comme d'habitude dans son métro bondé, il était en proie à des idées inquiétantes. Et si cet homme était un fou dangereux ? Ce ne pouvait être une coïncidence qu'il l'ait suivi trois fois en une semaine. L'avait-il attendu quelque part, peut-être à la station de métro ? Leur première rencontre, dont, malgré tous ses efforts, lui-même ne pouvait se souvenir, avait-elle déclenché une haine aveugle, obsessionnelle à son égard ? Cela expliquerait son propre sentiment de méfiance sitôt qu'ils s'étaient croisés dans la ruelle... Colin se demanda s'il devait louer l'appartement à quelqu'un pendant quelque temps et se trouver une chambre dans un autre quartier. Non, c'était grotesque. Il venait d'emménager et refusait d'être chassé de chez lui. Il préféra donner un coup de téléphone. La plupart de ses anciens camarades d'université faisaient carrière dans le journalisme, le droit, à la télévision ou à la Cité, mais l'un d'eux avait suivi un chemin original et s'occupait d'un groupe. Colin l'ayant fait citer plusieurs fois dans son magazine, il lui était redevable.

« T'es sûr de ça, Col ? Ça semble assez farfelu.

— Sûr et certain. Tu peux me croire.

— Laisse-moi réfléchir... Y a un videur, dans une des boîtes où on joue. Il est un peu tordu, mais je pense qu'il connaît ce genre de truc. En tout cas, c'est ce qu'il prétend. Si t'es vraiment décidé... »

Colin rencontra le videur le soir même. C'était un type au crâne rasé qui déclamait chaque phrase sur un ton prophétique.

« Vous savez ce qui se passe si on trimballe un machin comme ça ? » Il plaqua un couteau entre eux sur la table, puis attendit jusqu'à ce que Colin hausse obligeamment les épaules et donne sa langue au chat. « Eh bien, on se fait poignarder ! »

Colin ne fut guère convaincu par cette leçon de morale qui cadrait mal avec l'évidente fascination de son interlocuteur pour les armes.

« Je n'ai pas l'intention de me battre contre quiconque, je veux juste effrayer ce type.

— On dit toujours ça, et on a tout faux. » Le videur secoua la tête de manière théâtrale. « Une lame peut déclencher une bagarre à elle toute seule. Comme elle ne sert pas à grand-chose pour arrêter une autre lame, elle vous force à attaquer... Vous voulez quand même apprendre à vous en servir ? »

Le cours dura une heure. Colin se rendit ensuite dans une quincaillerie, où il hésita entre plusieurs couteaux de cuisine. Tout cela ne lui ressemblait pas du tout, mais la peur fut plus forte que ses scrupules. Dans le métro, il se sentit mal à l'aise – et si la police l'arrêtait ? –, mais plus tard, lorsqu'il approcha de la ruelle, il trouva rassurant de savoir la lame dans sa poche.

Quand Philippa appela ce soir-là, Colin ne put s'empêcher de tout lui raconter. Simplement parce qu'il n'avait pas envie de lui cacher la vérité. Bien entendu, elle se mit en colère.

« Je n'en crois pas mes oreilles ! C'est insensé, et absolument ridicule !

— Il fallait bien que je fasse quelque chose...

— D'accord, mais pas ça ! N'importe quoi mais pas ça ! Ça ne te protégera pas, et tu te feras tuer. Promets-moi de t'en débarrasser, je t'en prie !

— C'est bien ce que j'aimerais faire, crois-moi. Mais je suis obligé de prendre des précautions, sinon je n'ai aucune chance de m'en sortir. »

Agacée par l'obstination de Colin, Philippa se montra réticente même pour prendre rendez-vous ; elle n'accepta qu'après discussion de le rencontrer le dimanche après-midi suivant, faisant sauter le vendredi et le samedi pour le punir.

« Et fais-moi le plaisir de laisser chez toi ton précieux couteau ! »

Quand arriva le dimanche, Colin se trouva devant un dilemme. Philippa avait insisté pour qu'ils se rencontrent en terrain neutre, au centre-ville ; et elle lui avait fait clairement comprendre qu'elle ne viendrait pas chez lui après. Rares avaient été les week-ends où ils n'avaient pas passé une nuit ensemble, mais Colin ne souhaitait pas l'irriter en considérant ce privilège comme son dû. Il se contenta donc de jeter dans un petit sac à dos quelques affaires de toilette qui pouvaient passer inaperçues.

Ce jour-là, tout alla de travers, comme pour souligner la tension entre eux. Ils avaient décidé de voir une nouvelle exposition, mais la queue était interminable et ils y renoncèrent après une heure d'attente. Philippa se dirigea alors vers la station de métro la plus proche sans inviter Colin à l'accompagner ni l'en dissuader ; elle usa d'une formule vague pour le désarçonner, si bien qu'il lui emboîta le pas. Dans le métro, sur le chemin de la maison dont elle était colocataire, ils n'échangèrent pratiquement aucune parole, et comme ils se dirigeaient vers sa porte Colin fut pris de panique à l'idée qu'ils étaient sur le point de rompre. Espérant améliorer les choses s'il faisait machine arrière, il avança une excuse.

« Je devrais sans doute rentrer. J'ai un agenda très chargé demain. »

Mais, à son grand désarroi, Philippa ne fit aucun effort pour le retenir.

« Vraiment ? Bon courage ! »

Ils s'embrassèrent devant la porte avec une certaine gêne, comme un couple sortant ensemble pour la première fois.

Alors qu'il s'engageait dans sa ruelle, Colin se dit que ce serait bien sa veine si on l'attaquait ce soir-là, puisque – sur les instances de Philippa – il avait laissé son couteau chez lui. Alors elle comprendrait, se dit-il amèrement. En un sens, il souhaitait presque être agressé, rien que pour prouver qu'il avait raison. Mais il n'y eut aucun bruit de pas.

Le lendemain matin, il se leva de meilleure humeur, en partie grâce au pâle soleil de novembre qui filtrait à travers les rideaux. Peut-être qu'après tout, ça s'arrangerait avec Philippa, pensa-t-il en se précipitant sous la douche. Puis il avala un peu de thé et quelques toasts, il enfila une veste et sortit dans la ruelle ensoleillée en claquant la porte derrière lui… Mais alors, à quelques mètres de là, venant dans sa direction du bout le plus proche de la ruelle, apparut son poursuivant. Le sang de Colin se glaça. Il venait toujours le soir, jamais le matin. L'avait-il guetté toute la nuit ? Colin regrettait à présent d'avoir refermé la porte sans jeter d'abord un coup d'œil dans la rue. C'était peut-être le genre de petite erreur qui vous coûtait la vie. Il plongea la main dans sa poche molletonnée, sans trop savoir si c'était pour se défendre ou pour se rassurer... et sans résultat aucun, bien sûr, vu que le couteau n'était pas là. N'ayant jamais imaginé qu'il en aurait besoin à cette heure-là, il l'avait glissé dans la poche intérieure, dont la fermeture Éclair était toujours difficile à ouvrir. Tandis que son ennemi avançait vers lui, dardant ce regard méchant habituel, Colin éprouva une étrange sensation de brûlure dans la poitrine, comme s'il anticipait un coup de poignard. Ça sentait mauvais, très mauvais ! Il devait se tenir prêt... Il se mit en devoir d'ouvrir la fermeture Éclair et, à son grand étonnement, y parvint du premier coup. Après quoi, il se fit une petite entaille au pouce en s'efforçant de tirer le couteau de la poche. Il y réussit juste à temps, car son adversaire tenait déjà le sien dans sa main. Sus à l'ennemi ! pensa Colin, sans trop savoir d'où avait surgi cette formule. Il se comportait comme dans un rêve, niant toute réalité à ce qui se passait. Lui, Colin Griffin, qui n'avait jamais eu aucun ennui, se trouvait embarqué dans une bagarre au couteau juste devant sa porte. Il se raidit, tentant de surmonter sa peur paralysante. Reste calme, ce n'est pas le moment de perdre ton sang-froid. Si quelqu'un doit recevoir un coup de couteau, arrange-toi pour que ce ne soit pas toi. Il chercha à se rappeler les gestes du videur, mais n'arriva à se souvenir que de ses paroles : « Une lame ne sert pas à grand-chose pour arrêter une autre lame. » Il fit donc un pas de côté, comme s'il marchait en crabe ou exécutait un pas de danse, et, les bras tendus en avant, il donna des coups dans le vide tout en se demandant si c'était la bonne méthode. Ce fut à ce moment que son ennemi cria :

« Ôtez-vous de mon chemin ! »

Depuis le début de cette étrange affaire, c'étaient les premiers mots que Colin l'entendait prononcer, et il fut doublement décontenancé. D'abord, il fut surpris que son ennemi lui ordonne de lui ficher la paix comme si c'était lui, Colin, l'agresseur, chose des plus absurdes. Cependant, ce qui l'étonna le plus ne fut pas tant le sens de ces mots que le ton employé pour les lancer : la voix n'avait pas le grasseyement londonien auquel il s'était attendu, mais l'accent traînant et chantant des anciens élèves des écoles chics.

Un reste de colère le fit se cabrer.

« C'est à vous de vous ôter de mon chemin ! »

Cette fois, ce fut l'autre qui parut interloqué, et de méchant son regard devint perplexe. Ils abaissèrent tous les deux leurs couteaux, puis demeurèrent quelques instants immobiles pour s'adapter à la nouvelle situation. L'ennemi de Colin paraissait mal à l'aise.

« Je vous avais pris pour un skinhead qui cherchait à me tuer.

— Moi, je vous avais pris pour un cinglé. Pourquoi est-ce que vous me lanciez des regards noirs ?

— C'est vous qui me lanciez des regards noirs ! »

Le son de la voix venait de libérer le souvenir, Colin eut la vision d'une pièce aux larges fenêtres ensoleillées, avec des gens assis sur des coussins posés à même le sol. Ce souvenir le prit au dépourvu.

« Vous vous trouviez à l'un des thés de Sarah Cressington, non ? »

L'autre écarquilla les yeux.

« Seigneur Dieu ! Vous êtes un ami de Peter Stapleton et de Mike Hilary-Smith ! »

C'était presque drôle maintenant, mais pas tout à fait.

« Et vous êtes Rick…

— Rick Daunda. »

Colin se rappelait tout à présent. Comment il avait regardé Rick discuter fébrilement avec Emma Symes, qui avait été sa grande passion durant le deuxième trimestre. Voilà donc d'où venait son sentiment de méfiance.

« Mais pourquoi vous me suiviez comme ça ?

— Je n'ai suivi personne. J'installe un atelier de peinture au coin de la rue et c'est la seule façon de m'y rendre depuis chez moi. Mais vous vous êtes mis à me foudroyer du regard chaque fois que je passais par ici. »

À partir de là, Colin cessa de porter son couteau. Rick Daunda et lui devinrent amis, ainsi qu'il est fréquent lorsque des voisins ont beaucoup de points en commun. Toutefois, il demeura entre eux une certaine réserve, comme si la peur qu'ils s'étaient inspirée l'un à l'autre ne pouvait totalement disparaître. Philippa ne garda aucune rancune à Colin et s'installa chez lui au début du printemps. La vie londonienne de Colin, dont il avait été si fier, redevint donc tout à fait normale. Ou presque. Il lui arrivait de se réveiller en sursaut au milieu de la nuit, ayant rêvé qu'il se trouvait dehors devant sa porte dans ce pâle soleil de novembre, le couteau à la main, prêt à poignarder ou à être poignardé. Il se demandait alors ce qui se serait passé si Rick n'avait pas décidé à ce moment-là de l'apostropher.

9. Lumière

CERTAINES JOURNÉES ITALIENNES sont agréables du lever au coucher du soleil, comme si tout était parfaitement programmé à l'avance. Malcolm et Melinda se réveillèrent à Urbino au son d'un carillon d'église et dégustèrent au petit déjeuner des *cornetti* encore tout chauds provenant en droite ligne de la boulangerie. Melinda paya, comme d'habitude. Puis, roulant vers le nord-ouest, ils gagnèrent des collines désertes, tandis qu'un soleil de la fin mars leur réjouissait l'âme, même s'ils réagissaient au charme de la matinée chacun à sa façon. Gaiement ironique, Malcolm faisait des plaisanteries macabres sur la façon de conduire des autochtones, comme s'il refusait de se laisser séduire sans opposer une certaine résistance ; Melinda, elle, s'abandonnait avec délices à l'ambiance romantique du lieu, les yeux écarquillés.

« Regarde là-haut cette petite tour en ruine ! C'est absolument ra-vi-ssant ! »

Comme ils n'avaient qu'une chose à visiter, ce jour-là – un monastère célèbre pour ses liqueurs –, ils musardaient le long d'interminables routes en lacet. Ils atteignirent San Bernardino, juste au moment où des voitures s'empressaient de se garer devant le principal restaurant de cette petite ville.

« On l'essaie ? demanda Malcolm en se dirigeant à tout hasard vers le dernier emplacement.

— Le Rosetta, lut Melinda. Quel nom charmant ! Oui, essayons-le ! »

Par plaisanterie, ils commandèrent ce que leur dictionnaire décrivait comme des raviolis farcis aux orties, et découvrirent que c'était délicieux. Et dès la seconde bouchée de ragoût de cabri, Malcolm avait établi son verdict :

« En tout cas, ce restaurant est à retenir. Je dirais même que c'est notre meilleur repas jusqu'à présent. »

Melinda ferma les yeux de plaisir.

« Sans le moindre doute. »

Malcolm s'était rarement aussi bien senti dans sa peau. Lorsque le serveur leur apporta l'addition, il se cala contre le dossier de sa chaise et déclara, presque en passant, qu'il était en train d'écrire un récit de voyages et avait l'intention de dire du bien du restaurant. Ce fut un fort agréable moment. Une fois qu'il eut déchiffré l'étrange sabir de Malcolm, mélange d'anglais et d'italien, le serveur se montra extrêmement chaleureux : « *Scrittore ? Vero ?* » et appela le cuisinier et la caissière pour partager son enthousiasme. Même Melinda joua son rôle en couvrant Malcolm de regards admiratifs. On finit par leur offrir un dessert et un verre de grappa.

« Je me demande s'il y a quelque chose à voir dans la ville », dit Malcolm d'un air important tandis qu'ils ressortaient dans la rue. Il n'y avait rien, en tout cas rien d'intéressant pour son article, destiné à un journal d'une banlieue londonienne et intitulé : « Les Marches : la Toscane sans les touristes ». Néanmoins, malgré la langueur d'après-déjeuner, ils furent tous deux subjugués. San Bernardino aurait pu servir de décor à un film, avec son groupe de vieillards en train de faire une partie de dominos dans le minuscule jardin public, ses deux contractuelles (étaient-elles vraiment jumelles ?) et leurs longues mèches noires bouclées qui s'échappaient de leurs casquettes, ainsi que son orchestre amateur de jazz jouant sur la place principale. Malcolm et Melinda sirotèrent tranquillement leur café avant de reprendre la route. Est-ce la chance ou, au contraire, la malchance qui les conduisit jusqu'à la maison ? Tout dépend du point de vue adopté... Malcolm s'était muni de la carte la plus détaillée disponible, mais il y avait apparemment plus de routes que prévu, et ils ne tardèrent pas à se perdre. Cela ne les inquiéta ni l'un ni l'autre, car le paysage était grandiose avec ses collines arrondies étagées à perte de vue et se fondant au loin dans une étendue bleue embrumée.

« Le soleil est là-bas... On doit donc se diriger vers l'ouest », déclara Malcolm en s'arrêtant sous un arbre dont les branches s'étalaient en tous sens.

Melinda plissa les yeux pour tenter de déchiffrer un panneau en bois à quelques mètres de là.

« Est-ce que ça ne veut pas dire "À vendre" ? »

La flèche ne désignait pas une construction, mais un sentier. Après son triomphe au restaurant, Malcolm était enclin à suivre son instinct. Il envoya la carte sur le siège arrière.

« Et si on y jetait un coup d'œil ? »

D'ordinaire, Melinda aurait résisté à pareille initiative, mais ce jour-là elle ne le fit pas.

« Pourquoi pas ? »

Deux cents mètres plus loin, ils se garaient devant une maison carrée faisant face au panorama qu'ils avaient contemplé depuis la route.

« Oh, oh ! s'écria Malcolm en sortant de la voiture.

— Stupéfiant ! » renchérit Melinda.

Tout excités, ils tournèrent un moment autour du bâtiment, cherchant sans succès à voir à travers les volets fermés ou s'extasiant à nouveau devant la vue, comme s'ils la découvraient pour la première fois.

« N'est-ce pas extraordinaire ?

— Réellement spectaculaire ! »

Mais l'apparente similitude de leurs réactions n'était en fait qu'une illusion. L'enthousiasme de Melinda, suscité par un vague rêve d'achat, était relativement spontané. Elle se voyait déjà propriétaire du lieu, allongée sur la pelouse parmi les fleurs printanières ou en train de préparer un ragoût de cabri, remuant le mélange odorant dans une grosse marmite en cuivre sous le regard d'une flopée d'invités reconnaissants : ses amis londoniens, ou sa fille née de son mariage avec Rick. Au contraire, l'enthousiasme de Malcolm était provoqué par l'ambition. Était-ce dû au bref regain de confiance en soi que lui avait donné son moment de gloire au déjeuner, ou au plaisir d'être loin de sa vie en Angleterre ? En tout cas, dès qu'il sortit de la voiture et regarda la maison, quelque chose de curieux se passa. En un éclair, il vit le livre qu'il pourrait écrire, presque comme si on le lui tendait, tout terminé, telle une bouée de sauvetage.

L'idée était toute simple quoiqu'un brin présomptueuse : ce serait le récit de l'aventure que Melinda et lui allaient vivre ensemble ici même, en rénovant cette magnifique bâtisse (elle avait, à l'évidence, besoin d'être retapée). Un projet peut se dégonfler en un rien de temps, mais plus il tournait autour de la maison, humant l'odeur de l'herbe ou tapotant une plaque de plâtre qui s'écaillait, plus l'enthousiasme de Malcolm grandissait. Oublié, le roman – du moins pour l'instant. Le style de son nouveau livre était parfaitement clair dans sa tête puisqu'il l'avait trouvé moins de une heure auparavant, à San Bernardino : léger, piquant et imagé, affectueux envers les autochtones tout en s'amusant de leur côté pittoresque, presque risible. À la vérité, on avait déjà écrit des livres analogues, mais quelle importance ? Le sien serait meilleur, ça ne faisait pas un pli. De plus, certains de ces autres livres s'étaient extrêmement bien vendus. Celui-ci pourrait le lancer, il en était sûr.

Malcolm avait vraiment besoin d'un tel succès, et ces pensées ravivèrent en lui un vague mais douloureux désir. Il n'en avait pas toujours été ainsi. Quand Melinda et lui s'étaient rencontrés, il était plein d'espoir, une de ses nouvelles ayant été tout récemment acceptée par une revue, et il s'apprêtait à commencer son premier roman. En un sens, le ton de leur liaison avait été donné par cette confiance en soi, et aussi, bien sûr, par leur différence d'âge (il avait trente et un ans, elle quarante). C'est pourquoi, malgré sa fortune, Melinda assuma le rôle de celle qui a besoin de l'autre et, peu de temps après leur rencontre, elle le pressa d'emménager dans sa luxueuse maison de Camden (elle refusa toujours de venir dans son appartement du sud de Londres où il vivait avec des colocataires). Au bout de quelques semaines, cédant à ses instances, il empila dans un coin ses cartons, sous l'une de ses peintures bouddhistes. Il ne se sentait pas très à l'aise au début, surtout lorsque la fille de Melinda rentrait de son pensionnat pour les vacances, ou lorsque ses amis à lui ou, pire, ses parents, qui désapprouvaient sa liaison, lui rendaient visite. Mais il s'adapta vite... On s'habitue facilement au luxe, et il appréciait d'avoir son bureau, d'autant plus que Melinda faisait tout pour le laisser travailler en paix. L'aimait-il ? Peut-être, d'une certaine façon. Il aimait sa compagnie, de jour comme de nuit. En outre, ce n'était pas comme s'il avait d'autres visées. Ce qui comptait pour lui, ce n'était ni le mariage ni la paternité, mais sa carrière. Il ne cherchait pas à jouer les beaux-pères auprès de la fille de Melinda – ce qui valait mieux, sans doute –, et Melinda et lui gardaient entre eux une confortable distance. Après quelques mois de vie commune, il se laissa persuader de quitter son travail au grand magasin d'ordinateurs (« Ça t'empêche d'écrire à temps plein, Malkie, et ce n'est pas comme si tu étais forcé de travailler. ») et à partir de là sa dépendance fut complète. Cela ne le gêna pas. Qu'importait qu'il soit un homme entretenu, ou un « petit jouet », ainsi que le lui avaient une fois reproché ses parents ? Il recouvrerait sa dignité une fois qu'il aurait fini son roman.

Il ne le termina jamais, hélas ! Les années passaient et le livre lui échappait toujours. Il était exaspéré de ne pas réussir à voir exactement ce qui clochait. Si tout semblait aller comme sur des roulettes quand il était plongé dans la rédaction, dès qu'il prenait du recul – après quelques jours d'interruption, voire après un passionnant programme à la télévision –, tout tombait à plat. Les personnages qu'il avait jugés fascinants et complexes étaient soudain impossibles à distinguer les uns des autres (leur changement de noms, effectué à plusieurs reprises déjà, n'étant apparemment d'aucun secours). De même, l'intrigue qu'il avait crue ingénieuse s'avérait totalement prévisible, comme si toute l'histoire ne visait à être que le cadre d'un récit plus palpitant. Maintes fois Malcolm tenta d'abandonner son projet et y revint, telle une charrette retombant dans l'ornière où elle s'est déjà embourbée une dizaine de fois. Comment pouvait-il tout laisser tomber après avoir investi tant de temps dans l'entreprise ? De plus, sur quoi écrirait-il vu qu'il n'avait pas un seul autre sujet en tête ? Il continua donc, accumulant les premiers chapitres – il ne commença jamais le second –, tous si différents les uns des autres. L'un d'eux débutait par une scène où Lucinda dansait avec passion dans une boîte de nuit berlinoise en 1932 ; un autre commençait par la mort en 1979 d'un Hermann miséreux rendant l'âme dans un New York balayé par un vent glacial ; un autre encore montrait Leonora (l'ancienne Lucinda) pleurant en silence dans sa maison de Stepney à l'annonce que Gerhardt (alias Hermann) avait disparu au champ d'honneur dans l'Afrikakorps. Au lieu de progresser, le roman s'étalait : les pages de notes écrites à la main et de débuts dactylographiés s'empilaient dans le bureau de Malcolm, sur les étagères, dans les tiroirs et sur le sol à ses pieds.

Les semaines devenant des mois et les mois une année entière, il craignit de décevoir Melinda, jusqu'au moment où, un peu troublé, il prit conscience qu'elle n'était pas du tout mécontente de la situation. Au lieu de le réprimander, elle se mit en devoir de lui rendre agréable son échec (et ainsi de le perpétuer). Quand il se sentit particulièrement déprimé, elle le persuada de l'accompagner en vacances en Galice – à ses frais à elle, bien entendu –, et par l'un de ses nombreux amis, propriétaire d'une revue immobilière londonienne, il fut chargé d'écrire un court récit de voyage. Si la rémunération était modique, il prit beaucoup de plaisir à rédiger l'essai. Quelle joie de le mener à son terme ! D'autres suivirent, ainsi que quelques articles gastronomiques ; cependant, il ne parvint jamais à entrer dans le cercle très fermé des collaborateurs royalement rémunérés des journaux du dimanche et des grands magazines. Ses commandes dépendant des rares voyages d'agrément que Melinda voulait bien lui proposer, même les bonnes années il gagnait à peine une fraction du salaire qu'il avait touché à l'époque où il travaillait dans le magasin d'ordinateurs. Melinda ne lui demandait jamais de participer aux frais du ménage, et elle insistait pour payer chaque fois qu'ils sortaient ensemble – « C'est ton argent, Malkie. Achète-toi quelque chose dont tu as envie ! » Toutefois, si elle le soulageait, la générosité de Melinda accroissait l'humiliation de Malcolm. Il avait l'impression de recevoir de l'argent de poche, et il dépensait ses gains comme un adolescent, pour acheter des CD ou un nouvel ordinateur, avec l'espoir que celui-ci l'aiderait à écrire son roman.

À plusieurs reprises, il tenta de se libérer. Il lui arrivait d'avoir des accès de rage injustifiables, mais que Melinda lui pardonnait inlassablement. Il visita un ou deux appartements, mais les trouva à la fois sordides et chers. Il feuilletait quelquefois les journaux pour consulter les offres d'emploi, mais cela faisait naître en lui un vague sentiment d'échec et il s'empressait de se remettre à son roman. (Et si, au lieu de Denise, c'était Petra qui s'enrôlait dans la troupe de mimes ? Ce serait encore plus tragique, en un sens...). Avec le temps, il s'aperçut que le rapport de forces entre Melinda et lui s'inversait peu à peu. Il paraissait plus âgé, avec les mèches blanches qui striaient ses cheveux clairsemés ; et il remarqua que les gens semblaient moins surpris de les voir ensemble, presque comme s'il la rattrapait. Peut-être était-ce pour cela qu'elle se montrait plus autoritaire envers lui et moins désireuse de lui faire plaisir ? Les envies de s'enfuir finirent par alterner chez Malcolm avec les moments de panique, lesquels survenaient surtout en pleine nuit. Et si les choses se gâtaient entre eux ? Melinda était toujours séduisante, après tout, jeune d'allure malgré son âge, et plusieurs fois il avait eu des doutes... Il approchait de la quarantaine et n'avait aucun endroit à lui. Elle pouvait le mettre à la porte du jour au lendemain si ça lui chantait. Le mariage – dans la mesure où elle aurait été d'accord – aurait résolu le problème de Malcolm, mais bizarrement, malgré le passage du temps, il n'envisagea jamais vraiment cette solution, continuant coûte que coûte à considérer sa situation comme temporaire. Jusqu'à cet après-midi-là où, devant la maison située au-dessus de San Bernardino, il se sentit reprendre confiance. Il serait merveilleux de connaître un énorme succès en librairie, de pulvériser les records de vente ! Être important, riche et sollicité – et à l'abri du besoin... Mais cela n'arriverait, bien sûr, que si Melinda achetait la maison. Un article de la constitution non écrite sur laquelle reposait leur relation stipulant qu'il ne devait jamais réclamer quoi que ce soit – en particulier à ce moment-là –, Malcolm s'y prit avec doigté.

« J'aimerais beaucoup voir à quoi ressemble l'intérieur. »

À sa grande surprise, cela suffit. Le large sourire de Melinda indiqua qu'elle était tout à fait d'accord.

« Je suis sûre d'avoir aperçu un numéro de téléphone sur le panneau. »

Ils abandonnèrent donc la recherche du monastère aux liqueurs et retournèrent à San Bernardino. Quand ils découvrirent l'intérieur de la maison, le lendemain matin, Malcolm fut soulagé de constater qu'elle possédait un charme rustique : vaste cheminée (en très mauvais état) dans le salon, sol de la cuisine recouvert de tomettes (presque toutes fêlées).

« On pourrait facilement recevoir des amis », murmura Melinda tandis qu'ils visitaient la quatrième chambre à coucher. Ils chuchotaient comme si parler trop fort risquait de faire monter le prix – lequel s'avéra d'ailleurs plus élevé qu'ils ne le pensaient, même s'il était loin d'être déraisonnable. Il faudrait y ajouter le coût des travaux, naturellement. À cet effet, l'agent immobilier s'était fait accompagner d'un entrepreneur du coin, qui se renfrognait chaque fois qu'on sollicitait son avis.

« Pour le toit, il dit qu'il n'a pas l'air en trop mauvais état, qu'il suffira d'effectuer de petites réparations ; pareil pour les murs extérieurs, traduisit l'agent immobilier, même si pour les murs ça peut s'avérer plus grave quand il les examinera de plus près. Alors, pour faire une estimation approximative... »

Malcolm additionna les chiffres notés dans son carnet tandis que Melinda prenait une photo du panneau signalant que la maison était en vente. Plus tard, installés pour déjeuner à la terrasse du Rosetta, ils ne prêtèrent guère attention à ce qu'ils mangeaient.

« C'est quand même pas très cher, comparé à l'Angleterre », déclara Malcolm.

Heureusement, Melinda ne semblait pas effrayée par la somme.

« Je pourrais vendre la maison du Dorset puisque je n'y vais presque jamais. Ça couvrirait sans doute l'achat de la maison, et même une partie des travaux. Au pire, je peux toujours vendre quelques actions. »

Ils venaient de commander de la *pannacotta* aux groseilles quand, tout ébahi, Malcolm vit s'arrêter une Vespa transportant deux hommes, un petit garçon et un chien, qui regardaient dans leur direction. Le groupe se dirigea bientôt vers leur table.

« Pardon de vous déranger, traduisit le passager pour le conducteur. Voici Giorgio Petroni, qui est un constructeur de San Bernardino très bon et pas cher. Il a entendu dire que vous êtes intéressés par la maison près de Collegrigia. » Au terme de une demi-heure de discussion, il apparut clairement que le montant de son devis était moins élevé que celui de l'autre constructeur.

« Il me plaît, déclara Melinda après leur départ. Il a un visage sympathique.

— Il me plaît à moi aussi », acquiesça Malcolm, en songeant que la Vespa surchargée serait un moyen idéal pour présenter les personnages.

Un peu plus tard dans l'après-midi, Melinda fit une offre. Mais toutes les démarches prirent beaucoup de temps et Malcolm trouva éprouvante l'attente de plusieurs mois, même s'il n'y eut aucun contretemps. La maison dans le Dorset se vendit en un tournemain, et ses craintes que quelqu'un sur place fasse une meilleure offre au propriétaire de la maison italienne se révélèrent infondées. À deux reprises, ils durent s'envoler pour les Marches afin de présenter des documents et d'en signer d'autres : leur premier contact avec la bureaucratie italienne. Apparemment, cela ne dérangea pas l'agent immobilier quand ils lui signalèrent qu'ils préféraient engager Giorgio pour remettre la maison en état plutôt que l'entrepreneur qu'il leur avait présenté. « Comme vous voulez », dit-il simplement.

Le projet littéraire de Malcolm connaissait davantage de difficultés. Même durant la courte période où, huit ans auparavant, son avenir avait paru prometteur, il n'avait jamais trouvé d'agent, alors qu'il avait parlé au téléphone à trois d'entre eux. Quand il chercha à les recontacter, il découvrit que l'un d'eux avait quitté le milieu des livres pour ouvrir une fromagerie et que le deuxième était « complet » ; il dut presque supplier le troisième avant que celui-ci accepte à contrecœur de recevoir un manuscrit, à la condition expresse qu'il soit terminé. Trouvant pénible de rester seul avec son rêve, Malcolm en parla bientôt à Melinda, en se gardant bien d'évoquer sa soif de réussite. La réaction de Melinda l'agaça : « Quelle idée charmante ! Même s'il n'est pas publié – mais je suis sûre qu'il le sera – ce sera tellement amusant d'avoir un journal de bord rappelant tout ce qui s'est passé ! »

Il connut un regain d'optimisme en septembre quand, munis d'effets de base, ils gagnèrent les Marches dans la Volvo et devinrent enfin propriétaires de la maison. Le changement de main s'effectua dans l'étude de leur notaire de San Bernardino, au cours d'une cérémonie à la fois solennelle et chaotique, à laquelle assistaient l'ancien propriétaire de la maison – personnage aristocratique arborant une magnifique moustache d'officier de cavalerie –, l'agent immobilier, et plusieurs autres personnes que Malcolm ne parvint pas à identifier. Ensuite, après avoir été rejoints par des épouses, des enfants, et Giorgio le constructeur, tous prirent part à un bruyant déjeuner au Rosetta – Melinda fit des photos –, et plus on vidait des carafes de vin, plus les toasts et les souhaits de bonheur aux nouveaux propriétaires devenaient chaleureux. Une fois de retour dans leur chambre d'hôtel, Malcolm prit des notes.

Le lendemain, Melinda donna à Giorgio un chèque pour acheter les matériaux de construction et régler la moitié de ses honoraires, et les travaux commencèrent presque aussitôt. Melinda loua un petit appartement en ville, meilleur marché et plus confortable que l'hôtel. Chaque jour, ils se rendirent à la maison pour surveiller l'avancement des travaux. À la grande joie de Malcolm, Giorgio et ses ouvriers se révélèrent aussi excentriques qu'il l'avait espéré. Il y avait le vieux ronchon à la casquette grise – il ne l'enlevait jamais – qui conduisait un minuscule triporteur avec un énorme chien perché dans la cabine à côté de lui ; le jeune cousin de Giorgio qui rejetait ses cheveux en arrière comme s'il se prenait pour une vedette de cinéma ; le géant qui semblait faire le plus gros du boulot, arrachant par dizaines les tuiles fêlées, tandis que les autres lui passaient nonchalamment les nouvelles. Giorgio fumait et téléphonait sans cesse. Le seul moment de la journée où il semblait réellement se concentrer était le déjeuner, lorsque ses ouvriers et lui s'asseyaient autour d'une table cabossée pour ouvrir les gamelles préparées par leurs femmes, et dont s'échappaient des arômes qui – comme le nota Malcolm sur ses fiches – auraient rendu jaloux les meilleurs chefs de Londres.

Toutefois, les travaux avançaient à un rythme raisonnable. Mais ils étaient également plus répétitifs – remplacement des tuiles, grattage et décapage des façades – si bien que Malcolm s'aperçut que ses notes devenaient de plus en plus laconiques. Octobre arriva et le temps se fit plus automnal – Malcolm n'aurait jamais imaginé qu'il pouvait autant pleuvoir en Italie ; aussi, quand ils découvrirent l'inefficacité du chauffage de leur appartement de location, Melinda commença à s'énerver.

« C'est un peu barbant de rester ici à se tourner les pouces, déclara-t-elle un soir qu'ils dînaient une fois de plus au Rosetta, où ils avaient essayé tous les plats de la carte, à part les tripes. Je ne vois pas pourquoi on est obligés de surveiller Giorgio jour après jour. Peut-être devrait-on aller passer un petit moment à Londres ? »

Malcolm tenta de la persuader de rester, mais il s'ennuyait lui aussi – on ne pouvait même pas aller au cinéma, car le minuscule cinéma de la ville ne présentait que des films doublés en italien. À la fin octobre, ils reprirent donc l'avion pour Londres. Malcolm avait pensé demeurer en Angleterre deux ou trois semaines à peine ; cependant, quelque chose le fit changer d'avis : à son grand étonnement, il s'aperçut qu'il arrivait à écrire, à vraiment rédiger. Après huit longues années de stérilité, son récit prenait enfin forme, et chaque matin, muni d'une grande tasse de thé pleine, il s'installait à son bureau et se mettait au travail. C'était tout à fait différent de son roman, lequel, même dans ses meilleurs moments, souffrait d'une certaine lourdeur, prenait des airs de mission impossible, comme si on tentait de pousser toute l'eau d'un seul côté de la baignoire. Malcolm se réveillait désormais chaque matin en s'étonnant de constater que son récit progressait, et à un très bon rythme. En un mois, il avait terminé le premier chapitre intitulé « Un panneau au bord de la route ». À Noël, il avait fini le deuxième : « Le dédale des démarches ». Et, à la mi-janvier, le troisième : « *Cominciamo !* » Dans un accès de témérité, faisant fi des instructions de son agent potentiel de ne lui envoyer qu'un manuscrit terminé, il marcha dans le vent et sous la bruine pour aller glisser les trois chapitres dans une boîte aux lettres. Deux jours plus tard, Melinda et lui s'envolèrent pour les Marches, et, tandis que l'avion descendait vers la vallée du Pô engloutie dans le brouillard, Malcolm jura que cette fois-ci il resterait sur place.

Le désastre leur sauta aux yeux. En approchant de la maison, ils virent tout de suite que quelque chose clochait. « Qu'ont-ils fait aux fenêtres ? » demanda Melinda. Les anciens cadres en bois, de bon goût malgré leur piteux état, avaient été remplacés par d'affreuses fenêtres métalliques. Les choses se gâtèrent encore quand ils pénétrèrent dans le salon, où l'énorme ouvrier était en train de replâtrer l'élégante cheminée en voûte, à laquelle on avait donné une forme carrée en utilisant ce qui paraissait être, malheureusement, des parpaings. Mais le pire s'était produit dans la cuisine : au lieu des tomettes, du marbre d'un blanc luisant recouvrait le sol, et on avait accroché aux murs des placards qui semblaient en plastique. Au milieu de la pièce se dressait Giorgio, dont le radieux sourire s'estompa vite devant leur mine défaite.

« C'est une catastrophe ! s'écria Melinda. Un vrai désastre ! » Par l'intermédiaire de son mobile, elle énuméra d'un ton furieux ses griefs au cousin qui parlait l'anglais. « Nous avions très clairement expliqué que nous voulions que tout reste comme auparavant. » Pendant que le cousin traduisait les réponses de Giorgio, elle tint le téléphone près de son oreille et de celle de Malcolm.

« Il dit que ces vieux carreaux sont très difficiles à trouver aujourd'hui, alors que le marbre est beaucoup plus solide et que ça fait moderne, et qu'il a exactement le même dans sa cuisine. » Quant aux rangements, le menuisier était, semblait-il, parti rendre visite à son fils en Australie, et ces placards étaient de « bons placards, de chez Ikea », et Paolo s'était « rendu spécialement en voiture à Bologne pour les acheter ». Les cadres de fenêtre en métal duraient plus longtemps, et ils avaient dû rendre carrée la cheminée car plus personne à San Bernardino ne savait effectuer cette sorte de restauration…

« Ce n'est pas ce qu'on avait décidé ensemble ! répliqua Melinda. Je regrette, mais il devra tout refaire. Un point c'est tout. »

Le regard de Giorgio se durcit.

« Mon cousin dit que c'est tout à fait impossible, déclara son interprète. Il a fait un très bon travail.

— Mais ce n'est pas ce qu'on veut. Il a gâché toute la maison !

— Vous n'étiez pas là, alors il a dû prendre des décisions. Le résultat est très beau, et la maison beaucoup mieux qu'avant. »

En proie à une angoisse croissante, Malcolm écoutait cet échange en silence. Il s'inquiétait pour la maison, bien sûr, mais surtout pour son livre. Ça ne collait pas du tout ! Giorgio l'avait trompé en ne jouant pas le rôle du personnage apparu sur la Vespa, celui d'un charmant excentrique doué d'une sorte de bon goût rustique inné. Quel toupet ! En temps normal, Malcolm n'aurait jamais songé à intervenir dans une discussion au sujet d'un bien appartenant à Melinda. Mais, tandis qu'il regardait avec colère les placards Ikea flambant neufs, un mot italien surgit dans son esprit – sorti d'un opéra ou d'un livre ? – et, comme la querelle entre Giorgio et Melinda s'enlisait, il eut une irrésistible envie de le lancer, telle une boule de neige contre une statue. « *Ladro* ! hurla-t-il, espèce de sale voleur ! »

Un silence s'abattit sur la cuisine à demi rénovée. Giorgio planta sur Malcolm un long regard perçant comme une vrille, avant de tourner les talons et de quitter la pièce à grands pas.

« Très malin ! » s'écria Melinda, tandis que les ouvriers rangeaient tout leur matériel.

L'erreur de Malcolm, comme il le comprit amèrement, avait été double. Il avait non seulement insulté Giorgio, et partant rendu plus âpre le différend à propos des réparations, mais il avait aussi enfreint une loi fondamentale régissant ses rapports avec Melinda. Alors qu'ils roulaient vers San Bernardino, elle manifesta clairement son mécontentement. « On a toujours tort d'insulter les gens. C'est une simple question de bon sens. » Sur la défensive, Malcolm se montra, pour une fois, sûr de lui.

« Je vais régler le problème, Melinda. Fais-moi confiance, s'il te plaît. »

Mais ses tentatives pour passer rapidement de la parole à l'action ne firent que révéler l'étendue du désastre. Quand ils se rendirent chez le notaire qui avait organisé la vente, celui-ci les regarda d'un air quelque peu étonné.

« Vous n'avez pas de contrat écrit pour ces travaux ? Mais c'est indispensable ! S'il n'y a pas de contrat, vous ne pouvez rien faire. »

Ça, au moins, ce n'était pas la faute de Malcolm – c'était Melinda qui avait accepté ce qu'un Giorgio tout sourires affirmait, à savoir que dans les Marches les devis écrits n'étaient pas de mise. Mais cette évidence ne parut pas diminuer sa culpabilité aux yeux de Melinda. Mettant alors son orgueil dans sa poche, Malcolm téléphona au cousin de Giorgio. Le résultat fut plutôt décourageant.

« Bien sûr qu'il refusera. Vous l'avez insulté en tant qu'ouvrier et aussi en tant qu'homme. Je regrette, mais c'est vous qui êtes responsable de ce problème. Débrouillez-vous tout seul !

— Et si je présentais mes excuses, proposa Malcolm, vous croyez qu'il pourrait au moins refaire la cuisine ? »

Le cousin se retint de rire.

« Mais pourquoi ? Elle est déjà très bien refaite. »

Malcolm finit par s'excuser, mais pas auprès du cousin. Alors qu'ils étaient assis dans le café de la place principale, ravalant son orgueil, il supplia Melinda de lui pardonner.

« C'était idiot, je suis d'accord. Je suis désolé. J'étais tellement en colère, et maintenant j'ai créé un beau gâchis. »

Son intuition était bonne : Melinda se radoucit immédiatement. Il est vrai qu'elle avait été davantage agacée par les velléités d'indépendance de Malcolm que par les ennuis découlant de son intervention.

« Ne t'en fais pas, Malkie. Dès demain, je vais appeler mon notaire londonien. Lui saura peut-être ce qu'il faut faire. »

La paix fut rétablie entre eux, et pour fêter l'événement ils retournèrent, une fois de plus, dîner au Rosetta. Ce fut là, en fait, qu'ils trouvèrent une solution inattendue à leurs problèmes. Un mardi soir, en plein hiver, il n'y avait pas grand monde dans le restaurant. Mais, à peine étaient-ils installés à leur table qu'ils virent l'agent immobilier entrer dans la salle. Il les écouta patiemment relater leurs ennuis, puis secoua la tête.

« Il ne faut pas trop en vouloir à Giorgio, leur dit-il. Il a sans nul doute cru vous faire plaisir en rénovant votre maison de cette manière. Je connais la sienne : elle est exactement comme ça. Et beaucoup d'autres maisons du coin aussi, d'ailleurs. Les gens d'ici n'aiment plus le style vieux jeu d'antan : ils veulent des pièces claires et nettes, modernes, et les meubles Ikea sont très appréciés. J'en ai moi-même chez moi. Mais Giorgio a malgré tout eu tort d'arrêter les travaux, même si vous l'avez injurié.

— Y a-t-il encore quelque chose à faire ? » demanda Melinda.

L'agent immobilier la fixa longuement, comme s'il mesurait au plus près sa bonté d'âme.

« Eh bien… ce n'est pas impossible. Mais si je vous le dis, vous devez me promettre de ne jamais – je répète : jamais ! – révéler à quiconque la teneur de cette conversation. San Bernardino est une toute petite ville.

— Vous avez ma parole », murmura Melinda.

Baissant la voix, il leur raconta que Giorgio avait très peur de la brigade financière de la police, car elle avait ruiné son frère quelques années plus tôt avec un redressement fiscal. Il suggéra même que c'était peut-être pour cette raison – et non parce qu'il avait l'intention de les rouler – que Giorgio avait évité de rédiger un contrat. Afin qu'il n'y ait aucune trace écrite des travaux effectués.

« Il craint le fisc mais il a horreur de payer des impôts. Il n'a sûrement pas déclaré les sommes qu'il a reçues de vous. Si vous aviez une quelconque preuve que vous l'avez payé… Giorgio n'est pas un homme instruit, et il suffirait de pas grand-chose pour le convaincre. »

C'était plus facile à dire qu'à faire, comme Malcolm et Melinda le constatèrent. L'agent immobilier secoua la tête quand ils lui parlèrent du chèque qu'ils avaient utilisé pour régler Giorgio : selon lui, il serait à peu près impossible d'en retrouver la trace. « Il n'y a qu'en Italie… », commenta Malcolm d'un ton morne. Quand, une fois à l'appartement, Melinda fouilla dans tous les papiers, ils s'aperçurent que Giorgio ne leur avait pas fourni le moindre reçu. Ce ne fut qu'une fois couché, et dans l'incapacité de fermer l'œil, que Malcolm entrevit une éventuelle solution.

« Ça vaut le coup d'essayer », déclara Melinda.

Le rendez-vous eut lieu deux jours plus tard dans la maison. Si Giorgio arborait un air hautain en sortant de la voiture en compagnie de son cousin, sa mine changea quand Melinda lui tendit un dossier à l'aspect officiel, adressé à un certain officier Rossi, membre de la brigade financière d'Urbino. À l'intérieur se trouvait l'agrandissement d'une photo, prise par Melinda, qui représentait Giorgio sur la place principale de San Bernardino, son chèque à la main (le cliché était si bon qu'on pouvait presque lire le libellé). Il y avait également des photos montrant Giorgio et ses ouvriers en train d'effectuer les travaux dans la maison, ainsi qu'une déclaration signée par Melinda indiquant précisément les sommes qu'elle avait payées. Giorgio devint livide.

« J'ai prévu d'expédier le dossier par la poste cet après-midi même, dit calmement Melinda. Ou alors je téléphonerai, ajouta-t-elle en brandissant son portable en un geste théâtral. J'y ai enregistré le numéro du policier Rossi. »

Dès le lendemain, le travail reprit. Melinda se lassa vite, à nouveau, et rentra en Angleterre ; mais Malcolm demeura sur place. Il se rendait tous les jours à la maison, malgré les regards glacials de Giorgio, et chaque soir il prenait quelques notes. Si rien ne se passait comme il l'aurait souhaité, il espérait toujours, malgré tout, réussir à redresser la situation, une fois la maison terminée. L'important était que les travaux se poursuivaient. En fait, ils progressaient à un excellent rythme, Giorgio paraissant déterminé à les finir le plus vite possible… Durant les mois de février et de mars, alors que le soleil devenait plus chaud, des cadres en bois remplacèrent ceux en métal, des tomettes rouges recouvrirent peu à peu le sol de la cuisine, et le menuisier construisit de beaux placards encastrés. Même la cheminée du salon reprit plus ou moins sa forme originale. À la fin du mois d'avril Melinda revint en avion pour choisir le mobilier ; et dès le mois de juin, alors que les premières chaleurs d'été alourdissaient l'atmosphère, les travaux étaient quasiment achevés. Melinda et Malcolm quittèrent donc leur appartement de San Bernardino pour emménager dans la maison. Un peu plus tard ce même mois, Giorgio envoya l'homme à la casquette grise réclamer le dernier règlement de sa facture, et, bien qu'il y eût encore quelques petits travaux à effectuer – la peinture d'une chambre et la pose du carrelage dans une salle de bains –, Melinda déclara que ce serait se montrer rancuniers de le faire attendre. Cette fois-là, Giorgio insista pour être payé en espèces, et Melinda ne sortit pas son appareil photo. Le règlement de la facture leur donna le sentiment que la maison était enfin prête.

« Il va falloir que je commence à appeler mes amis, déclara Melinda. Ça va se bousculer au portillon. »

Quelques jours plus tard survint un événement inattendu. Melinda et Malcolm faisaient un délicieux déjeuner – salade, *prosciutto* et haricots – quand le téléphone sonna. Malcolm alla répondre, et entendit la voix de son agent potentiel s'exclamer :

« Dieu merci ! J'ai tenté de vous joindre à Londres une centaine de fois, et j'ai fini par avoir une femme de ménage… »

Les nouvelles n'étaient pas bonnes : elles étaient sensationnelles ! L'agent avait non seulement lu et aimé les trois premiers chapitres, mais il les avait envoyés à plusieurs éditeurs.

« Je sais que j'aurais dû attendre votre accord, mais vous étiez injoignable, et je n'aurais jamais imaginé qu'ils me rappelleraient tous aussi vite. Ça s'est d'un seul coup transformé en une sorte de vente aux enchères. Rien n'est signé, bien sûr, mais je pense que vous serez assez content. » Médusé, Malcolm entendit le montant de la somme pour laquelle son livre avait été adjugé.

Melinda lui présenta les compliments d'usage, mais il ne put s'empêcher de noter la brièveté de son sourire. Pour une fois, il ne chercha pas à l'amadouer. Pourquoi l'aurait-il fait ? Elle devrait s'habituer à cette nouvelle donne. Au Rosetta, où ils fêtaient théoriquement la bonne nouvelle, c'est avec une allégresse certaine qu'il relata de nouveau sa conversation avec son agent, et parla du voyage qu'il allait effectuer pour rencontrer son conseiller littéraire. À la fin de la soirée, Melinda avait du mal à dissimuler son agacement.

« En fait, je pense que je vais rester ici, déclara-t-elle sèchement. Je n'ai pas envie de voyager en ce moment. »

Pour la première fois depuis qu'ils étaient ensemble, elle ne proposa pas de lui offrir le voyage. Mais peu lui importait, puisqu'il avait désormais les moyens de payer son billet. Quelques jours plus tard, sous le regard du vieil homme à la casquette grise, venu peindre la dernière chambre, Malcolm jeta sa valise dans le coffre de la Volvo et Melinda le conduisit à l'aéroport de Rimini. Cinq jours après, il était de retour. Melinda vint le chercher. Elle ne semblait plus agacée, juste distante, se contentant de lui lancer un regard ironique pendant qu'il lui racontait sa visite aux bureaux de son éditeur, le déjeuner avec son conseiller littéraire, les idées de celui-ci à propos de la couverture du livre. Ils étaient presque arrivés à San Bernardino quand il demanda s'il y avait du nouveau à la maison.

« Ils ont terminé la salle de bains. Paolo, celui qui ressemble à un acteur, a posé les carreaux. »

S'il n'avait pas eu la tête ailleurs, Malcolm aurait sans doute remarqué le ton, un rien appuyé, sur lequel elle s'exprimait.

« Donc, tout est terminé ?

— Absolument. »

Malcolm était surtout préoccupé par la façon dont il allait aborder la suite de son livre. À son agent et à son conseiller littéraire, il avait signalé seulement en passant et d'un ton badin les ennuis que Melinda et lui avaient eus avec Giorgio. D'une part, il ne voulait pas risquer de mettre leur accord en péril avant que le contrat soit signé : d'autre part, il était certain de pouvoir trouver une solution. Mais allait-il se montrer à la hauteur ? Le lendemain matin, il passa en vain une heure dans son nouveau bureau ; puis, ayant décidé qu'être enfermé entre quatre murs ne favorisait guère la vaste réflexion qui s'imposait, il se rendit en voiture à San Bernardino, dans l'idée de s'asseoir, muni de son nouveau stylo – un véritable auteur anglais en Italie –, à la terrasse du café sur la place principale.

Il eut une première intuition que quelque chose allait de travers quand, en s'approchant du bar, il vit le vieux à la casquette grise ricaner et pousser du coude un homme qui se trouvait à son côté. Sans leur prêter attention, Malcolm alla s'installer à l'extérieur, face à la petite fontaine au maigre jet d'eau. Il était là depuis une heure, accablé de chaleur et n'ayant réussi à écrire que deux pages de notes sèches et décousues, lorsque, en levant les yeux, il aperçut à deux pas, debout à l'ombre, Giorgio et le type ressemblant à un acteur en train de le regarder et de sourire d'une manière assez déplaisante. Avant qu'il ait le temps de détourner le regard, il vit Giorgio faire un certain signe avec son doigt. Agacé, Malcolm resta encore assis quelques minutes – pour montrer qu'on ne le chassait pas –, puis il jeta des pièces sur la table et s'en alla d'un bon pas. En approchant de la voiture, il remarqua un bout de papier glissé sous l'un des essuie-glaces. Une contravention ? Il avait toujours cru que dans cette rue le stationnement était gratuit... Fronçant les sourcils, il déplia un billet écrit à la main : *Malcolm, regarde à côté de la roue près de ton pied.*

Pris entre l'amusement et l'inquiétude, il baissa les yeux vers l'endroit désigné et aperçut, appuyée contre une roue, une enveloppe en papier kraft rembourrée. Il la déchira et, y plongeant la main, sentit quelque chose de doux et de soyeux. Dans le cadre incongru de cette petite rue brûlée par le soleil, il mit quelques instants à reconnaître un sous-vêtement de Melinda, maculé de traînées blanches.

Le billet qui l'accompagnait était rédigé de la même écriture maladroite que celle du mot placé sous l'essuie-glace.

En fait, ta femme a été un petit plaisir pour moi, Malcolm, même si elle est vieille, et j'aime toucher le petit bouton marron juste à côté des poils de son con avant de lui faire ma bonne baise. Si je juge par ses cris chaque fois que je le fais, je pense qu'elle est très contente d'avoir moi comme son homme de baise au lieu de l'affreux Malcolm avec son vieux petit pénis. Tout le monde à San Bernardino va rire d'apprendre que la vieille Anglaise Melinda est si fatiguée de son vieux mari et a si faim d'être baisée qu'elle prend n'importe quel homme dans son sale lit.

Il partit sans passer la bonne vitesse, et du coin de l'œil crut voir quelqu'un sourire. Les questions qui martelaient sa cervelle durant le court trajet de retour trouvèrent leur réponse dès qu'il entra dans la cuisine et trouva Melinda en train de manger de la salade et de la mozzarella. Elle leva les yeux, déchiffra son regard – et elle vit juste, dans l'ensemble – et y répondit en le défiant avec le sien. C'était donc vrai... En outre, elle avait voulu qu'il le sache. Pour le punir d'avoir acquis son indépendance ? Pour se venger d'avoir perdu le pouvoir qu'elle exerçait jadis sur lui grâce à sa fortune ? Elle changea vite de mine, cependant, quand elle ouvrit l'enveloppe rembourrée.

« Le petit salaud ! Comment a-t-il osé ? »

Étrangement, il n'y avait pas grand-chose à ajouter. Malcolm fut en réalité moins agacé par la trahison de Melinda que par la bêtise dont elle avait fait preuve en se laissant utiliser. Lui faire des reproches ne servirait à rien. Il ne s'en priva pas, néanmoins. Pour une raison incompréhensible, elle aussi paraissait lui en vouloir. Parce qu'il l'avait obligée à faire ça ? Après une brève mais violente dispute, ils errèrent en s'évitant dans la maison nouvellement décorée. Dès le lendemain, Melinda avait pris sa décision.

« Cet endroit ne nous convient plus, affirma-t-elle d'une voix apaisante. Sautons dans un avion et fichons le camp d'ici. Regagnons Londres sans plus tarder ! »

Sa suggestion impliquait, entre autres choses, l'abandon de son livre et de tous les espoirs qui y étaient attachés.

« Non. Moi, je reste là. »

Il l'accompagna à l'aéroport le jour suivant. Elle n'ouvrit guère la bouche durant tout le trajet en voiture, furieuse de ce nouvel accès de révolte.

« Il est possible que je vende cette foutue baraque ! » le menaça-t-elle pendant qu'ils attendaient pour faire enregistrer les bagages.

Afin d'éviter San Bernardino, il emprunta un itinéraire différent pour regagner la maison déserte. Durant une semaine, il se traîna d'une pièce à l'autre, désespéré et en plein désarroi. Il n'apercevait aucune issue. Giorgio l'avait bien volé, en définitive. Un matin, cependant, alors qu'il prenait sa douche, la solution lui apparut soudain, aussi clairement que la première fois où il était venu là, durant cet après-midi de mars, un an et demi auparavant. Une heure après, il était assis à son bureau, la mâchoire serrée, l'air presque méchant. Et il commença à écrire.

Deux ans plus tard, tandis que les applaudissements crépitaient de toutes parts, Malcolm descendit de l'estrade. C'était son premier Salon des écrivains. Melinda se glissa prestement à son côté – son nouveau rôle de compagne d'écrivain lui allait comme un gant – et ils se dirigèrent vers le petit groupe (il allait bientôt beaucoup grossir) enthousiaste qui se pressait près de la table où Malcolm devait signer son livre.

« Mon préféré, c'est Giorgio. Il est si drôle et si plein de sagesse… »

« Le vieux ronchon à la casquette grise qui affirme que le téléphone est l'œuvre du diable… »

« Quand vous et Melinda aidez Giorgio à faire du vin avec les clémentines… »

« La façon dont tout est si merveilleusement traditionnel… »

« Quand Pietro devient tellement paresseux que sa mère doit demander au curé de le faire sortir du lit à coups de pied… »

« La jolie fille de Giorgio qui chante pour les oiseaux… »

« Quand la neige fait s'effondrer le toit et que des gens viennent depuis des kilomètres à la ronde pour donner un coup de main… »

« Quand vous êtes malade et tout seul et que Giorgio et sa femme vous apportent ce vin spécial qui vous guérit… »

« Vers la fin, quand le vieux grincheux sculpte pour vous la belle statue en bois… »

« Quand vous surprenez le maçon qui se prend pour une vedette de cinéma dans sa minuscule Fiat avec les deux contractuelles jumelles… »

« Le banquet dans le jardin pour fêter la fin des travaux, avec le prêtre qui organise le feu d'artifice… »

« Cela m'a mis du baume au cœur… »

« Il me tarde de voir le film… »

« Et il paraît que le livre va être traduit en italien… »

« L'endroit a l'air si merveilleux ! Comment faites-vous pour vous en arracher ? »

Cette dernière remarque fut la seule qui gêna Malcolm. Il y répondit par un sourire poli mais évasif. Inutile de dire que la maison était vendue depuis belle lurette.

10. Saisons

ROBBO SE SENTIT GÊNÉ en entrant dans l'Angel Inn. Les clients lui semblaient différents – tenue et pose plus négligées –, et il savait que lui aussi devait leur paraître différent. Un seul coup d'œil autour de la salle, et il vit que ses amis étaient déjà là, assis sous l'écran sombre d'une fenêtre, en cette soirée d'automne, à côté d'un Père Noël précoce, coiffé d'un chatoyant capuchon rouge. Les quatre amis n'ayant jamais fait de manières – c'est le moins qu'on puisse dire –, Robbo fut surpris de constater qu'ils l'avaient attendu sans toucher à leur pinte de bière, dont la mousse diminuait.

« Le voici ! » s'écria Mikie.

Robbo s'installa à leur table, et quatre verres furent levés en même temps.

« À ta santé, Robbo ! lança Dale. Reviens-nous sain et sauf !

— Ne vous en faites pas pour moi », répliqua Robbo presque sèchement, flatté par l'hommage qu'on lui rendait mais répugnant à le montrer.

Un silence gêné suivit le claquement des verres reposés sur la table, comme lorsqu'on se connaît bien mais qu'on ne s'est pas vus depuis un moment. Les verres furent rapidement vidés.

« C'est ma tournée, annonça Robbo.

— Pas question ! se récria Dave Natson, surnommé Dingo. Tu ne débourses pas un sou. Ce soir, c'est nous qui régalons. Inutile d'insister ! »

Mikie et Dale opinèrent, et Robbo comprit qu'il devait accepter sans faire de chichis.

« Eh bien, d'accord ! Et merci, les gars, hein ? »

En se radossant, il reconnut une fille qui entrait. Elle avait été caissière chez Tesco quand il y était magasinier. Que c'était loin, tout ça ! Elle était plutôt jolie, d'ailleurs, dans le genre gothique. Sans le vouloir, il intercepta son regard. À son grand agacement, elle se renfrogna et détourna la tête.

Dale plaça soigneusement quatre nouvelles pintes sur la table.

« À la santé des gars des gnomes !

— Aux gars des gnomes ! » psalmodièrent-ils en chœur, et pour la première fois de la soirée ils semblèrent vraiment détendus.

L'appellation était née plusieurs années auparavant par une douce journée de mai. Un de leurs copains de lycée, dont les parents assistaient à un enterrement, avait organisé une soirée – attendue avec une certaine impatience, les soirées étant rares –, laquelle s'était avérée décevante. Il n'y avait pas eu assez à boire et les filles étaient peu nombreuses et pimbêches, si bien que même Dingo – qui en général se débrouillait bien avec les filles – était reparti bredouille. Ce fut plus ou moins par hasard que Robbo, Mikie, Dale et Dingo, ayant perdu tout espoir, levèrent le camp au même moment. Ils auraient normalement dû rentrer chacun chez eux, mais quelque chose les rendant fébriles – leur déception ou cette soirée elle-même, la première où l'atmosphère était printanière, des reflets lumineux éclairant le ciel même à cette heure tardive – ils se dirigèrent vers la grand-rue. Ils s'arrêtèrent devant le magasin de bricolage, frustrés une fois de plus par les limites de la petite ville.

« Et si on allait voir Kev ? » avait proposé Mikie. Son frère Kevin faisait figure d'oiseau rare parce qu'il était presque de leur âge et ne vivait plus chez ses parents, ayant quelques mois plus tôt emménagé chez sa petite amie.

« Jackie sera enchantée ! répliqua Dingo d'un ton sarcastique. Quatre types bourrés qui frappent à sa porte à onze heures et demie du soir. »

Personne n'ayant de meilleure idée, ils commencèrent à gravir la côte. Ils étaient à mi-chemin lorsque Dale s'arrêta devant le jardin d'un pavillon.

« Visez ces gnomes ! Ils ont l'air parfaitement cons, non ? »

Toute distraction étant la bienvenue, les trois autres firent également halte. Dale avait raison : ils paraissaient idiots, quand on y pensait, ces nains de jardin, avec leur gros ventre de plastique et leur bonnet ridicule. Le jardin en contenait plus d'une dizaine ; l'un d'eux pêchait dans un minuscule bassin, un autre jouait des cymbales.

« Attendez un moment ! lança Dale, tout excité par sa découverte. Il y a une fille dans le tas. » Il poussa la barrière et pénétra dans le jardin.

« Sors de là, Dale ! s'écria Dingo, qui, malgré son surnom, était le plus prudent des quatre.

— J'essaie seulement de leur remonter le moral, à ces malheureux bougres, insista Dale en couchant ensemble sur la murette la naine et l'un des nains de jardin.

— Ça suffit comme ça ! s'exclama Robbo d'un ton faussement désapprobateur.

— Fous-leur la paix ! Ils s'amusent plus que moi ce soir, je peux te le dire ! »

Sans Mikie, les choses en seraient restées là.

« Je crois qu'il y a un groupe, en France il me semble, qui s'appelle le "Front de libération des nains de jardin". Ses membres en ont ramassé des centaines, des milliers, et les ont tous mis dans un bois – pour les libérer, d'après eux.

— Libérez les gnomes ! » cria Dale. Il y eut un moment de silence pendant que l'idée faisait son chemin dans la tête des quatre copains. L'intérêt du projet résidait en partie dans le fait que l'opération leur fournirait un but pour la soirée, mais surtout il possédait l'attrait de la transgression. Après quelques pintes, l'idée de jouer les mauvais garçons dans l'atmosphère étouffante de cette petite ville bien-pensante était irrésistible.

« Le château, dit Robbo, c'est là qu'ils devraient habiter. »

Ils passèrent tous les quatre à l'action, effectuant avec une surprenante énergie de rapides allers-retours le long des rues désertes. Ils finirent par vider presque tous les jardins de la ville, tandis que la pelouse devant le château se hérissait de dizaines de gnomes – de toutes les tailles, munis de cannes à pêche, d'outils de jardinage et d'instruments de musique – qui fixaient d'un regard morne le parking situé au-dessous.

« Libérez les nains de jardin ! » crièrent-ils en chœur avant de rentrer en titubant vers leurs logis respectifs.

Ils n'étaient pas passés inaperçus, bien sûr. Ayant vu bouger un ou deux rideaux. Robbo s'attendait à quelques ennuis, mais la vigueur de la réaction le stupéfia. Le fait que le journal local s'empara de l'histoire aggrava leur cas. L'article signalait que les propriétaires des nains de jardin étaient pour beaucoup des personnes âgées, et une photo montrait un malheureux couple qui, afin de récupérer son bien, montait péniblement la côte menant au château. Ils furent d'abord traînés tous les quatre au commissariat et menacés d'inculpation – il n'y eut aucune suite –, puis ils furent convoqués par M. Stephens, le proviseur, qui leur dit de s'estimer heureux de ne pas être renvoyés. Ensuite, ils eurent affaire à leur parents – Dale reçut une bonne raclée de la part de son père. Enfin, le reste de la ville s'en mêla : chaque fois qu'ils mettaient le nez dehors on leur lançait des regards noirs et on marmonnait sur leur passage. En fait, ce fut la manière dont ils furent traités qui fit d'eux les « gars des gnomes ». Ils étaient déjà copains, bien sûr, mais seulement parce qu'ils étaient de la même génération et réunis au sein d'un même groupe, alors que désormais, ils se serraient les coudes pour au moins souffrir en compagnie. Ainsi, ils devinrent peu à peu inséparables... Et ils le restèrent même lorsque, les mois passant, la ville leur pardonna leur crime, pour s'en souvenir avec une certaine affection amusée. Ils formaient toujours une petite bande quand ils se réunirent à l'Angel Inn, ce soir d'automne, pour fêter le départ de Robbo.

Cela faisait des mois qu'ils ne s'étaient pas retrouvés tous les quatre et ils avaient beaucoup de choses à se dire. En particulier Dingo, aussi ce fut lui qui paya la deuxième et la troisième tournée.

« La messe sera célébrée dans l'église près du marché, expliqua-t-il, et la réception aura lieu au château. Vous vous rappelez Linda, l'amie de Mel, celle qui joue si bien du violon ? Eh bien, elle a promis de jouer pour nous, et Jean, la tante de Mel, va chanter. »

La description de ses futures noces fut tolérée un bon bout de temps, mais l'enthousiasme de Dingo finit par lasser.

« J'espère qu'il ne pleuvra pas », lança Mikie d'un air sombre.

Dale choisit un autre angle d'attaque.

« Je ne comprends pas pourquoi t'es si pressé, Dingo. Moi, j'ai tout mon temps pour passer par l'église. J'ai d'abord l'intention de m'amuser un peu. De butiner à droite à gauche... »

Dingo le regarda droit dans les yeux.

« Si tu trouves une fleur qui t'accepte... »

Dale fit la grimace tandis que les autres éclataient de rire.

Robbo n'avait jamais beaucoup aimé la Mel de Dingo, avec son air bêcheur et ses projets de devenir styliste, mais ce soir-là il se sentait bienveillant envers tous deux. Pourquoi n'auraient-ils pas droit à de belles noces ? Il se sentait très loin de tout ça.

La quatrième et la cinquième tournée furent offertes par Dale.

« Elle paye pas de mine et elle est certainement pas toute neuve, mais c'est une bonne petite bagnole. On a fait pas mal de route ensemble, jusqu'à Cardiff et Aberystwyth, et elle m'a jamais causé le moindre ennui. On va là-bas en juin, au moment où il ne fait presque jamais nuit. »

Dingo attendit le meilleur moment pour intervenir.

« Remarque, tu sais ce qu'on dit des voitures japonaises ? Elles roulent très bien pendant sept ans et puis tout claque en même temps, et tu te retrouves avec une clé et un gros tas de ferraille. »

Dale ne se laissa pas abattre.

« Tout ça, c'est n'importe quoi... Non, elle va nous emmener à John O'Groats. Sans problème ! »

Jusque-là, Robbo ne s'en était pas mêlé pour éviter de descendre de son piédestal d'invité d'honneur ; mais la vision du frère de Dale en train de conduire invitait irrésistiblement à la réplique.

« Avec Rick au volant, je ne jurerais de rien. »

Mikie s'esclaffa bruyamment.

« Ça, c'est bien vrai ! J'y étais, la fois où il a défoncé le panneau d'interdiction de stationner. Je monterais même pas avec Rick jusqu'à Tesco... Alors, ne parlons pas de ce foutu John O'Groats !

— Je vois pas pourquoi je perds mon temps », maugréa Dale, dont le sens de la repartie n'était pas le point fort.

Il se leva pour aller chercher la tournée suivante. Robbo jeta un coup d'œil alentour. C'était étrange : alors qu'il avait dû venir là une certaine de fois, il n'avait jamais remarqué le tableau qui représentait une voiture tirée par des chevaux au milieu d'une rue pleine de monde ; ni celui près du bar où des voiliers se livraient à une bataille navale. Évidemment... pourquoi aurait-il eu besoin d'y faire attention, sachant qu'il reviendrait là bientôt ?

Mikie offrit la sixième tournée. À l'instar de Robbo – et contrairement à Dale et Dingo –, Mikie avait quitté la ville pour aller, lui, étudier à l'université de Cardiff.

« Je suis toujours pour la protection de l'environnement, bien sûr, expliqua-t-il. Mais ici y a pas de boulot. Personnellement, je pense que je peux être plus utile si je change d'orientation et que je choisis quelque chose de plus pratique. C'est pour ça que j'ai opté pour des études de journalisme. »

Mikie l'intellectuel… Il avait toujours bien réussi, continuant après le bac alors que les trois autres en avaient eu marre des études. L'annonce de ses projets fut reçue avec plus de réserve que l'annonce de ceux de Dale ou de Dingo.

« Alors, tu vas être journaliste, répliqua Dale en prononçant la dernière syllabe d'un ton moqueur, juste pour montrer qu'il n'était guère impressionné.

— C'est la télévision qui m'intéresse, en fait. »

C'en était trop. Il fallait lui rabaisser son caquet.

« La télé ? s'écria Dingo, saisissant l'occasion. T'es bien trop moche. Ta gueule ferait exploser la caméra ! »

Mikie ricana.

« C'est l'hôpital qui se fout de la charité ! La tienne ferait exploser tout le studio…

— Toute la ville de Cardiff ! » renchérit Dale d'un ton d'apocalypse pour mettre fin à l'échange.

L'un des verres était vide, les autres l'étaient presque. Une nouvelle tournée s'annonçait. Robbo s'apprêtait à proposer de l'offrir – on ne le lui permettrait pas, mais il se devait de faire le geste – quand quelqu'un hurla derrière son dos :

« Tu te prends pour un petit dur, hein ? Moi, je vais te montrer ce que c'est, un vrai dur ! »

C'était Harry Owen, qui travaillait à la station-service et devenait violent quand il avait trop bu. L'alcool lui montant à la tête, une colère subite envahit Robbo, et il aurait défié Harry si Dingo et Mikie n'avaient bondi pour l'en empêcher.

« Pas question, Robbo ! murmura Dingo. Pas ce soir ! »

Harry s'éloignait déjà d'une démarche chancelante et ses yeux lançaient des éclairs, à la recherche d'une autre cible.

« Surveillez-le ! lança Dale aux copains de Harry qui se tenaient au bar. Il faut le garder en laisse, celui-là ! »

L'incident n'était pas très grave, mais cela régla la question de la tournée suivante, et ils sortirent tous les quatre dans la nuit ventée d'automne.

« On va à la friterie ? proposa Mikie.

— Pourquoi pas », acquiesça Robbo, qui était toujours le personnage principal de la soirée. Quelques instants plus tard ils se retrouvaient devant les grilles fermées du marché, des boîtes de frites et de petits pâtés ouvertes entre les mains, le papier d'emballage bruissant dans le vent.

« Alors, tu pars quand ? demanda Dingo.

— La semaine prochaine, ils ont dit », répondit Robbo. Même aussi près du départ, c'était difficile à croire.

« Je suppose qu'il fera chaud, là-bas...

— Il paraît que ça sera supportable. »

Le repas terminé, ils s'engagèrent dans les rues d'un quartier résidentiel. Dale fit halte devant un jardin orné de deux gnomes.

« Ils ont l'air cons, hein ? »

Les autres éclatèrent de rire.

« J'y crois pas ! s'écria Dale. Là aussi, il y a une fille... » Il poussa la barrière et, en un tournemain, allongea les deux nains sur la murette.

« Au château ! » s'écria Mikie, mais ils savaient tous qu'il plaisantait, et Dale remit soigneusement les gnomes à leur place. Peu après, ils atteignirent le carrefour où leurs chemins divergeaient. Il y eut un court silence, puis Mikie se mit au garde-à-vous et fit un salut militaire d'ivrogne. Dale et Dingo l'imitèrent, même si le salut de Dale était si raté qu'il donnait l'impression de chercher à se taillader le nez. Robbo leur fit un salut, réglementaire celui-là.

« Prends bien soin de toi, O.K. ? dit Dingo.

— Y z'ont intérêt à bien se tenir, les mecs ! l'interrompit Dale pour alléger l'atmosphère.

— Tu nous ramènes un nain de jardin, hein ? ajouta Mikie. Un gnome arabe.

— Comptez sur moi ! »

Robbo rentra chez lui un peu déprimé. Il trébucha bruyamment en montant l'escalier, et réalisa qu'il était plus soûl qu'il ne le croyait. Sur le palier il aperçut de la lumière sous la porte de la chambre de ses parents. En d'autres circonstances, son père serait sorti pour l'engueuler. Mais pas ce soir.

Il laissa lourdement tomber sa tête sur l'oreiller. Un instant, ses yeux se posèrent sur un poster fixé au mur d'en face, et qui représentait une planète imaginaire dotée de bâtiments sur pilotis et de trois lunes placées en enfilade. L'affiche était là depuis une éternité ; elle devait déjà y être le soir des gnomes. En dessous se trouvaient ses CD et une maquette d'avion qu'il avait construite lui-même. Il ferma les yeux un instant. La pièce tournait autour de lui et il imagina l'uniforme qui l'attendait à la caserne, tout prêt, tout propre. Une pensée voletait dans sa tête comme une mouche, mais elle était difficile à attraper. Il finit par l'intercepter, et pour la première fois il s'aperçut qu'il était furieux, et même envieux. Mikie, Dale, Dingo : chacun à sa manière, tous trois avaient des projets, des espoirs pour les prochains mois. Dans son cas, les mois à venir étaient un mystère, un trou noir. Alors son angoisse recommença lentement à l'envahir.

11. Chiffres

JIM HARVEY ÉTAIT LE GENRE DE PERSONNE que de petits détails peuvent rendre soit heureux soit malheureux, et durant la majeure partie de ce mercredi d'avril les petits détails furent tout à fait satisfaisants. En jetant un coup d'œil par la fenêtre de la chambre, il vit qu'il ne gelait pas. Les prévisions météorologiques de la veille se révélaient donc exactes, et les vêtements que Marcy avait sortis pour lui adéquats. Le repassage de Marcy laissait parfois à désirer ; or, aujourd'hui, sa chemise ne présentait pas le moindre faux pli. Carl, leur fils, ne s'était pas livré à l'une de ses orgies nocturnes de milk-shakes au chocolat, et il restait donc assez de lait pour ses céréales à lui. Lauren, leur aînée, ne souffrait pas de l'un de ses accès de morosité d'adolescente que Marcy devait expliquer à son mari. La voiture démarra du premier coup. À la grille de sécurité, Stan lui fit signe de passer sans exiger de vérifier sa carte d'accès. La femme de ménage n'avait pas touché à son bureau. On avait reçu le résultat des deux tests du drone concernant les souffleries aérodynamiques – après la modification du stabilisateur et de l'emplacement du missile –, et ils semblaient bons. Frank, le chef de projet, était par conséquent aux anges. La file d'attente à la cantine était courte, et il y avait le grand sandwich préféré de Jim : jambon, fromage et tomate. La machine à café n'éclaboussa pas sa tasse. Le parking, où les places étaient un peu exiguës, était à moitié vide quand il repartit, si bien qu'il put sortir sans être obligé de faire toute une série de manœuvres. Aucun train ne se traînant sur les voies, il put franchir le passage à niveau sans s'arrêter.

Les choses ne commencèrent à se gâter qu'une fois de retour chez lui. Dès qu'il entra dans la maison, il nota l'absence de toute odeur de cuisine. Le mercredi, Marcy terminait tôt son travail à la bibliothèque, et quand il rentrait il la trouvait toujours en train de préparer le repas (des travers de porc, en général). Il l'appela deux fois, entendit un vague murmure en guise de réponse, et la découvrit finalement dans le salon, tournant le dos à l'écran neigeux du poste de télévision muet. L'espace d'un instant, il craignit qu'elle ait été victime d'un intrus et qu'elle soit blessée.

« Qu'est-ce qui se passe ? »

Elle garda la tête baissée.

« C'est mon frère. Susie m'a téléphoné. Bill est malade. Il est à l'hôpital. »

Le week-end suivant, toute la famille se rendit au chevet de Bill. Ils ne parlèrent guère durant les cinq heures de trajet en voiture. Marcy se tamponnait les yeux avec un mouchoir, tout comme Lauren, qui avait toujours été très proche de son oncle. Même Carl restait silencieux, absorbé dans ses jeux vidéo. Jim mit la radio pour masquer le silence. Quand ils atteignirent les abords de la ville où vivait Bill, Jim sentit monter une irritation familière, imputable à la personnalité de son beau-frère, il s'en rendait compte à présent. C'était gênant d'y penser alors qu'il était si malade, mais Jim n'avait jamais beaucoup aimé Bill, ni compris pourquoi tout le monde le portait aux nues, surtout les femmes. Jim était souvent agacé par la façon dont Marcy – la tranquille, la sage Marcy – était surexcitée quand son frère leur rendait visite. Il n'avait vraiment pas grand-chose d'une star du rock (il gérait une affaire d'installation de cuisines et de salles de bains), et cependant on le traitait presque comme s'il passait tous les soirs sur MTV.

« Tâchez de rester naturels, O.K. ? lança Marcy aux enfants en pivotant sur son siège pour regarder Lauren. Essayez de ne pas avoir l'air bouleversé, ce ne serait pas bon pour le moral de votre oncle. »

Dans la chambre d'hôpital, la femme de Bill et leurs deux enfants semblaient avoir entendu les conseils de Marcy : Susie affichait une gaieté à toute épreuve et se comportait comme si tout était normal.

« Les infirmières sont absolument formidables ! »

Si Bill était un peu pâle, il paraissait néanmoins étonnamment serein – bien davantage que sa famille –, et il n'avait rien perdu de son sourire ni de son humour habituels.

« Mieux vaut ne pas parler de la bouffe. À côté, l'ordinaire de l'armée, c'est de la gastronomie. »

À la façon dont il se calait contre ses oreillers, on avait l'impression qu'il portait toujours son jean et ses bottes de cow-boy, au lieu de la tenue de l'hôpital.

« Alors je me tire ! » plaisanta Jim sans conviction. Ils restèrent une heure, et Jim fut surpris qu'ils aient si peu à se dire.

Sur le chemin du retour, Jim s'entendit parler d'un ton optimiste, pour tenter de calmer les inquiétudes de Marcy.

« Il a bonne mine. Et puis, ce n'est pas comme s'ils en étaient sûrs et certains. »

Évidemment, ses efforts furent vains, et durant les jours qui suivirent le changement qui se produisit chez sa femme le stupéfia. Dès le tout premier jour de leur mariage, Marcy s'était toujours montrée solide, et avait organisé tranquillement la vie de Jim. Il s'inquiéta de la voir traîner au lit le matin, appeler la bibliothèque pour se faire porter pâle, ou, le regard dans le vague, rester assise dans le salon le dos tourné à la télévision. Il essaya d'abord de ne pas prêter attention à son attitude, espérant qu'elle se remettrait, mais son état empira, comme si quelque chose en elle avait été arrêté, tel un programme d'ordinateur affecté par un virus. Elle refusait même d'appeler Susie pour connaître les dernières nouvelles.

« Je ne me sens pas capable de le faire pour le moment. Je l'appellerai un peu plus tard. »

Jim était désemparé. Marcy était tout pour lui et il n'avait qu'une envie : l'aider à se remettre d'aplomb. Mais que faire ? Lui parler pour la réconforter ? C'est ce qu'il fit, mais il ne put s'empêcher d'aborder le sujet de la maladie de Bill, ce qui aggrava le désarroi de Marcy. En bon scientifique, il cherchait toujours à analyser les faits le plus logiquement possible, ce qui, en l'occurrence, le conduisit tout droit au cancer de Bill.

Il fit donc le gros dos, tentant d'oublier que le désordre gagnait les petits détails de sa vie, même s'il avait du mal à garder son calme en voyant la poussière s'accumuler sur la chaîne stéréo (il avait horreur de la poussière), ou en découvrant qu'il n'y avait plus de lait dans le réfrigérateur. Il était surtout agacé le matin, ses vêtements étant désormais rarement repassés, et il dut une fois mettre une chemise à carreaux pour aller au bureau, car c'était la seule qui fût propre. Lauren aidait de son mieux : elle s'agitait en tous sens dans la maison d'un air important, et houspillait Carl, qu'elle accusait de tirer au flanc. Elle faisait un effort particulier pour préparer les repas, mais même cela laissait un peu à désirer. Ils avaient toujours dîné à sept heures tapantes, or maintenant Jim devait parfois attendre jusqu'après huit heures. Un soir, on lui servit des tartines de confiture. Des tartines de confiture pour le dîner ! Marcy l'avait toujours aidé à comprendre certaines personnalités mystérieuses et déroutantes, et il ne pouvait guère lui demander de lui expliquer son propre comportement. Devait-il l'emmener chez un médecin, chez un psychiatre ? Leur seule évocation suffisait à l'alarmer, en lui inspirant la crainte irrationnelle – il le savait – senti qu'ils la lui enlèvent, d'une façon ou d'une autre.

Un soir, il tenta à nouveau de lui parler.

« Je me fais beaucoup de mauvais sang à ton sujet, Marcy. Il faut que tu te secoues, pour les gosses. »

L'espace d'un instant, les yeux de Marcy s'animèrent, comme si elle sortait de sa torpeur.

« Je n'en crois pas mes oreilles ! Bill est mon frère, et tu me demandes de ne pas me préoccuper de ce qui lui arrive !

— Ce n'est pas ce que j'ai voulu dire. »

Elle le regarda presque avec haine.

« Tu te fiches pas mal de moi. Tu veux juste quelqu'un pour s'occuper de toi. Tu ne m'as jamais aimée, pas vraiment. Tu n'as même pas voulu m'emmener à Paris, la seule chose dont j'avais réellement envie. »

Jim s'écarta d'elle sur le lit, perplexe. Quel rapport y avait-il entre Paris et Bill ? Cela s'était passé plusieurs années auparavant et, en effet, il n'avait pas aimé l'idée d'aller dans un endroit où on parlerait une langue qu'il ne comprendrait pas. Ils étaient finalement allés en voiture au Canada, mais ça ne lui avait pas davantage plu – la monnaie n'était pas la même, et les distances figuraient en kilomètres et non en miles sur les panneaux routiers.

Après cette conversation, il cessa de chercher une réponse et se réfugia dans son travail. Au moins, là, tout était en ordre. Il se sentait calmé, rassuré par le léger bourdonnement des ordinateurs ainsi que par la vue familière du parking où la voiture l'attendait sur son emplacement. Si chez lui tout était sens dessus dessous, si la maison devenait un cauchemar incompréhensible, au travail les choses progressaient, l'équipe concevait ce bel et ingénieux appareil. Et un appareil bénéfique, en outre, qui, en faisant le tour du globe terrestre, rendrait le monde plus sûr. Jim se sentait fier d'en être la cheville ouvrière. En principe, il n'était qu'analyste-programmeur ; mais comme il était le meilleur mathématicien de l'équipe les collègues venaient souvent le consulter quand ils se trouvaient coincés. Frank, le chef de projet, approuvait tout à fait leur démarche, et Jim était ravi d'être l'expert du lieu. Il ne considérait pas les chiffres comme du travail. Aussi loin qu'il pouvait remonter dans sa mémoire, il avait toujours aimé jouer avec eux. Tandis que le bureau devenait peu à peu désert et silencieux, il lui arrivait de rester très tard à sa table de travail afin d'effectuer des vérifications pas forcément nécessaires pour le seul plaisir de suivre les figures dessinées par les chiffres... Les chiffres n'étaient jamais déroutants, contrairement aux gens : refaites mille fois la même opération et le résultat sera toujours le même. Les chiffres étaient toujours francs et ils avaient toujours raison, si on savait comment les laisser parler.

Trois semaines après leur visite, Susie les appela pour leur annoncer que Bill avait subi sa seconde opération, qu'il avait quitté l'hôpital et était rentré à la maison. Même si elle ne le précisa pas, au ton de sa voix Jim devina que l'opération ne s'était pas bien déroulée ; et lorsqu'ils prirent la voiture le samedi suivant pour aller le voir, il redouta l'effet que la visite produirait sur Marcy. Illogiquement, il aurait préféré ne pas avoir à passer la nuit chez Bill et Susie, comme si le malheur de Bill pouvait être contagieux, et que Marcy devait y être exposée le moins possible.

En fait, rien ne se passa selon les prévisions de Jim. Lorsqu'il pénétra dans le vaste salon de Bill et Susie, il fut surpris par l'aspect de Bill. S'il avait peu changé physiquement – il était plus mince qu'avant mais pas beaucoup – ses vêtements lui donnaient néanmoins une tout autre allure. Disparus les jeans et les bottes de cow-boy, la chemise de chanteur country... Ils avaient été remplacés par une tenue d'une sobriété inhabituelle : pantalon gris en coton, chemise bleu pâle, mocassins noirs. Les cheveux étaient coupés court, et Jim se dit que Bill avait presque l'air d'un pasteur. La comparaison était d'ailleurs plus appropriée qu'il ne l'imaginait.

« Susie et moi avons une grande nouvelle à vous annoncer, déclara Bill en faisant un sourire entendu à ses visiteurs. Notre vie a subi un complet changement. Ces dernières semaines ont été sans doute très pénibles, mais elles nous ont apporté quelque chose de très important : Jésus nous a accordé Son amour. »

Susie arborait un étrange sourire béat. Jim fut étonné, car auparavant Bill ne mettait jamais les pieds à l'église. Bien au contraire, il lui était arrivé de s'en prendre aux télévangélistes cupides. Sa conversion semblait tout à fait réelle, cependant.

« Jésus et moi, on va lutter ensemble contre ce mal, affirma-t-il avec une tranquille détermination, et on va gagner. » Puis il conduisit une prière. Malgré sa stupéfaction, Jim se réjouit de cette métamorphose, ne serait-ce que pour Marcy. Elle avait toujours été pieuse, sans ostentation, et déjà elle paraissait soulagée par la nouvelle. Jim se sentit donc lui-même un peu moins accablé par le poids de cette horrible histoire. Lorsqu'ils repartirent le lendemain, tous avaient meilleur moral que depuis des semaines.

« Je suis persuadée qu'il peut s'en tirer, déclara Marcy au moment où ils s'engageaient sur l'autoroute, après avoir fait le plein à une station-service.

— Bien sûr ! s'écria Lauren.

— Il avait l'air vraiment en bonne forme ! » renchérit Jim, désireux de ne pas être en reste.

Durant les semaines suivantes, si les choses ne revinrent pas tout à fait à la normale, l'ambiance était bien plus détendue. Il était rare que Marcy n'aille pas travailler à la bibliothèque ou que Jim la trouve en pleurs près du poste de télévision. Même les petits détails de son ancien quotidien reparurent : chemises bien repassées, dîner servi à sept heures précises. Marcy allait régulièrement voir son frère, et toute la famille lui rendit visite deux fois durant l'été. Bill avait alors terminé son traitement et, même si la chute des cheveux le faisait paraître plus âgé, il semblait dans l'ensemble aller mieux et avait repris un peu de poids.

« On est en train de gagner la partie, affirma-t-il à Jim un soir d'orage en plein mois d'août pendant qu'ils allaient tous les deux en voiture chercher des plats à emporter. Jésus, les médecins et moi, on s'attaque à ces petits salopards. On va les trucider jusqu'au dernier. »

Jim fut pris de court par cette soudaine confidence rageuse de la part de quelqu'un qu'il n'avait jamais tellement aimé, et, l'espace d'un instant, il ne sut trop quoi répondre.

« Ça, ça fait pas un pli, Bill ! s'écria-t-il enfin pour briser le silence. Vous les aurez ! »

L'automne vint et passa. Le travail sur le drone progressait à vue d'œil. Il y eut un beau raffut quand arriva une demande d'étude concernant l'agrandissement des réservoirs de combustible, afin d'accroître le rayon d'action de l'appareil, car cela entraînait d'innombrables nouveaux calculs. Mais alors que certains membres de l'équipe rouspétaient, en son for intérieur, Jim était ravi d'avoir à nouveau du pain sur la planche.

« Tu fais un sacré bon boulot, dit Frank après Noël. Quand cet engin sera enfin terminé, à mon avis, on devrait l'appeler "le bébé de Jim". »

Ce fut au printemps que Jim commença à se poser des questions à propos de Bill. Jusque-là, celui-ci avait appelé au moins une fois par semaine, parsemant à qui mieux mieux ses phrases de formules telles que « Si Dieu veut » ou « Avec Jésus à mes côtés » ; mais dès le mois de février il cessa de téléphoner. Et lorsque Marcy les contacta pour arrêter la date d'une prochaine visite, Susie la découragea de venir.

« Il sort tout juste d'une grippe et il est assez fatigué en ce moment. »

« La grippe peut vraiment mettre à plat », constata Marcy après le coup de fil. Malgré son ton serein, Jim remarqua qu'elle avait les traits tendus comme au début de la maladie de son frère.

« Ça, c'est vrai ! » renchérit-il. Ce n'était peut-être, en effet, qu'une mauvaise grippe. Mais Marcy téléphona plusieurs fois encore, et dut se contenter des diverses excuses fournies par Susie. Jusqu'à ce jour si chaud de la fin juin où celle-ci les appela, en larmes.

« Je crois qu'il faut que vous veniez… »

Le samedi suivant, ils montèrent tous les quatre en voiture et se rendirent à l'hôpital. Par un étrange hasard, qui permit à l'esprit de Jim de trouver un refuge momentané dans un calcul des probabilités, Bill se trouvait exactement dans le même lit que l'année précédente. Tout le reste, hélas ! avait changé, et Jim eut du mal à reconnaître son beau-frère en l'homme allongé sous ses yeux. Il paraissait petit – Bill avait été tout sauf petit – et replié sur lui-même, si bien que ses membres grêles pointaient sous le drap. Le pire était son changement d'attitude : son ton combatif, sa détermination et ses formules pieuses avaient disparu pour céder la place à une sorte d'effrayante circonspection. Il ne parlait pour ainsi dire que de ses douleurs.

« En fait, j'ai un peu moins mal depuis qu'on a augmenté la dose hier soir, chuchota-t-il tout en fixant sur eux un regard à la fois effrayé et songeur. C'est celle en bas à gauche qui me fait vraiment mal, surtout quand je bouge. Celle de droite est un peu plus supportable aujourd'hui… »

Susie semblait moins bouleversée que désemparée, comme si une partie de son cerveau s'était arrêtée. Inopinément, Jim pensa à la voiture de sport décapotable rouge, d'une marque européenne, que Bill conduisait auparavant. Susie et lui avaient plusieurs fois passé des vacances en Europe… Jim eut soudain du mal à comprendre pourquoi il n'avait jamais aimé Bill. Comment pouvait-on ressentir de l'antipathie pour ce débris humain ? Mais s'il trouvait pénible de rester à son chevet

– l'ambiance était trop dure –, il pensait que c'était ce qu'ils allaient faire. Aussi fut-il surpris de voir Marcy prendre sa veste.

« J'ai un peu faim. Peut-être qu'on devrait aller chercher un sandwich ou quelque chose d'autre.

— Je ne vous conseille pas de manger ici, chuchota Bill de son ton morne. C'est pire qu'à l'armée. »

Jim fit un large sourire, sentant qu'un éclat de rire détonnerait. Il était peu enclin à se sacrifier personnellement, mais alors qu'ils descendaient par l'ascenseur, il se doutait de ce qui allait arriver. Il ne serait pas facile de se passer de Marcy pendant quelques jours ou plusieurs semaines, voire plus longtemps, mais il allait devoir se débrouiller.

« Je suppose que tu vas rester. »

À sa grande perplexité, Marcy eut presque l'air furieuse.

« Je ne sais pas... Je ne sais absolument pas ! »

Après avoir déjeuné, ils regagnèrent la chambre de Bill. Cependant, moins de une heure après, Marcy s'écarta du lit.

« Il va falloir songer à rentrer. »

Susie parut déçue.

« Vous pouvez habiter chez nous. Ça ne nous gêne pas.

— Non. Il faut vraiment qu'on rentre. »

Bill étant le frère de Marcy, Jim se tut. Au moment où ils s'éloignaient du lit à reculons, Jim savait que son sourire était factice ; quant à Marcy, elle débordait d'entrain comme si elle tentait de convaincre tout le monde qu'il s'agissait d'un au revoir, et non d'un adieu. Seuls Lauren et Carl paraissaient sincères avec leur regard triste et perdu fixé sur leur oncle. Les yeux rêveurs et ardents de ce dernier indiquaient qu'il ne se faisait aucune illusion.

Dans l'ascenseur, Lauren protesta :

« Qu'est-ce qui se passe ? Pourquoi on ne reste pas ?

— Ne me demande pas de rester quand il est dans cet état, hurla presque Marcy. C'est au-dessus de mes forces ! »

Jim pressentait qu'à leur retour chez eux il se passerait quelque chose de terrible, mais, bizarrement, ce ne fut pas le cas. Du moins au début. Certes, Marcy n'avait pas l'air dans son assiette, toutefois, loin de s'effondrer et de se replier sur elle-même comme elle l'avait fait, elle fut brusquement prise d'une énergie insolite, et à son réveil Jim découvrait souvent qu'elle était déjà levée. Elle n'était plus du tout absente à la bibliothèque, et le soir, la mâchoire serrée, elle s'affairait sans relâche dans la maison. Toutes les chemises de Jim étaient repassées, impeccables, et ses socquettes si aplaties qu'on avait l'impression qu'elles étaient passées sous un rouleau compresseur. Le réfrigérateur et le garde-manger étaient pleins à ras bords, et Jim entendait parfois le vrombissement de l'aspirateur à minuit passé. Pour la première fois de sa vie, il se sentit gêné que tous les petits détails de son existence soient si parfaitement en place.

Puis, un mardi, Jim ne trouva pas Marcy en revenant du travail. Il fut d'abord un peu dérouté. Marcy était toujours là quand il rentrait. Il voulut l'appeler sur son portable, mais il était coupé. À huit heures, la panique les avait gagnés, Lauren, Carl et lui. Il se mit alors à donner des coups de téléphone, d'abord à Susie, ensuite à la police, et enfin aux hôpitaux du coin, sans résultat. Il envisageait désormais les hypothèses les plus folles. Un accident de la route qui n'avait pas été signalé ? Il arrivait à Marcy de se rendre au centre commercial par la route secondaire, qui était parfois déserte. Une agression, à pied ou en voiture ? Ou bien – et c'était l'hypothèse la plus effrayante – une tentative de suicide ? Cela paraissait difficile à croire, Marcy n'ayant pas le caractère à faire ce genre de choses, mais elle était si désemparée depuis quelque temps que Jim n'était plus sûr de rien.

Cela avait toujours été son pire cauchemar : rester seul, sans Marcy pour le guider dans la vie.

Les enfants et Jim veillaient toujours lorsque, à minuit, ils entendirent la clé tourner dans la serrure.

« Ah ! te voilà enfin... Où étais-tu donc fourrée ? lança-t-il, hors de lui.

— J'étais juste sortie, répondit-elle d'un ton morne, sans le moindre signe de contrition.

— Qu'est-ce que tu veux dire par "juste sortie" ? »

Lauren était plus furieuse que son père.

« On a appelé les flics, et tout le bataclan !

— Eh bien, vous n'auriez pas dû. » Marcy refusa obstinément de fournir les détails dont Jim avait besoin pour se rassurer : « J'ai roulé au hasard... Quelle importance, de savoir où ? J'avais seulement besoin de sortir un petit moment. »

Deux nuits plus tard, elle disparut à nouveau. Puis, le samedi après-midi, elle annonça qu'elle devait aller faire des courses pour la maison, mais elle n'était toujours pas revenue à la tombée de la nuit.

« Est-ce que maman devient folle ? » demanda Carl de son ton posé, tandis qu'ils étaient assis dans le salon, l'attendant une nouvelle fois.

Était-ce possible, en effet ?

« Disons qu'elle est très angoissée. »

Seul dans le lit, Jim ne ferma pas l'œil de la nuit. À présent, il était moins tourmenté par la peur des accidents que par une angoisse diffuse, sans origine précise ; et, quoiqu'il ait tenté de se tranquilliser en imaginant Marcy en train de rouler lentement le long des rues désertes, ou passant, tout comme lui, une nuit blanche dans une chambre de motel, aucune de ces hypothèses ne semblait tout à fait convaincante. Elle revint finalement le dimanche après-midi, chargée de sacs de provisions, comme si les vingt-quatre heures précédentes n'avaient pas existé.

« Je suis sortie, c'est tout.

— Mais tu as passé la nuit dehors. Où as-tu dormi ?

— Qu'est-ce que ça peut faire ?

— Qu'est-ce qui se passe ? Tu n'es pas bien ici avec ta famille ?

— Bien sûr que si ! »

Ce soir-là, alors qu'ils étaient couchés, une pensée surgit dans l'esprit de Jim.

« Marcy, est-ce que tu vois quelqu'un ? » Il ne s'agissait pas d'une vraie question, car il connaissait la réponse – elle ne le tromperait jamais, ce n'était pas son genre. Il cherchait plutôt à se rassurer, à briser la carapace de Marcy.

« Sans doute », répondit-elle.

Il crut avoir mal compris.

« Qu'est-ce que tu as dit ?

— Sans doute. »

Il la fixa, incrédule.

« Mais... qui ?

— Tu ne le connais pas. Un type qui fréquente la bibliothèque. »

Il se sentit finalement – et tardivement – trahi.

« Marcy, comment as-tu pu ? »

Elle s'écarta de lui.

« C'est arrivé comme ça, d'accord ? Pourquoi est-ce que tu ne me fiches pas dehors ? Personne ne te le reprocherait. »

Devrait-il ? Ça se passerait ainsi dans un film. Il devrait au moins lui faire une scène. Mais, bizarrement, c'était bien la dernière chose dont il avait envie, par crainte de rendre la situation irréversible. Alors, s'il parvenait plus ou moins à nier son existence, peut-être que le problème disparaîtrait ? Il voulait seulement – avec tant de force que son désir était presque tangible – que tout redevienne exactement comme avant. Aussi s'abstint-t-il de faire quoi que ce soit.

Il était bien décidé à ce que les enfants ne sachent rien, mais ceux-ci découvrirent le pot aux roses presque tout de suite. Le lendemain soir, quand il rentra du travail, Marcy n'était pas là, mais Lauren et Carl l'attendaient dans le salon.

« Un truc superbizarre est arrivé aujourd'hui, déclara Lauren en le regardant avec intensité. Je sortais du bahut avec mes copains quand j'ai vu passer une voiture... Maman était assise sur le siège du passager, à côté d'un mec. »

Devant le lycée ? Comme si Marcy avait voulu que sa fille soit au courant... La réaction de Jim se réfléchit dans les yeux de ses enfants : il y vit leur stupéfaction soudaine en devinant la vérité. Inutile de nier. Une curiosité malsaine s'empara de lui.

« Comment était-il, ce type ?

— Je ne l'ai pas bien vu... Il ressemblait un peu à Bill... Nom de Dieu, papa, tu n'es pas furieux ? » ajouta Lauren en fronçant les sourcils, l'air exaspérée.

Il ne l'était pas. Il se sentait juste las, très las.

Marcy rentra tard. Jim consultait alors ses mails dans son bureau. Il entendit Lauren se diriger vers le vestibule pour demander des comptes à sa mère.

« Ah, te voilà ! Je t'ai vue tout à l'heure en voiture avec un type. »

Au lieu de s'effondrer, comme Jim s'y attendait plus ou moins, Marcy envoya Lauren sur les roses :

« Mêle-toi de ce qui te regarde ! Ce ne sont pas tes affaires. »

N'ayant pas le courage d'en entendre davantage, Jim monta l'escalier à pas de loup. Il venait d'atteindre le palier quand il aperçut derrière lui Carl, qui l'avait imité.

Le lendemain, il arriva à Jim quelque chose d'étrange : il ne parvint pas à travailler. On aurait dit que ses chiffres s'étaient retournés contre lui : lorsqu'il tentait d'amorcer un calcul, ses pensées rebondissaient comme des pierres lancées contre un mur. C'était tout à fait déroutant. Il avait déjà eu des périodes de soucis, bien sûr, mais rien n'avait jusque-là jamais affecté sa concentration. Désormais, quand un autre membre de l'équipe venait lui soumettre un problème, il inventait des excuses.

« Flûte, j'ai vraiment pas le temps, en ce moment. Mike vient tout juste de me confier un nouveau boulot. »

Il savait qu'il aurait dû expliquer à Frank ce qui lui arrivait, mais il préféra se taire, tout en se rendant compte qu'il se mettait dans son tort. Peu après, quelque chose d'encore plus troublant se passa : des visions grotesques l'assaillaient inopinément, presque comme de brefs extraits des films d'horreur auxquels il craignait jadis d'être traîné par ses copains de classe. De plus, contre toute logique, ces visions semblaient être déclenchées par le projet concernant le drone. Elles surgissaient sans crier gare. Par exemple, il était en train de jeter un coup d'œil au nouveau graphique indiquant l'emplacement des missiles sous les ailes quand il se représentait soudain, à grand renfort de détails, une cage thoracique dépecée par une pince coupante. Lisait-il un mail sur la puissance du missile qu'il imaginait une chevelure humaine en train de brûler complètement. Était-il occupé à évaluer le recul de l'armement des ailes – avec des chiffres qui lui filaient entre les doigts – qu'il voyait des balles, non en métal comme des balles ordinaires, mais des petites boules ternes et grisâtres qui lui rappelaient les trucs qui poussaient en Bill, selon la description faite par celui-ci. Bill, voilà la cause de tout ça ! réalisa Jim, ce midi-là, tandis qu'il faisait la queue à la cantine. Et, même s'il savait que c'était mal de haïr un mourant, il détesta Bill plus que quiconque. Non seulement il avait rendu Marcy à moitié folle de chagrin et brisé son ménage, mais il avait décidé de détruire son travail. Il était déterminé à répandre la mort le plus loin possible, et à infecter le drone – la seule chose qui avait encore paru saine et pure – de son répugnant pourrissement. « Pourquoi ne me fiches-tu pas la paix ? marmonna Jim près de la machine à café. Laisse-moi donc tranquille… »

Jim supposa que sa vie allait s'effondrer pour de bon, maintenant que toutes les clés de voûte avaient été retirées ; mais il eut la surprise de constater que le temps continua de s'écouler presque comme si de rien n'était. Aucun de ses collègues ne paraissant remarquer qu'il ne parvenait plus à travailler correctement, il devina qu'il vivait sur sa réputation. Il se réveillait, prenait son petit déjeuner, se rendait au travail, rentrait à la maison. Il oubliait parfois que Marcy avait une liaison – quand il dormait, ou lorsqu'il regardait la télévision –, puis, y repensant brusquement, cela lui semblait à nouveau impossible à croire. Comme il avait horreur de la laisser seule à la maison, il retardait le moment de partir le matin et arrivait donc souvent parmi les derniers sur le parking, si bien qu'il lui fallait exécuter des tas de manœuvres pour se garer. Parfois, à son grand soulagement, Marcy était là quand il rentrait, mais parfois non. Étrangement, elle continuait à s'occuper de la maison, lavant ses chemises et remplissant le Frigidaire, même si à présent il s'en souciait fort peu. Le soir, couché à côté d'elle, il était dégoûté par la pensée que le corps de sa femme avait été pétri et caressé par les mains d'un autre homme ; et pourtant, cela faisait des années qu'il n'avait pas eu autant envie d'elle. Il tentait quelquefois de la toucher mais elle se détournait, se roulant en boule comme si elle avait froid.

« Laisse-moi tranquille. »

Une particularité de cette époque fut que Jim ne se trouvait bien nulle part – ni chez lui, ni au travail, ni ailleurs –, et ce fut cela, en un sens, qui provoqua sa crise finale. Un jour, durant la pause du déjeuner, il prit sa voiture et quitta son lieu de travail, saisi par une brusque envie de manger des beignets. En fait, il n'arriva jamais à la boutique, mais se retrouva en train de déambuler entre les rayons d'un des plus grands magasins de la ville. Alors qu'il errait le long des interminables allées, son regard fut attiré par une toupie en métal bon marché, semblable à un jouet qu'il avait eu dans son enfance. « Fabriqué en Chine, probablement », marmonna-t-il en la regardant sur l'étagère. Il la voulait presque comme si c'était quelque chose qui lui appartenait. Aussi la glissa-t-il alors dans la poche de sa veste. Il se rendit compte, par la suite, qu'il savait parfaitement ce qui allait arriver : son arrestation par un vigile dans le parking du magasin. Comme Jim refusait de répondre à ses questions – de prononcer le moindre mot, en fait – on appela la police. L'un des policiers fouilla dans son portefeuille et trouva son badge. Une heure plus tard, Frank était assis à côté de lui.

« Raconte-moi tout. »

Jim se dit qu'il était fichu. Pourtant, cela le soulagea beaucoup de vider son sac. Frank était intéressé par l'histoire concernant Marcy, mais ce furent les problèmes professionnels de Jim qui retinrent surtout son attention. Sa mine s'assombrit lorsque Jim lui décrivit ses visions grotesques suscitées par le projet.

« Ça ne va pas du tout, Jim. Je regrette que tu ne sois pas venu me parler de ça plus tôt, dit-il en secouant la tête. Mais je veux t'aider. Le projet a besoin de toi, et je veux que tu joues un rôle aussi important dans d'autres projets à venir. »

Cela signifiait-il qu'il n'était pas fichu ?

« Voici ce qu'on va faire : le magasin va oublier ce qui s'est passé aujourd'hui et tu vas prendre quelques jours de congé pour te reposer. Promène-toi dans le parc public, regarde un peu la télévision. Ensuite, je veux que tu voies quelqu'un qui est capable de faire le ménage dans ta tête. Il voudra sans doute aussi voir Marcy. Il a déjà aidé des membres de l'équipe, et, crois-moi, il connaît son boulot. »

Un psy ! Est-ce que ça voulait dire qu'il était en train de perdre la tête ? se demanda Jim. Cependant, il se sentait, plus que tout, soulagé. Il allait refiler ses problèmes à un autre. Désireux de suivre les instructions à la lettre, il prit sa voiture et rentra chez lui pour se reposer.

En l'occurrence, ce fut plus facile à dire qu'à faire. Lorsqu'il pénétra dans le salon, il trouva Marcy assise, le dos tourné à la télévision. C'était la première fois depuis qu'ils étaient allés rendre visite à Bill à l'hôpital qu'il la voyait pleurer.

« Susie a appelé. »

L'enterrement était prévu pour le début de la semaine suivante. Frank fut d'accord pour que Jim y assiste – « Qui sait, ça t'aidera peut-être ? » – et la famille partit de bonne heure, roulant sur des routes désertes. Tout en conduisant, à côté d'une Marcy affolée à l'air hagard, Jim se demandait si le pire n'était pas à venir. Même si, vu la situation dans laquelle ils se trouvaient, on ne voyait guère comment les choses pourraient aller encore plus mal. Au moment où ils atteignaient la ville de Bill, Carl rompit le silence.

« Maman, papa, vous devez trouver une solution. Il faut que vous recommenciez à vous parler ! »

La soudaineté et la ferveur de cette déclaration – de la part de Carl, qui, en général, ne parlait que d'ordinateurs ! – les désarçonnèrent.

Une demi-heure plus tard, ils assistaient à l'enterrement. Assis dans l'église, Jim se sentait étonnamment serein au milieu de tous ces gens qui écoutaient en silence. La réception aussi aurait pu être pire : Susie et ses enfants avaient une mine affreuse, bien sûr, et la fille foudroya Marcy du regard, mais ils semblaient tous plutôt soulagés, en fait. Jim et sa famille passèrent la nuit chez eux ; et, alors qu'il était couché à côté de Marcy dans la chambre d'amis, sous un tableau représentant un cheval attelé à une charrue sous un vaste ciel vide, celle-ci se retourna brusquement vers lui.

« Je ne le reverrai plus, d'accord ? » Elle planta sur lui un regard de défi. « Mais tu dois me promettre de ne jamais me demander pourquoi c'est arrivé. » Puis elle s'amadoua : « Tu sais, il ne me plaisait même pas vraiment. Le croiras-tu ? C'était comme si je ne pouvais pas m'empêcher d'agir ainsi, comme si j'avais besoin de tout gâcher et de forcer tout le monde à me détester. Tu peux comprendre ça ? »

Non, Jim ne le comprenait absolument pas ! Il s'aperçut qu'il tremblait, à la fois soulagé et plus furieux contre elle qu'il ne l'avait jamais été. Il lui toucha la joue d'un doigt. Elle pleura pendant qu'ils firent l'amour.

Ainsi donc, la vie de Jim, qui avait paru s'en aller totalement à vau-l'eau, commença peu à peu à se réorganiser. Marcy tint sa promesse, et même si la méfiance de son mari à son égard ne disparut jamais entièrement, ce sentiment était compensé par le soulagement de l'avoir retrouvée. Chez les enfants, la désillusion que leur avaient causée leurs parents persista, surtout en ce qui concernait Lauren. Mais, en dépit de tout, ils continuèrent à former une famille.

Les petits détails reprirent leur place dans l'existence de Jim, et il s'y accrocha encore plus qu'avant. Même sa compétence professionnelle lui revint, extrêmement vite d'ailleurs, si bien qu'il n'eut même pas besoin de la thérapie qu'avait programmée Frank. Il s'aperçut qu'il pouvait à nouveau se concentrer et, même s'il mit plus longtemps à se libérer de ses visions cauchemardesques inopinées, le projet finit par redevenir ce qu'il avait été auparavant : quelque chose d'important et de bénéfique, une merveille d'intelligence technologique, un casse-tête de chiffres à résoudre.

Frank était si content de la guérison de Jim qu'il lui réserva un honneur tout particulier. C'est ainsi que par une chaude journée de juillet, juste deux ans après l'enterrement de Bill, Jim fut choisi pour expliquer à un groupe de militaires en visite les caractéristiques du drone : sa vitesse, son redoutable rayon d'action, les diverses possibilités concernant le poids utile en charge de ses missiles, son système perfectionné de télécommande et la précision de son armement. Et pendant ce temps, au-dessus de leurs têtes, d'un mouvement à la fois sûr et gracieux, l'appareil s'élevait et exécutait des virages sur l'aile dans un ciel tout bleu.

12. Blanc

QUELQUE CHOSE DANS LE BRUIT DES PAS qui montaient l'escalier – leur lenteur ? – fit deviner à Yunis que le moment était arrivé. Il leva les yeux du Coran, qu'il avait lu toute la matinée – murmurant les formules familières – et, en effet, la porte s'ouvrit sur Hussein, qui apportait le harnais. Yunis regarda l'objet avec une étrange fascination. Hussein le plaça avec soin sur la table, à côté de la veste en jean, du tee-shirt et du jean fauve. *Leurs* vêtements.

« Es-tu prêt, mon ami ? » demanda Hussein en posant sur Yunis un regard interrogateur.

À son grand étonnement, Yunis se sentait fin prêt. En fait, il se sentait plus que prêt : serein. Aujourd'hui, tout serait parfait ; aujourd'hui, Dieu le guiderait afin de tout purifier ; de tout blanchir. Il enfila le jean, et fut soulagé de constater qu'il ne tressaillit même pas quand Hussein fixa le harnais sur ses épaules. C'était plus léger qu'il ne l'avait imaginé, et il se dit que cette pression autour de son torse était réconfortante, comme une étreinte. Hussein disposa le cordon de façon qu'il pende derrière la poche du pantalon dont le fond avait été découpé.

« Surtout n'y touche pas, recommanda-t-il à Yunis, pas avant le moment d'agir. » Il lui tendit le tee-shirt et la veste en jean, mais quelque chose incita Yunis à faire un geste de refus.

« Plus tard. »

C'était son jour de gloire, après tout, et il avait le droit de l'organiser à sa guise. Il descendit donc, sans chemise, le harnais bien en vue. C'était l'apogée de son séjour en ce lieu. Assis autour de la table des repas, les trois autres, Thaher, Abdul et Salah, étaient en pleine discussion ; mais ils s'interrompirent et levèrent les yeux en silence. Comme c'était différent de un mois auparavant ! Ils avaient traité de haut le nouveau venu. Et ce qui s'était passé dans la famille de Yunis n'avait pas arrangé les choses. Cependant, tout cela paraissait très loin à présent, Yunis se sentait bien au-dessus des autres, et intouchable dans sa sérénité. Il passa le tee-shirt et la veste en jean, puis accepta leurs fervents adieux.

« Adieu, mon ami ! » Abdul, le plaisantin du groupe, était désormais extrêmement sérieux.

« Adieu, mon ami ! » lança à son tour Salah.

Même Thaher – l'innocent, le pur Thaher, qui ne riait jamais – baissa la tête, comme devant un supérieur.

« Adieu, mon ami ! »

Hussein insista pour le conduire lui-même en voiture, alors qu'en général il préférait se tenir à l'écart des opérations.

« Si, vraiment. Ça m'honore. »

Les jours précédents, Yunis avait maintes fois imaginé chaque étape de cette journée, en souhaitant de toutes ses forces que tout se passe bien. Or, à présent, au moment où il sortait de la maison, tout lui paraissait aller trop vite, comme si, en fin de compte, les choses ne se déroulaient pas comme prévu. Quelle importance ? se dit-il, décidé à ne pas altérer sa sérénité. Alors qu'il se dirigeait vers la voiture, il buta contre une pierre. Ce n'était qu'une broutille et pourtant cela l'agaça, car il savait que les autres le regardaient. Et s'ils allaient croire qu'il avait peur ?

« Je suis si fier de toi, Yunis, mon vieil ami, mon ami de toutes ces longues années, déclara Hussein tout en conduisant, une petite lueur brillant dans ses yeux.

Aujourd'hui, tu fais quelque chose de magnifique. Aujourd'hui, si Dieu veut, tu vas entrer dans l'Histoire. »

Yunis sourit, mais il avait l'esprit ailleurs. D'étranges phénomènes avaient fait leur apparition : il haletait, comme s'il avait couru trop vite, et – pire – ses mains tremblaient ; il serra les poings pour éviter que ça se voie. Il fut grandement soulagé lorsqu'ils atteignirent leur destination : une piste poudreuse près d'une oliveraie. Hussein ouvrit le coffre, et en sortit le grand châle et la coiffure traditionnels, ainsi qu'un bâton en bois.

« Et si je revoyais une dernière fois avec toi les étapes de l'opération, pour que tout soit bien clair ?

— D'accord. »

Yunis sourit tout en drapant le châle, même s'il avait surtout envie de se mettre en route. Il avait entendu les instructions si souvent qu'il les connaissait par cœur. De plus, ses bras et ses coudes commençaient à trembler.

« Marche dans cette direction et garde le soleil toujours à ta gauche. Toujours à ta gauche, tu te rappelles ? C'est extrêmement important. À trois kilomètres, tu tomberas sur une vieille bergerie en pierre que tu contourneras par la droite. Peu après, tu verras la tour de guet. Elle est très loin, alors ne t'en fais pas, Yunis – Dieu te guidera et te protégera –, mais n'oublie pas de marcher lentement et avec raideur, appuyé sur ton bâton, pour que Dieu leur fasse voir un vieux paysan au lieu de toi. La ville se trouve juste au-delà de la tour de guet. Fais attention quand tu jetteras les vêtements, pour ne pas éveiller leurs soupçons. Le bus de Tel-Aviv s'arrête près d'une rangée d'arbres ; tu as un ticket dans la poche de ta veste. Fais bien attention à descendre avant le terminus, car c'est là qu'ils surveillent. Après ça, c'est à toi de décider. Dieu te guidera. Un café ou un restaurant, à toi de voir. » Il donna l'accolade à Yunis. « Je suis si fier de toi, mon frère. Aujourd'hui, tu vas faire quelque chose que le monde entier verra. Aujourd'hui, en récompense, tu accéderas au paradis et à ses splendeurs. »

Yunis s'écarta et pénétra dans l'oliveraie, soulevant de la poussière à chacun de ses pas. Il lui avait tant tardé de se mettre en route, et voilà que maintenant, après seulement quelques mètres, il regrettait de s'être tant hâté. Bizarrement, lorsqu'il avait imaginé cette journée, il n'avait pas le moins du monde pensé qu'il pourrait éprouver une impression de solitude. Or, il sentait déjà le silence l'envelopper, l'inciter à rebrousser chemin – il pourrait toujours prétendre qu'il voulait vérifier un détail de l'opération –, mais il entendit le moteur redémarrer et vit la voiture s'éloigner lentement dans la vallée. C'était mieux ainsi, se dit-il. Il s'érafla le bras contre une branche d'arbre.

Alors qu'il n'y avait pas eu la moindre anicroche, il eut tout d'un coup l'impression que quelque chose clochait. On était au début du mois de mai – il ne faisait pas encore très chaud –, mais le soleil l'éblouissait ; il transpirait sous ses diverses couches de vêtements et le harnais frottait contre ses épaules. L'idée qu'il allait commettre un faux pas le turlupinait. Son sentiment de supériorité sur Thaher et les autres l'abandonnait déjà, et il les enviait : eux n'auraient jamais perdu leur sang-froid comme lui, ils seraient restés calmes et sereins, totalement concentrés sur leur tâche. Il s'efforça de s'inspirer de leur exemple, se rappelant que tout se trouvait entre les mains de Dieu – pas dans les siennes –, et qu'il n'y avait par conséquent aucune raison d'avoir peur. Mais Yunis n'était pas homme à envisager les choses de façon simple et directe, aussi était-il en train d'imaginer des complications. Et si Dieu était mécontent de lui ? Ses pensées se retournaient contre lui, pareilles à des pointes acérées ; et soudain, au beau milieu de ses réflexions, telle une intruse, surgit Rachel telle qu'il l'avait vue la première fois, dans le magasin de disques, avec le soleil qui jouait dans ses longs cheveux auburn. Ensuite – et c'était pire – apparut l'oncle Ibrahim, avec son regard à la fois las et amusé. Yunis sentit une bouffée de colère monter en lui. Il ne s'agissait que d'une pensée, mais tout de même, comment l'oncle Ibrahim osait-il souiller cette journée ?

Était-ce ça, la bergerie ? Yunis fit halte près d'un mur en pierre en forme de carré. Non, il n'avait pas pu parcourir trois kilomètres ! Il continua d'avancer en hésitant, contournant le mur par la droite, comme on le lui avait indiqué ; et, en effet, la colline basse sur sa gauche sortit bientôt de son champ de vision et la tour de guet se dressa devant ses yeux. Il fit instinctivement un brusque écart, mais s'obligea à poursuivre sa route, craignant de perdre courage s'il hésitait. Il avait déjà effectué un bout de chemin, puisqu'il voyait la tour de guet tout entière, jusqu'à sa base, quand il se rappela – bien trop tard – les instructions de Hussein. Comment, les ayant entendues une dizaine de fois, avait-il pu si bêtement les oublier ? Il était censé marcher à pas lents alors qu'il se pressait comme s'il faisait la course. S'il ralentissait maintenant, est-ce que ça lui donnerait l'air plus suspect ? Quoi qu'il en soit, il modéra son allure, réprimant la voix intérieure qui hurlait en lui – « Cours, cours aussi vite que possible ! » – et se força à avancer à une allure d'escargot, les jambes aussi raides que celles d'un vieillard. Quelques instants plus tard, un éclair jaillit de la tour de guet – éclat de soleil dans des jumelles ? Maintenant, à coup sûr, les choses allaient se gâter, et il s'attendait qu'une des voitures garées au pied de la tour se dirige vers lui à toute vitesse. Mais aucune ne bougea. Les minutes s'écoulèrent si lentement qu'il avait l'impression de faire du surplace sur un tapis de jogging poussiéreux. Progressivement, la tour de guet passa à côté de lui, puis derrière lui. Enfin, après avoir gravi une petite élévation de terrain, il aperçut, presque incrédule, la route juste devant lui.

Rien n'avait donc foiré. Quelques mètres plus loin, la tour disparut derrière les arbres. D'un seul coup, Yunis éprouva un sentiment de triomphe. Il avait réussi ! Traverser la frontière constituait sans doute l'étape la plus périlleuse. Il ne tremblait même plus. Se débarrasser de ses vêtements de paysan ne présenta aucune difficulté : il attendit que la route soit déserte pour rouler en boule le châle et le keffieh, puis les jeter avec le bâton dans le fossé. Il épousseta son jean avant de poursuivre son chemin, le regain d'assurance lui faisant allonger le pas. Si Hussein pouvait le voir maintenant, si malin, si courageux ! Tout allait être parfait !

Mais cette belle humeur ne dura pas. Il avait atteint la rangée d'arbres et l'arrêt d'autobus ; et comme il attendait, immobile – en regardant passer *leurs* voitures, dont les occupants le dévisageaient à travers les vitres –, Yunis commença à se sentir, contre toute logique, vulnérable – telle une bouteille vide qui attend une pierre, posée sur un mur. La vitesse à laquelle son humeur changeait était si ridicule ! Cela n'allait pas marcher. Comment avait-il eu la naïveté d'imaginer qu'un jean et un tee-shirt suffiraient à le faire passer pour l'un d'entre eux ? Il était totalement différent d'eux. Il voulait être leur contraire, et cela devait se voir, c'était forcé. Dans ses yeux, dans sa manière de se tenir. Il fut soudain furieux contre Hussein, non pour lui avoir confié cette mission, mais pour la lui avoir rendue si absurdement compliquée. Pourquoi diable avait-il insisté pour qu'il aille jusqu'à Tel-Aviv, donc au-devant des ennuis, alors qu'il devait bien y avoir une excellente cible dans cette petite ville poussiéreuse ? À moins qu'il ait voulu que ça foire pour que lui, Yunis, soit ridiculisé ?

Devrait-il tout simplement ignorer les instructions et passer à l'action tout de suite ? Est-ce que Thaher et les autres le jugeraient lâche ? Il entendit un moteur : l'autobus apparut, et la panique le poussa à obéir aux ordres. Et s'il y avait des soldats dans l'autobus ? Ses doigts agrippèrent le cordon, bien que Hussein lui ait interdit d'y toucher. Comme l'autobus ralentissait, il vit précisément ce qu'il avait le moins envie de voir : plusieurs voyageurs derrière les vitres n'étaient pas du tout *eux*, mais les siens. Il remarqua deux femmes voilées et un homme barbu qui avait l'air d'un religieux. La porte s'ouvrit et, le cœur serré, comme s'il tombait dans un trou noir, Yunis pénétra dans l'autobus. Non, il n'y avait pas de soldats, seulement des regards anxieux.

Il s'installa sur un siège, son moral remontait à nouveau. Bien sûr, un problème pouvait surgir durant le voyage, mais il était à bord et la plupart de ses inquiétudes avaient disparu – pour le moment, en tout cas. Hussein ayant dit que le trajet durait environ une heure, Yunis se sentait presque détendu, protégé par cet assez long laps de temps. Quelque chose d'étrange était en train de se passer... Alors qu'il regardait par la fenêtre, il se rendit compte que ses pensées ne s'enchaînaient pas comme d'habitude ; elles semblaient au contraire surgir au petit bonheur. Est-ce que cela avait été pareil pour les autres à ce moment : avaient-ils subi, eux aussi, ces décharges de la mémoire, comme si l'existence passée avait été découpée en spots publicitaires ? Yunis jeta un coup d'œil à un supermarché et apparut soudain devant ses yeux le salon de ses parents, avec des beaux tapis et le tableau sur le mur représentant des chevaux au galop. Ensuite, inexplicablement, il revit une salle de classe de son école, et M. Mohammed, qui lui avait enseigné les mathématiques durant quelques mois. C'était avant que Yunis et son frère Zayid soient envoyés chez leur tante en Jordanie. Maintenant il avait la vision de Zayid, se retournant pour lui sourire au moment où il s'éloignait à l'aéroport d'Amman pour prendre son avion à destination du Canada. Puis Yunis se retrouva dans le salon de ses parents, plusieurs années plus tard, en train d'écouter la voix de son frère au téléphone : « Aujourd'hui, ici, il fait moins trente. » Il avait essayé d'imaginer l'impression que ça pouvait donner. On arrivait à respirer ? Les yeux ne gelaient pas ? Ses questions avaient fait rire Zayid. Il parlait déjà comme un étranger : « On reste simplement calfeutré chez soi. »

Un voyageur assis derrière Yunis avait ouvert une orange. Le parfum, si familier et si délicieux, le prit de court. Il eut presque l'impression de se trouver hors de l'autobus et de se regarder assis sur son siège. Alors soudain, l'espace d'un instant, tout ce qu'il faisait ce jour-là lui parut impossible, et même absurde. Il refoula cette impression. Il n'y avait rien d'absurde là-dedans, se dit-il fermement, c'était le plus glorieux jour de sa vie, le jour qui allait donner un sens à tout le reste. Ses pensées jaillissaient à nouveau de manière désordonnée et, au moment où l'autobus passait devant une jardinerie, il se revit assis à son pupitre d'écolier à côté de Hussein. Ils se moquaient de M. Haroun, dont l'œil gauche semblait toujours regarder dans le coin. « Quelqu'un a dû lui jeter un œuf de ce côté-là, il y a très longtemps, avait chuchoté Yunis d'un ton pince-sans-rire, et depuis il a peur qu'un autre œuf arrive par là. » Hussein – plus petit, plus jeune – avait ri trop fort, et M. Haroun les avait flanqués à la porte de la classe.

À présent, ils étaient tous deux chez Yunis, en train de regarder un match de foot – le père de Yunis tenant un magasin d'appareils électriques, la famille possédait un beau poste avec un grand écran très lumineux – et d'attendre que le Brésil marque un but.

« Ils n'ont jamais aussi bien joué, avait commenté Hussein en jetant un coup d'œil à Yunis pour voir s'il était d'accord. Ils vont gagner, ça fait pas un pli ! »

À l'époque, même le père de Yunis aimait Hussein – « Ce pauvre garçon qui vit dans ce camp... » –, et lorsqu'ils regardaient un match la mère de Yunis leur apportait du pain, des olives, et du concombre à la menthe et au yaourt. En général, ça venait de... (Le souvenir de Yunis fut soudain gâché.) ... de la boutique de l'oncle Ibrahim. Il ferma les yeux.

L'autobus ralentissait. Un ennui ? Yunis tritura le cordon... Mais non, ce n'était qu'un nouvel arrêt. La porte s'ouvrit et l'un des leurs monta, un orthodoxe, coiffé du chapeau noir, et portant la longue barbe et les agaçantes papillotes. Comme l'homme titubait le long du couloir central, Yunis perçut quelque chose de familier chez lui – son regard anxieux – et, un peu déconcerté, il se rendit compte que l'homme ressemblait à Abdullah, son cousin qui était cordonnier près du marché. Il écarta la pensée importune. Quelle importance, qui ressemblait à qui ? Sur un caprice, il mit la main dans sa poche pour toucher le cordon. Je peux t'effacer, vieil homme, sur-le-champ ! Un instant, ce sentiment de puissance lui mit du baume au cœur. Chiche ! pensa-t-il. Il avait eu bien peu de pouvoir, jusqu'à présent.

L'autobus prenait de la vitesse, filant devant un groupe d'habitations récentes, et Yunis revit soudain la maison de Hussein telle qu'il l'avait découverte, la seule et étrange fois où il y était entré. Avec d'autres camarades d'école, ils étaient allés tous les deux jeter des pierres contre *leurs* soldats – l'intifada durait depuis plusieurs mois – et Yunis s'était ouvert le genou en escaladant un mur. La blessure était bénigne, mais ç'avait beaucoup saigné – les genoux saignaient toujours beaucoup – et la maison de Hussein était la plus proche. Yunis n'était jamais entré dans le camp, et il fut choqué par ses allées étroites et bondées de monde, qui lui rappelaient celles d'un souk, sans les échoppes. Ses yeux avaient-ils montré sa stupéfaction quand il était entré chez Hussein ? L'endroit ne méritait guère l'appellation de « maison » : deux pièces, toutes les deux nues, sans même un tapis sur le sol. Les parents de Hussein avaient été gentils avec lui. « Ça nous fait tellement plaisir de te rencontrer enfin, Yunis ! Hussein n'arrête pas de parler de toi. » On avait envoyé un frère cadet chercher des bandages. « Il faut que tu restes pour manger quelque chose. Si, si, on insiste ! »

Yunis n'était pas entièrement sûr d'avoir envie de manger dans cette pièce poussiéreuse, où ils auraient du mal à tous s'asseoir ensemble. Cependant, en garçon poli, il répondit par une formule de son père : « Vraiment, vous êtes trop bons. »

Mais soudain, Hussein s'était mis sur pied, l'air bizarrement furieux.

« Il peut pas rester. Il est pas en sécurité ici. »

Yunis était déconcerté. D'autant plus qu'il n'avait encore jamais vu Hussein en colère. Bien au contraire, il voulait en général faire bonne impression et acquiesçait à tout ce que disait Yunis. De plus, ses paroles n'avaient aucun sens, car le camp n'était pas dangereux – pas à l'époque, en tout cas (même si depuis, plusieurs des maisons avaient été rasées par *leurs* bulldozers). Bien que Yunis n'en ait pas été conscient sur le moment, cet incident marqua la fin de leur amitié. Le week-end suivant, Hussein vint chez Yunis, comme d'habitude, mais un éclat de colère luisait dans ses yeux et quand le match de foot qu'ils regardaient se termina il déclara soudain : « J'aime pas Manchester United. Ils trichent. »

Yunis fut surpris, moins par la sortie contre Manchester United – l'équipe dont ils étaient tous les deux supporters – que par la rébellion inattendue de Hussein, qui mettait en péril l'équilibre de leur amitié. Ils s'étaient disputés, et Hussein était brusquement parti en lui criant des injures. Après cela, ils s'évitèrent à l'école. À l'époque, Yunis n'avait pas bien saisi ce qui s'était passé ; mais il apprit par la suite que jadis la famille de Hussein avait été riche et que, avant 1948, et *leur* arrivée qui avait tout bouleversé, elle avait possédé une grande maison au bord de la mer, à peu près à l'endroit où se trouvait désormais Tel-Aviv. Cela paraissait être la clé de l'énigme.

Peu après la brouille entre Yunis et Hussein, deux de leurs camarades d'école furent tués tandis qu'ils lançaient des pierres, et le père de Yunis décida d'envoyer ses deux fils chez leur tante à Amman, en Jordanie. « Je veux juste que vous soyez en sécurité », leur dit-il.

En « sécurité » ? Désormais, ce mot semblait grotesque. Comme si quiconque pouvait être en sécurité dans ce monde ! Quelle pitoyable et vaine ambition ! Yunis n'aima jamais beaucoup Amman, en dépit de la gentillesse de sa tante. Cette ville paraissait étrangement déserte : c'était la ville des portes toujours fermées. Quand il était rentré, trois ans plus tard – peu après le départ de son frère pour le Canada – son père avait été furieux.

« Pourquoi es-tu revenu ? C'est complètement idiot ! Ici, il n'y a qu'ennuis et misère. »

Bizarrement, Yunis avait eu plus ou moins les mêmes pensées un peu plus tôt, ce jour-là, tandis qu'il attendait à la frontière, en subissant *leurs* fouilles et *leur* regard de mépris. Il avait oublié à quel point l'atmosphère était déprimante ici. Avec ce sentiment que rien n'était possible ; la vue des gens attendant que quelque chose – quelque chose d'affreux, en général – se produise ; et l'impression que le pays tout entier n'était qu'une immense prison poussiéreuse. Pourtant, debout dans ce salon sur le mur duquel galopaient des chevaux, Yunis savait qu'il allait rester, malgré la harangue de son père. Même si l'endroit était atroce, il ne pouvait supporter l'idée d'être ailleurs. Comme s'il était devenu un drogué de l'Histoire.

Yunis remarqua soudain par la vitre de l'autobus de hauts bâtiments, juste en face. Était-il déjà arrivé ? Il jeta un coup d'œil à sa montre. Hussein avait indiqué que le trajet durait presque une heure, et quarante minutes à peine s'étaient écoulées. Il eut un mouvement d'humeur, comme si on l'avait floué. Mais quelle différence quelques minutes pouvaient-elles bien faire ? se reprocha-t-il, et il réfléchit à l'endroit où il devait descendre. Hussein avait dit que ce devait être avant le terminus, mais il n'avait pas la moindre idée du nombre d'arrêts restants. Il se leva brusquement de son siège, filant le long du couloir derrière l'orthodoxe. L'autobus repartit, et il se retrouva près d'une station-service, ébloui par le soleil. Les hauts bâtiments paraissaient plus éloignés, à présent. Il avait donc dû descendre trop tôt, finalement. Il commença à marcher.

La mer était là. La maison de la famille de Hussein avait-elle été située dans les alentours, à l'endroit peut-être où se dressait ce bâtiment qui avait l'air d'un hôtel ? On était vraiment au cœur de leur pays. Jérusalem, où Yunis s'était rendu plusieurs fois à l'époque de la paix d'Oslo, était complètement mélangé, son peuple à lui les côtoyant. Ici, la rue leur appartenait presque entièrement : jeunes gens en jean, orthodoxes, vieux à la mine anxieuse. Il était sans doute inévitable que Yunis pense alors à Rachel – et, en effet, comme ses yeux se posaient sur un magasin de disques, elle surgit au milieu de ses pensées, un CD à la main. Il n'arrivait même pas à se rappeler pourquoi il avait tant aimé la musique brésilienne à l'époque. Peut-être était-ce parce que le Brésil gagnait toujours au foot : ç'avait été agréable d'être, pour une fois, du côté des vainqueurs... Penser à Rachel juste à ce moment-là semblait de mauvais augure, et il murmura entre ses dents : « Je t'en prie, mon Dieu, pardonne mon idiotie... » Mais Rachel était obstinée et refusait de s'en aller. Elle se tournait vers lui et, bien qu'il ait essayé de déformer son visage pour la rendre laide, après deux années, il ne se rappelait plus que ses cheveux auburn. Comment enlaidir des cheveux ?

« Vous aimez la musique brésilienne ? » avait-elle demandé.

L'audace de la jeune fille l'avait pris de court. À cause du jean et du tee-shirt – leurs vêtements –, il savait très bien ce qu'elle était. Elle lui avait parlé en anglais, elle savait donc très bien, elle aussi, à qui elle avait affaire. Et tout le monde savait que ce genre de choses n'arrivait jamais : il n'y avait ni regard, ni sourire, ni échange de propos. Était-elle folle ? Elle arborait un regard de défi tout en ayant l'air perdu, comme si elle ne se sentait pas à sa place. Ce matin-là, il avait éprouvé la même sensation. L'envoyer paître ; lui lancer les pires, les plus grossières injures : voilà ce qu'il aurait dû faire, il le savait. Le peu d'hébreu qu'il connaissait (ça ressemblait tellement à l'arabe) aurait largement suffi pour ça. Ou bien il aurait dû, le regard glacial, faire semblant de ne pas la voir, comme si elle était transparente. Au lieu de ça, il avait froncé les sourcils, déconcerté.

« Oui, surtout les nouveaux orchestres. »

Ils étaient allés se promener – et si on les avait vus ? – et s'étaient arrêtés pour boire un café. Le serveur, l'un des leurs, les avait dévisagés. Ils avaient discuté – drôle de sujet ! – de leurs préférences en matière d'animaux. Yunis avait suggéré qu'ils échangent leurs numéros de portables. Encore maintenant, il pouvait ressentir cette excitante sensation de transgression. Une semaine plus tard, il lui avait téléphoné dans le secret de sa chambre, et ils s'étaient rencontrés peu après, dans le même magasin de disques, avant de faire la même promenade. Plusieurs fois, leurs bras s'étaient frôlés, et il avait joué avec l'idée de s'arrêter et de l'embrasser brusquement en pleine rue – après tout, eux s'embrassaient en public sans vergogne –, mais il n'avait pas osé. Le jour même, sur le chemin du retour, il avait recouvré son bon sens et s'était mis à avoir peur. Quelques jours plus tard, elle l'appela sur son portable, mais quand il entendit sa voix il coupa la communication. Toutefois, le souvenir demeura, tentateur, comme un récit abandonné après quelques pages, et il s'aperçut qu'il pensait à elle plus souvent qu'à Nahla ou Sameetha.

Était-elle là en ce moment ? Il pouvait l'effacer. Page blanche. Il s'efforça de jouir de ce pouvoir, mais, étrangement, il n'y parvint pas. À sa grande surprise, un café apparut juste devant lui – pas bondé, mais assez fréquenté cependant. Les hauts bâtiments se trouvaient toujours assez loin et il avait pensé avoir encore pas mal de chemin à faire. Cela semblait si soudain ! Était-ce le bon, mon Dieu ? Ne percevant rien, aucun signe d'approbation ou de dénégation, il ressentit une certaine déception. Mais il serait idiot de remettre sa mission à plus tard, car cela ne ferait qu'accroître les risques d'échec. Pourquoi mettre en danger la chance qu'il avait eue jusque-là ? La bouche sèche, il se dirigea lentement vers la porte du café. Adieu, papa et maman. Adieu, Zayid. Adieu, Nahla. Adieu, Hussein. Il était tout près de la porte, la main tendue vers la poignée, quand, à son propre étonnement, il se rendit compte qu'il rebroussait chemin et reprenait sa marche dans la rue.

C'était nul, vraiment nul, mais ce n'était pas un désastre, se dit-il. Ç'avait simplement été trop soudain. Il se reprit en main. Vas-y, un point c'est tout ! Que penseraient Hussein, ou Taher, ou Abdul ? Non, il devait gagner la partie, montrer qui il était et faire honneur à sa famille. Aide-moi, mon Dieu ! car tout ce que je veux c'est Te servir. Alors qu'il continuait à marcher lentement vers les hauts bâtiments, il décida de ne pas changer sa cible et de retourner au même café, afin d'être en terrain de connaissance. Ce serait facile. N'y avait-il pas été préparé depuis des jours ? C'était sa chance d'effacer l'ardoise, pour une fois. De rendre tout propre et net, de tout blanchir. Il venait à peine de faire demi-tour, lui semblait-il, quand il se retrouva devant le café. Il l'aurait cru plus loin. Tout en se dirigeant d'un pas ferme vers la porte, il chercha le cordon de la main, le saisit, prêt à tirer dessus. À l'intérieur, les clients bavardaient en buvant du café. Ils avaient l'air si ordinaires. Et puis, tout à coup, il s'aperçut qu'il avait à nouveau fait demi-tour.

Il n'y comprenait plus rien. Comment était-ce possible ? Il s'était senti fin prêt. Il lisait des versets du coran depuis une semaine. Il avait vaincu tous ses doutes et toutes ses craintes ; et maintenant, au moment crucial… Il s'arrêta devant la vitrine d'un supermarché – quelle belle marchandise il y avait ici ! – se demandant pourquoi les choses se passaient ainsi. Dieu voulait-il qu'il vive, finalement ? Ou était-il maudit, incapable de laver l'honneur de sa famille ? Les deux hypothèses se rejoignaient. La vision qui surgit au milieu de ses pensées fut celle que Yunis avait voulu éviter à tout prix : une foule pénétrait dans une boutique, passait devant des étalages pleins d'oranges, de dattes et de concombres, tirait le propriétaire dans la rue, puis le traînait sur la route, jusqu'au terrain vague au-delà du stade de football. L'épicier était Ibrahim, l'oncle de Yunis.

Mais qu'est-ce qui lui avait pris ? Soit, les temps étaient durs, pires que jamais, et la boutique d'Ibrahim périclitait, mais ça n'excusait pas ce qu'il avait fait. Il s'agissait de la pire forme de traîtrise, une manière de *leur* vendre le pays. Avec son regard à la fois las et amusé, Ibrahim avait toujours paru si malin, or cet acte avait été tout, sauf malin. Si l'oliveraie dont il était propriétaire se trouvait à quelques kilomètres de la ville – il avait confié l'entretien des arbres à un tiers –, elle était bien assez près pour qu'on remarque ce qui s'y passait. Yunis était en train de travailler dans le magasin d'électricité de son père lorsqu'un voisin, l'air gêné, était venu lui apprendre la nouvelle.

« Il paraît qu'une partie du terrain de ton oncle a été clôturée. Il y a un de leurs écriteaux indiquant qu'ils vont construire à cet endroit. » Ils avaient déjà installé une colonie juste un peu plus haut sur la colline. « Tu es au courant ? »

Yunis comprit le danger.

« Non, pas du tout. »

Peu après, l'oncle Ibrahim était passé au magasin, protestant haut et fort, trop fort :

« Ils m'ont volé ! C'est un crime, un vrai crime ! Ils sont maintenant capables de voler n'importe quoi à n'importe qui ! »

Mais quand la foule avait pénétré dans sa boutique, deux jours plus tard, elle avait trouvé une épaisse liasse de dollars dans un tiroir fermé à clé.

L'enterrement d'Ibrahim constitua à la fois une fin et un commencement. Ce fut la fin du respect que Yunis portait à son père. Si Yunis savait pertinemment que son père n'était pas courageux, il fut quand même sidéré de constater qu'il avait peur d'assister à l'enterrement de son beau-frère. Yunis y alla afin d'accompagner sa mère et de la protéger d'éventuelles insultes. Ayant espéré que seule la famille serait présente, il avait été troublé et stupéfait d'apercevoir Hussein, qui se tenait un peu à l'écart de la cérémonie. Yunis ne l'avait pas vu depuis plusieurs années. Il avait l'air plus mince et son regard était plus calme, plus assuré. Yunis avait eu vent de ses activités. Était-il venu pour jouir de leur malheur ? Pour ajouter à la honte de la famille de Yunis en lançant quelque pique ? Au contraire. Hussein s'était approché de lui, un sourire triste sur les lèvres.

« Bonjour, mon vieil ami. Je suis désolé de tout ce qui t'arrive.

Une fois la cérémonie terminée, alors qu'ils s'éloignaient, il lui avait à nouveau parlé :

« Viens me voir un de ces jours, Yunis. Si tu veux. »

Yunis savait exactement à quoi Hussein faisait allusion. Hussein avait ouvert une porte. Le lendemain soir, Zayid, le frère de Yunis, appela du Canada et en ouvrit une autre.

« Tu dois te tirer de là, Yunis. Maintenant plus que jamais. Je peux t'aider. Tu ne peux pas imaginer comme c'est agréable d'être ici, dans un endroit où on peut mener une vraie vie, avec un avenir devant soi et rien qui empoisonne l'âme ! » Il parlait à jet continu, comme si la moindre pause dans son débit lui ferait perdre l'occasion de convaincre son frère. « Tu sais, je ne les déteste même plus. J'y ai beaucoup réfléchi récemment. Ce qu'ils font, c'est indépendant de leur volonté : c'est inévitable. Si un homme vole la maison d'un autre homme et y habite armé d'un fusil, alors que l'autre homme n'a rien – ni maison ni fusil –, qu'est-ce qui va se passer, dis-moi ? »

Zayid avait toujours aimé les devinettes, mais ce jour-là Yunis n'était pas d'humeur à entrer dans son jeu. « Aucune idée. L'homme qui a le fusil tire sur celui qui n'a rien ?

— Pire que ça. Il en a peur, répondit Zayid en s'esclaffant. Qui sait ce qu'on aurait fait si on avait gagné en 48 ? On aurait peut-être peur d'eux. »

Bizarrement, Hussein qui était en désaccord avec presque tout ce que faisait ou pensait Zayid, avait dit quelque chose d'assez semblable.

« Leur plus grave erreur a été de nous laisser sans rien. Ça veut dire qu'on n'a rien à perdre, et ça nous rend plus forts. Voilà pourquoi on finira par gagner. »

Durant trois semaines après l'enterrement d'Ibrahim, Yunis continua de vivre comme avant : réveil, repas, travail dans le magasin d'électricité de son père. Mais, pendant tout ce temps, il eut l'impression que seule une moitié de son être était présente, tandis que l'autre moitié fixait ces deux portes ouvertes. Au tréfonds de son âme, il avait toujours su quelle porte il allait choisir. Pourquoi ? Parce que s'il tournait le dos à ce lieu – si affreux soit-il – il ferait exactement ce qu'ils voulaient, et ce qu'ils s'étaient efforcés de l'obliger à faire depuis le jour de sa naissance.

Maintenant il était là, dans leur ville, un harnais d'explosifs sous son tee-shirt, prêt à tirer sur le cordon, et tout était sur le point de foirer. Était-ce la volonté de Dieu ? Yunis avait-il ressenti de la pitié pour les clients du café ? Où était-ce parce qu'il était difficile de mettre un point final à tout de cette façon ? Passant devant un restaurant, il huma une odeur de cuisine : pommes de terre, bifteck ? Jamais, au cours de sa vie, un plat n'avait senti aussi bon. Et là, une jeune fille parlait dans son téléphone portable en souriant, et même si elle était l'une d'eux, même s'il aurait dû l'effacer, elle avait un si joli sourire qu'il aurait voulu le tenir dans sa main. Il tenta de renforcer sa détermination en pensant au paradis pur et lumineux qui l'attendait, où coulaient des rivières vertes et rouges et où il serait accueilli par le magnifique sourire de vierges resplendissantes. Il pensa à l'attente à leurs postes de contrôle, à leurs regards de mépris, alors qu'il était dans son propre pays. Il pensa à la sensation qui ne le quittait jamais complètement d'être coincé dans un piège et de n'être pas libre de ses mouvements. Mais il savait déjà, au tréfonds de son être, qu'il avait perdu la bataille.

Devait-il chercher de l'aide ? Peut-être y avait-il une mosquée pas loin ? Mais alors, comment ferait-il face à Hussein, à Thaher et aux autres ? Il s'arrêta, ne sachant trop quoi faire. C'est alors qu'il aperçut quatre silhouettes en vert. Plus tôt, il s'était plus ou moins attendu à rencontrer une de leurs patrouilles, mais l'apparition de celle-ci le prit de court. Il se rendit compte qu'il se trouvait à la station-service près de laquelle il était descendu de l'autobus. Allait-il continuer à avancer ? Cela le ferait passer juste devant les soldats, mais il aurait l'air moins suspect. Inconsciemment, il fit demi-tour, et s'éloigna d'un pas raide et nerveux. Il jeta un coup d'œil par-dessus son épaule – la dernière chose à faire, la plus stupide, mais ce fut plus fort que lui – et vit que l'un d'eux le regardait. C'était le plus grand des quatre, légèrement voûté, le visage long, sérieux et – ce qui n'était vraiment pas juste – sympathique. Il désignait Yunis du doigt.

« Hé, toi ! »

Était-ce la volonté de Dieu ? Qu'il efface ces hommes ? C'étaient des militaires, la plus belle cible. Mais au lieu de se diriger vers eux, comme il l'aurait dû, il se précipita sans réfléchir derrière l'une des pompes à essence. Comment pouvait-il agir ainsi ? Il faisait le contraire de ce qu'il aurait dû faire. Il se comportait comme un crétin ! Il resta accroupi, haletant. Il avait tout raté, il le savait.

« Sors de là ! Les mains en l'air. Sors de là ou on tire ! »

Était-ce là son ultime châtiment ? Était-il puni pour Rachel ? Pour son oncle ? Tout avait foiré, mais Yunis vit qu'à ce moment-là encore il avait le choix. Entre se laisser arrêter vivant – suprême humiliation – et s'effacer ici, inutilement, près de la pompe à essence… Tremblant, il saisit le cordon et tira d'un seul coup.

Remerciements

Je souhaite remercier les personnes suivantes pour leur compétence professionnelle et les précieux conseils qu'elles m'ont donnés au cours de la rédaction de ce livre :

James Ashe-Taylor, pour « Poudre » ;
Philip Cryan, pour « Feuilles » ;
Patrick Reeve, pour « Métal » et « Saisons » ;
Gilad Atzmon, pour « Blanc ».

J'aimerais également remercier, une fois de plus, Deborah Rogers, mon agent, et Andrew Kidd, mon conseiller littéraire.

Table

1. Pierres 9
2. Poudre 45
3. Feuilles 91
4. Poids 109
5. Cachets 139
6. Métal 147
7. Saveurs 161
8. Bruits 173
9. Lumière 189
10. Saisons 213
11. Chiffres 223
12. Blanc 243

Svetislav Basara

Guide de Mongolie

Un écrivain serbe est dépêché en Mongolie pour y écrire un guide de voyage. Lui qui rêvait de s'extirper de sa morosité quotidienne, atterrit dans un pays perdu, lieu de tous les possibles. Au bar de l'hôtel *Gengis Khan* défilent un évêque hollandais égaré dans un rêve, un officier russe devenu lama et même l'énigmatique Charlotte Rampling. Entre rêverie et ivresse, il se laisse emporter dans un tourbillon extravagant de dérision, au cœur d'un univers jubilatoire.

n° 4141 – 7€

DOMAINE ÉTRANGER, DES ROMANS D'AILLEURS ET D'AUJOURD'HUI

John Murray

Quelques notes sur les papillons tropicaux

Qu'il s'agisse d'un chirurgien vieillissant qui utilise la collection de son grand-père pour tenter de comprendre son passé, d'un jeune homme hanté par la mort accidentelle de son père qui se lance à l'assaut de l'Himalaya ou d'une équipe de médecins américains confrontés à l'horreur en Afrique, les huit nouvelles de ce magnifique recueil se déploient comme un kaléidoscope de l'âme humaine.

n° 4113 – 8,60 €

DOMAINE ÉTRANGER, DES ROMANS D'AILLEURS ET D'AUJOURD'HUI

Jørn Riel

La circulaire et autres racontars

Une circulaire gouvernementale annonce la fermeture des stations situées dans l'Arctique. Tous les hommes basés au nord-est du Groenland doivent évacuer les lieux et revenir au Danemark. La terrible nouvelle se répand dans la communauté consternée. L'heure est grave pour les irrésistibles trappeurs, incapables de vivre ailleurs que sur ces territoires gelés et sauvages... Drôles et picaresques, ces racontars de Jørn Riel sont aussi tendres et attachants.

n° 4093 – 6,50 €

DOMAINE ÉTRANGER, DES ROMANS D'AILLEURS ET D'AUJOURD'HUI

Impression réalisée par

CPI
Brodard & Taupin

La Flèche (Sarthe), 49945
N° d'édition : 4117
Dépôt légal : décembre 2008

Imprimé en France